मृदुला सिन्हा

की

लोकप्रिय कहानियाँ

मृदुला सिन्हा की लोकप्रिय कहानियाँ

प्रभात
पेपरबैक्स
www.prabhatbooks.com

प्रकाशक

प्रभात पेपरबैक्स

4/19 आसफ अली रोड, नई दिल्ली–110002

फोन : 23289555 • 23289666 • 23289777 ❖ फैक्स : 23253233

इ–मेल : prabhatbooks@gmail.com ❖ वेब ठिकाना : www.prabhatbooks.com

संस्करण

2018

मूल्य

एक सौ पचास रुपए

अ.मा.पु.स. 978-93-5186-302-1

मुद्रक

नरुला प्रिंटर्स, दिल्ली

MRIDULA SINHA KI LOKPRIYA KAHANIYAN

Published by **PRABHAT PAPERBACKS**
4/19 Asaf Ali Road, New Delhi-10002

ISBN 978-93-5186-302-1

₹ 150.00

कथा की अंतर्कथा

शैशवावस्था की स्मृतियाँ इन दिनों अधिक मुखर हो गई हैं। सोते-जागते उठते, खाते-पीते, खेलते-कूदते न जाने कितनी कथाएँ दादी, माँ, चाची और चाचा सुनाया करते थे। जीवन के हर पल को जीवंत बनाने के उद्देश्य से वे कथाएँ कही जाती थीं, जिनमें चाँद, तारे, नदी, पेड़, चिड़ियाँ, जानवर, फूल, पौधे, सब आते थे। पारिवारिक व सामाजिक रिश्ते-नाते और संबंधों की मात्र तासीर नहीं, उनकी खुशबू और उपयोगिता का भी वर्णन रहता था। दादी की खटिया पर लेटे हुए किस्सा सुनते-सुनते कभी मुझे नींद आ जाती थी तो कभी दादी ही कथा कहते-कहते सो जातीं। उनकी कथा भी उसके सपने में पूर्ण होती और मैं तो उस कथा के पात्रों को अपने सपने में अपने साथ पाती। वे पात्र मुझे नींद में भी चौंकाते, डराते, गुदगुदाते और कभी-कभी मेरे खेल के साथी बन जाते। उन साथियों में बाघ और हाथी भी होते।

ईआ कटोरी में दूध-भात लेकर आँगन में बैठतीं, मैं इधर-उधर भागने लगती। वे अपने हाथ में दूध-भात का कौर उठाकर कौआ को बुलातीं—"आ रे कौआ, दूध-भात खा ले।" जब तक कौआ माँ के हाथ की तरफ बढ़ता, मैं ईआ की 'बउआ' उससे भी तीव्र गति से दौड़कर आती और माँ के हाथ का दूध-भात खा लेती। ऐसे बहुत से प्रसंग हैं, जिसमें चिड़िया, जानवर और भी दृश्य-जगत् से हमें परिचय कराया जाता था। माध्यम होती थीं कथाएँ।

उन कथाओं की यात्रा मेरे मस्तिष्क पर आगे बढ़ती गई और एक दिन स्कूल की अपनी अति प्रिय सहपाठी शांता को पात्र बनाकर एक कहानी लिख

गई। मेरी उम्र होगी 13-14 वर्ष। उस कहानी को लिखने का कारण था अपनी प्रिय मित्र से विछोह। वह मुझसे रूठ गई थी, जिससे मुझे बहुत दुःख हुआ था। अब वह कहानी तो स्मरण नहीं, लेकिन मैथिलीशरण गुप्त की पंक्ति—'वियोगी होगा पहला कवि, आह से निकला हो गान' अवश्य सार्थक हुआ था।

मेरे अंदर की संवेदना आसपास घटती घटनाओं और चलते-फिरते पात्रों की स्मृति सहेज लेती थी और उन्हीं प्रसंगों और पात्रों को लेकर कहानियाँ बनती गईं। पढ़ाई-लिखाई से फुरसत नहीं हुई। एम.ए. की परीक्षा देकर जब बैठी थी तो दो कहानियाँ लिखी थीं। मेरी पहली कहानी 'कादंबिनी' (1978) में छपी। पाठकों की प्रशंसा मिली। फिर क्या था, कहानियाँ लिखने का सिलसिला प्रारंभ हो गया। फिर तो एक रात्रि को चार घंटे में दो कहानियाँ भी लिख गईं। सबकी सब कहानियाँ अपने परिवेश से उठाई घटनाओं पर आधारित होती थीं। ग्रामीण जीवन पर लिखी कहानियाँ अधिक आईं। उसके बाद तो मेरी कहानियाँ पढ़ने वाले लोग स्वयं आकर अपनी कहानियाँ सुनाने लगे। कहते—"मेरी भी कहानी लिख दो।" यों तो 1978 में एक कथा-संग्रह 'साक्षात्कार' प्रभात प्रकाशन ने प्रकाशित कर दिया था, लेकिन 1982 में 'साप्ताहिक हिंदुस्तान' में प्रकाशित कहानी 'और उसी क्षण', जो मेरी माँ की कहानी थी, को बहुत प्रशंसा मिली।

बाद में चलकर 'एक दीये की दीवाली' 'पाञ्चजन्य' में छपी थी। गाँव के एक बच्चे के दिल्ली में रहने और पहली बार दीवाली देखने के कौतूहल तथा अपनी माँ द्वारा मनाई जाती एक दीये की दीवाली के प्रति विशेष लगाव का वर्णन। पाठकों की सराहना मिली, सुखद लगा। डॉ. शैलेंद्र नाथ श्रीवास्तव ने तो यहाँ तक कहा कि पिछले पच्चीस वर्षों में ऐसी कहानी नहीं लिखी गई। डॉ. विद्यानिवास मिश्र के संपादकत्व में एक पत्रिका 'साहित्य अमृत' का प्रारंभ होनेवाला था। उन्होंने एक कहानी की माँग की। अपने स्मृतियों के खजाने से एक प्रसंग ढूँढ़ लाई। बड़े परिश्रम से पाले-पोसे गए माँ के अचार के घड़े का मेरे बचपन में, मेरे हाथों फूटने का प्रसंग था। माँ उस घड़े के

अवसान पर बहुत रोई थीं। तब तो माँ के विरोग पर हँसी आई थी। घड़ा ही तो था, वह भी मिट्टी का। कहानी लिखते समय उस घटना के अर्थ बदल गए थे और उस 'अचार का घड़ा' कहानी को डॉ. विद्यानिवास मिश्र ने एक नया मोड़ दे दिया था। कहा था—''जीवन का इतना गहरा दर्शन कहाँ से उठा लाईं?''

उम्र के साथ सामाजिक दायरा बढ़ता गया और जिम्मेदारियाँ भी। 'घर का वैरागी', 'मुसाफिर काकी', 'स्पर्श की तासीर', 'शीशा फुआ', 'दत्तक पिता' जैसी कहानियाँ मेरे मन में प्रगट होकर पैदा होने के लिए कुलबुलाती हुई अंततः कागज के पन्नों पर उतरती गईं। भिन्न-भिन्न पत्रिकाओं में छपने पर इन सब कहानियों को पहचान मिली और इन कथाओं में वर्णित मेरे भाव तथा विस्तार को पाठकों की स्वीकृति। 'शीशा फुआ' बाल विधवा से वृद्धावस्था तक पहुँची एक सशक्त महिला की सच्ची कथा थी। मैंने उन्हें बचपन से देखा और परखा था। पर उस व्यक्तित्व में मुझे कभी भी कहीं बेचारगी की झलक नहीं मिली। लोगों ने उनकी दबंगता को सराहा था। 'घर का वैरागी' में एक पति, जो साधु बनने के लिए बाहर भागता है, मठों-मंदिरों में धक्के खाता है और फिर लौटकर घर आता है तो पत्नी द्वारा सीख दी जाती है—''घर में रहकर भी वैरागी बन सकते हो। वैराग तो एक भाव है, जो घर में रहकर भी पैदा होता है।'' और यह कहानी भी प्रशंसित हुई। 'स्पर्श की तासीर' सहज, सरल भाषा में लिखी गई कहानी अक्षरशः सच्ची घटना है। मैंने इसके वर्णन में न कुछ जोड़ा, न घटाया और वह कहानी बन गई। इसके अंग्रेजी अनुवाद को लंदन के प्राध्यापकों ने भी बहुत सराहा।

समाज में बुजुर्गों की स्थिति देखकर मन दुःखी होता रहा। एक दिन सुषमा स्वराज और जयवंती बहन मेहता के साथ मैं भी नासिक में एक वृद्धाश्रम देखने गई। सुषमा स्वराज से वृद्धाश्रम के मंत्री ने कहा, ''आप हमें शुभकामनाएँ दीजिए।'' मैंने धीरे से सुषमाजी को कहा, ''आप शुभकामना दीजिए कि यह संस्था बंद हो जाए।'' उन्होंने वैसे ही कहा और जैसे ही उनके मुख से वाक्य छिटका, वहाँ बैठे सभी की आँखें भर आईं। मेरा कथाकार मन कहीं खो गया

और जब व्यवस्थापक हमें बुजुर्गों के लिए बने कमरे दिखाने ले जाने लगे, मैं कार में ही बैठी रही। सुषमाजी लौटकर आईं। मेरी दाहिनी ओर कार में बैठीं। मेरी हथेली को अपने अंदाज में दबाते हुए पूछा, "कहानी मिल गई?" मैंने कहा, "हाँ, शीर्षक होगा—'दत्तक पिता'।" मन में कथानक भी उभरा था, पर अनगढ़। समाज की समस्या का एक निदान—बुजुर्गों को भी गोद लिया जा सकता है और एक कथा बनी—'दत्तक पिता'।

मेरी अन्य कथाओं की तरह 'अनावरण' भी किसी महिला द्वारा अपने पारिवारिक अनुभव सुनाने पर आधारित है। उड़ीसा की राजधानी भुवनेश्वर में एक पार्क में एक महिला के स्टैच्यू का मुझे अनावरण करना था। उस अनावरण के पूर्व प्रभाती परेडा ने मेरे सामने अपने निर्माण में अपनी सास के योगदान की कथा को परत-दर-परत उकेरकर रख दिया था। मुझे बड़ी खुशी हुई कि एक सास ने अपनी बहू को आगे बढ़ाने में कितना सहयोग किया। मेरे मन में यह बात रहती है कि उस समाज में, जहाँ सास-बहू के रिश्ते के विद्रूप होने के समाचार आते रहते हैं, वहाँ ऐसे मनोरम रिश्तों को प्रकाश में लाना चाहिए और यह कहानी बन गई। पाठकों ने इस कहानी को भी हलराया-दुलराया।

'औलाद के निकाह पर' बड़े ध्यान से कहानी की मुख्य पात्रा द्वारा सुनी उसकी ही जीवन यात्रा कथा है। 'साइना' को कहाँ अंदाज था कि वह अपने मियाँ के जिस तीस वर्षीय प्यार के प्रसंगों को सुना रही थी, उसे उसकी मामीजी (मैं) लेखनी में भरती जा रही हैं। वह जितनी रसवंती थी, मेरी लेखनी उतना ही प्रेम में डूबकर अभावों में पलती स्त्री के द्वारा अभावोत्सव मनाती कहानी लिख गई। जगजाहिर कर दी उसके दांपत्य की प्रेम-कथा। सराहना तो मिलनी थी, मिली। 'बेनाम रिश्ता', 'सहस्र पूतों वाली' और 'कटे हाथ में हथियार' कथाओं में कुछ सत्य, कुछ कल्पना का पुट है।

'रद्दी की वापसी' कहानी स्त्री मन के सत्य का वर्णन करती है। उसके मन में घर के सभी टूटे-फूटे सामानों की भी कहानियाँ होती हैं। उनसे गए-बीते लोग जुड़े होते हैं। इसलिए न तो वे सामान, न उन प्रसंगों में अपनों की स्मृतियाँ रद्दी होती हैं। 'टिफिन बॉक्स' भरे-पूरे परिवार की महिला का अंत

में अकेले रह जाने की व्यथा-कथा है। 'विलमता विलगाव' भी दांपत्य के टूटने-फूटने और बिखर जाने की कथा है। दादी के किस्से 'एक था राजा, एक थी रानी' से प्रारंभ होती थी। उनके कथा-कथन से मेरी कथा लेखन को प्रेरणा तो मिली, पर मेरी कथाएँ राजा-रानी से नहीं प्रारंभ हुईं, क्योंकि ये कथाएँ देखी-सुनी प्रसंगों और वर्तमान के घात-प्रतिघात पर आधारित हैं। समाज में राजा-रानी बचे ही कहाँ? पात्र और परिवेश जिस रूप में वे हैं, उसी रूप में रहने दिया है मैंने।

किसी व्यक्ति या परिवार की सच्ची कथा पर उन्हें कोई ऐतराज नहीं हुआ। उल्टा कहानी पढ़कर अधिकांश की प्रतिक्रिया रही—"कहाँ तक पैठकर भाव निकाल लेती हैं!" दरअसल अपने साहित्यिक, सामाजिक और राजनैतिक दायित्वों के निर्वहन में मैं देश भर में चालीस वर्षों से घूमती रही हूँ—कथा चयन में मधुमक्खी की भूमिका में। समाज के अच्छे स्वास्थ्य के लिए मधु निर्माण हेतु समाज की विभिन्न क्यारियों से ही पराग संचय करती हुई।

सुखद लगता है पाठकों के द्वारा यह सुनना—"कहानी अच्छी लगी।" फिर तो वह कहानी मेरी नहीं रहती, पाठकों की हो जाती है। उनके मानस में स्थापित। कथाओं की अंतर्कथा यात्रा ही मेरी जीवन-यात्रा बन गई है, सुखद यात्रा। संतोषी जीवन। मैं कभी अकेलेपन के दंश को नहीं भोगती। सदा कहानी के पात्र और कथानक के वृहत्तर परिवार के संग-साथ रहती हूँ।

इस संग्रह में संगृहीत कथाओं ने मुझे पाठकों के बीच विशेष पहचान दिलाई है। इनके प्रति अपनी कृतज्ञता प्रकट करती हूँ।

—मृदुला सिन्हा

अनुक्रम

उधार का सूरज

मुझसे प्रकाश ने विशेष आग्रह किया था—'इस बार इंडिया से मेरी माँ के हाथ का बना अचार, पेड़ा या बेसन के लड्डू मत लाना। अब तो मैं विद्यार्थी नहीं रहा। नौकरी करता हूँ। फ्लैट भी खरीद लिया है। तुम मेरी माँ को ही ले आना, ताकि मैं उनके हाथों का बना खाना जी भरकर खाता रहूँ।'

'क्यों, शादी-ब्याह नहीं करोगे? तुम्हारी माँ तो जाते ही मुझसे यही पूछेगी, क्या जवाब दूँगी, यह तो बताओ?' मैंने अपनी समस्या रखी थी।

'कह देना, अगले साल कर लूँगा। अभी नई नौकरी है।'

'अमरीकन लड़की से या अ अ अ अ अ।'

'अरे! माँ तो इतने से ही खुश हो जाएगी। लड़की फिर देखी जाएगी। तुम लेकर तो आओ। तुम गाँव चले जाना। तुम्हें अच्छा लगेगा। मेरा गाँव पटना से मुजफ्फरपुर और फिर वहाँ से···।'

वह अपने गाँव का सचित्र मैप प्रस्तुत कर हर्षित हो गया था। मानो हिंदुस्तान के नक्शे पर अंगुली नहीं, अपने गाँव की शहर जमीन पर पाँव रखे खड़ा हो। मैंने भी निश्चय कर लिया था। इंडिया पहुँचते ही पहले उसके गाँव जाऊँगी। प्रकाश की माँ की तसवीर खींचकर पासपोर्ट के लिए दरखास्त और फिर वीसा···सब तैयारियाँ उसके दिए आदेश के अनुरूप ही करूँगी। मेरा मन भी एक माँ को उसके पुत्र से मिलाने का पुण्य काम करने के लिए मचल उठा। माँ-पुत्र मिलन की कल्पना से ही मैं पुलकित हो उठती। दस वर्ष बाद एक माँ अपने खून से सिंचे उस पौधे को देखेगी, जिसमें फूल लगने ही वाले

हैं। प्लेन में बैठी मैं भूल ही गई थी कि मैं भी पाँच वर्ष बाद इंडिया जा रही हूँ और मेरी माँ भी उतनी ही बेसब्री से मेरा इंतजार कर रही होगी। एयरपोर्ट पर माँ से गले मिलते हुए भी मुझे प्रकाश और उसकी माँ के मिलन का अहसास हो रहा था। एक फर्क जरूर था। मैं कम-से-कम टेलीफोन पर अपनी माँ की आवाज सुन लिया करती थी। प्रकाश की माँ को अपने इकलौते बेटे की आवाज सुने भी अरसा गुजर गया था।

मैंने अपनी माँ से प्रकाश के बारे में विस्तार से बताकर उसके द्वारा दी गई जिम्मेदारी की बात कही। उन्होंने कहा, ''जा, बेटा! सबसे पहले प्रकाश की माँ से मिल आ। उनका पासपोर्ट और वीसा बनाने में भी वक्त लगेगा।''

और खोजते-ढूँढ़ते मैं पहुँच गई प्रकाश के गाँव। उस गाँव की मेरी खोज- यात्रा कोलंबस और रोड्स से कम रोमांचकारी नहीं थी। हजार कि.मी. तो प्लेन में निकल गए। पर बचे पंद्रह कि.मी. के लिए पाँच सवारियाँ—बस, रिक्शा, टमटम और एक कि.मी. बैलगाड़ी पर भी। मेरे साथ दो-तीन लोग उसी बस से उतरे थे। मैंने प्रकाश के गाँव का रास्ता पूछा। उन्होंने अपने साथ मुझे भी बैलगाड़ी पर बैठने का आग्रह किया। मेरे बैठते ही एक ने कहा, ''हम तो वहीं समझ गए थे कि आप अमरीका से आई हैं।''

दूसरे ने कहा, ''कोई अमरीकन लड़की हमारे गाँव की बस में चढ़े तो समझते किसे देर लगती। आप तो प्रकाश की माँ से⋯।'' उनके द्वारा अपने को अमरीकन समझे जाने पर मुझे अजीब लगा। अपनी जीन्स और कमीज मुझे भारी लगने लगी।

''हाँ, हाँ, मैं प्रकाश की माँ से मिलने नहीं, उन्हें लेने आई हूँ। बेटे ने बुलाया है उन्हें।''

उन्होंने एक-दूसरे से आँखों-ही-आँखों में बातें कीं। मैं भौंचक्का हुई उन्हें देख रही थी। पूछा, ''क्या हुआ?''

''कुछ नहीं। आप पहले गाँव तो चलिए। हम मिलाते हैं उसकी माँ से आपको, फिर जैसा उचित समझें। प्रकाश क्यों नहीं आया?''

"उसने अभी जॉब लिया है।" ऊँची-नीची सड़क। गड्ढे-ही-गड्ढे। फिर दोनों ओर खेतों के बीच एक आदमी के चलने लायक लकीर पर चलकर हम गाँव के अंदर पहुँचे। गिरी पड़ी दीवारों के सामने रुककर एक ने कहा, "यही प्रकाश का घर है। इसी में रहती है उसकी माँ।"

कई बच्चे भागकर अंदर गए। साथ ले आए एक मर्दानी धोती में लिपटी धनुषाकार काया को। बाहर निकलते ही बायाँ हाथ घुटने पर टिकाए दाहिने हाथ को भौंहों पर ले जाकर, मानो आँखों को धूप से बचाती, बोलीं, "कहाँ है मेरा बेटा?"

वे दोनों हाथ बढ़ाए मेरी ओर लपकीं। सारे बच्चे हँस पड़े। मैंने उन्हें थाम लिया। मुझे अपने सीने से लगाए वे मेरी पीठ सहलाती रहीं, "हमार बचवा। सब मुझे पागल समझ रहे थे। कहते थे, अब नहीं आएगा प्रकाश। कभी नहीं। वहीं शादी कर लेगा। वहीं बसेगा। मैं कहती थी न, एक दिन वह आएगा। घर बनवाएगा। उसकी शादी करूँगी। बहू आएगी। फिर देखना मेरा घर···।"

एक व्यक्ति ने मेरे कान के पास मुँह ले जाकर कहा, "थोड़ा दिमाग खराब हो गया है। ऐसे ही बकती रहती है।"

उन्होंने सुन लिया था। मुझे अपने सीने से हटाकर बोलीं, "क्या कहा, मैं पागल हो गई हूँ! जा, सब भाग जाओ यहाँ से। माँ-बेटे को अकेला छोड़ दो। जा-जा। कोई झाँककर नहीं देखता मेरी ओर। आज बेटा आया तो भीड़ लगा दी। भागो सब यहाँ से। हमें अकेला···।"

मुझे उनका भ्रम दूर करना आवश्यक लगा। मैंने कहा, "माँजी, मैं प्रकाश नहीं हूँ। मैं तो अ-अ-अ···मैं तो अ-अ। मैं तो शिवानी हूँ।"

वे लंबी साँस खींचकर सिर थामे बैठ गईं। थोड़ा थमकर मुझे अपने पास बैठने का इशारा किया। मेरे बैठते ही मेरा चेहरा अपनी हथेलियों में भरती बोलीं, "हाँ, तो तुम प्रकाश नहीं हो। कौन हो तुम?"

"माँजी, मैं प्रकाश की दोस्त हूँ। उसी के साथ पढ़ती हूँ। उसने मुझे

आपसे मिलने के लिए भेजा है।''

बहुत देर तक चुप रहीं। मानो मुझसे बातें करने, बेटे के बारे में पूछने के लिए अल्फाज ढूँढ़ रही हों। मैं अनुमान लगा रही थी—न जाने कितने प्रश्न होंगे। मैं अमरीका से ही उनके प्रश्नों के जवाब जबान पर ढो लाई थी। मुझे अकेला छोड़कर अंदर गईं। एक थाली में खीर लेकर आईं। बोलीं, ''खा ले, बेटी। दो दिनों बाद आज गाय ने दूध दिया है। रूठी बैठी थी। दूध निकालने न दे। शायद उसे भी तुम्हारे आने का संदेश मिल गया होगा। प्रकाश नहीं तो क्या, तुम तो हो।''

मुझे खीर खिलाती, निहारती रहीं। मैंने कहा, ''प्रकाश वहाँ बहुत खुश है। अच्छी नौकरी मिल गई है। अब तो शादी के लिए···।''

उन्होंने बीच में ही पूछ लिया, ''तुम क्या करती हो वहाँ? और तुम्हारे माँ-बाप···।''

मुझे अजीब सा लगा। उनके प्रश्न का जवाब देना था, बोली, ''मैं अमरीका में ही पढ़ती हूँ। मेरे माता-पिता दिल्ली में हैं। दोनों कॉलेज में पढ़ाते हैं।''

''तुम्हारी कितनी उम्र है?''

''चौबीस वर्ष।''

''तुम्हें खाना बनाना आता है?''

''थोड़ा-थोड़ा।''

''मैं तुम्हें अपने ढंग का खाना बनाना सिखा दूँगी।''

''नहीं, माताजी! मैं तो आज ही लौट जाना चाहती हूँ। अभी दो महीने रहना है। फिर आकर आपको···।''

''फिर क्यों आई मेरे पास! तू भी मुझे पागल समझती है क्या?'' उनकी तेज आवाज के झोंके में सनी झुँझलाहट मुझे कँपा गई। मेरे मुँह से बहाना सरक गया—''नहीं-नहीं, मैं आपके पास रहने आई हूँ। मैं तो आपको जाँच रही थी, आप मुझे अपने पास रखना चाहती···।'' प्रकाश की माँ से मिलने

और उन्हें ले जाकर उनके पुत्र से मिलाने की हवाई कल्पनाएँ हवा में उड़ गईं। मुझे दलदल में फँसने का अहसास होने लगा।

"अरे बिटिया! आदमी के संग-साथ के लिए तरस गई हूँ मैं। गाय, बकरी और तोता के साथ बोल-बोलकर थक गई। मैं ही बोलती जाती हूँ। ये जवाब देने का नाम नहीं लेते। यह तोता है न, प्रकाश का नाम ही रटता रहता है। मैं तो कौआ हकनी बनकर रह गई हूँ।"

"प्रकाश, प्रकाश, प्रकाश आ गया। अम्माँ, अम्माँ, अम्माँ। आ गया प्रकाश मेरा बचवा, बेटुआ।" तोता बोल पड़ा था।

माँ ने कहा, "देखो, कैसा पगला है। उसे भी लगता है, प्रकाश आ गया। वही लाया था इसे जंगल से बझाकर। सबसे पहले अम्माँ कहना सिखाया, फिर प्रकाश। अब तो बूढ़ा हो गया, यह भी मेरी तरह। जंगल के पक्षी को मेरा पालतू बना गया। मेरा पालतू वन-वन भटक रहा है।"

शायद उनकी आँखें भर आई थीं। मेरे पास बैठती हुई बोलीं, "तू मेरे से सटकर बैठ न। प्रकाश तो मेरे आँचल से अलग होकर बैठ ही नहीं सकता। खाना खाकर हाथ भी मेरे ही आँचल से पोंछता है।"

"बड़ा लायक है आपका बेटा। आपको बहुत याद करता है। उसने मुझे आपको अमरीका ले जाने के लिए भेजा है।"

फिर मौन हो गईं। मेरा अंदाज था कि वह अमरीका जाने के नाम पर प्रसन्न हो जाएँगी।

"रुको। साँझ हो गई। मैं दीया जला दूँ।" अँधेरा घिरने से मुझे भय लगने लगा था। कैसे कटेगी मेरी रात! माँ दीया जला लाई थीं। मेरे पास लाकर बोलीं, "प्रणाम कर ले।"

बिना समझे मैंने हाथ जोड़ दिए। उनके गले में जितनी शक्ति थी, सारी-की-सारी अपनी हँसी में उड़ेल दी। फिर उनके पागल होने और एक पगली औरत के साथ रात काटने के भय से थरथरा उठी। वह अपने को संयमित करती बोलीं, "अब तुम्हें क्या बताऊँ। उसकी याद आ गई। चार

साल का हो गया था। उसकी बिछावन भिगाने की लत नहीं छूटी थी। एक दिन उसकी चाची ने एक टोटका कर दिया। उसके सिर पर जला दीया रख, उसे पकड़कर चौफेर घर का चक्कर लगवाया। उसकी चाची बोलती जाती थी—'घर मूतना छे, घर में सुत बाहर मूत'।

"दूसरी रात से उसका बिछावन गीला करना बंद हो गया। गोलू-मोलू था मेरा बेटा। चार साल का बच्चा। बहुत शैतान! कभी किसी की पकड़ में न आए। पर उसका उस वक्त का घबराया-शरमाया चेहरा याद आ गया। तभी हँसी फूट गई। दीया से बहुत डरने लगा था। जब कभी शाम को दीया जलाकर उसे प्रणाम करने को कहूँ, भाग खड़ा होता था।

"उसके पढ़ने के लिए लालटेन खरीद दिया था उसके चाचा ने। उसके चाचा कहते थे—बड़ा होकर अफसर बनेगा मेरा भतीजा। मिल्लेटरी में जाएगा।"

"कहाँ हैं उसके चाचा-चाची?"

उन्होंने गहरी साँस खींची। दीये की रोशनी में उनकी आँखों में छलछलाया जल साफ दीख रहा था—"एक चाचा कलकत्ता में ही बस गए। दूसरे बनारस में। मेरी सास के आठ बच्चे हुए। तभी तो मेरे ससुर ने आठ कमरों का चौफेर घर बनवाया था। सब में ताले पड़े हैं। अब तीन ही बचे। एक मेरी ननद है। बगल के गाँव में मेरी तरह ठूँठ बनी बैठी है। चारों बेटे अलग-अलग शहर में हैं।"

"माँ! आप प्रकाश को इंडिया बुलाना चाहती हैं?"

जवाब जैसे उनकी जुबान पर बासी हो गया हो—"नहीं, नहीं, मैं क्यों बुलाऊँ। और मेरे बुलाने से आएगा भी क्या? इस गाँव में...मेरे ही घर से जो लोग बाहर गए, कहाँ आए! त्योहार पर भी नहीं आते। शादी-ब्याह पर भी नहीं, अपने बच्चों की शादी भी बाहर ही करते हैं। प्रकाश के पिताजी कहा करते थे—हम गाँव नहीं छोड़ेंगे। मैं ही बची हूँ। जरा रुको। मैं तो किस्सा-कहानी में भूल ही गई। जरा सब घर में दीया दिखा दूँ। अँधेरा घिर आया।"

उनके पीछे-पीछे मैं चल पड़ी। वे दीया लिये आगे बढ़ रही थीं। हर कमरे के दरवाजे पर रुकतीं। एक दरवाजे से बाहर निकलीं। अपनी कमर सीधी करने के लिए रुक गईं। उन्हें मेरे पैरों का आभास हो गया था। बोलीं, ''यह चौकी प्रकाश के दादाजी की है और यह बगलवाली उसके पिताजी की। यह मर्दानक दालान है।''

दोनों तख्त की ओर भी दीया बढ़ाकर प्रणाम करती बोलीं, ''तुम भी प्रणाम कर लो।''

मैंने भी खाली पड़े तख्ते को प्रणाम किया। मेरी हँसी फूट रही थी। पता नहीं क्या-क्या नाटक करवाएँगी।

''चलो, तुम्हारे लिए खाना बनाऊँ।''

''नहीं, नहीं, मैं नहीं खाऊँगी। अभी तो थाली भरकर खीर खाई है।''

''वही बहुत था? अभी प्रकाश होता न! दुबारा-तिबारा खा लिया होता। कुछ दिखा के, कुछ छुपा के। दूध-दही बहुत पसंद है उसे। तभी तो उसके दादाजी चार गाय रखते थे। दो सूख जाएँ तो दो दूध देती रहें। प्रकाश की नानी ने उसके दूध पीने के लिए एक गाय दी थी। उसी बुढ़िया गाय की यह नातिन है। यह भी बुढ़िया हो चली। बोलो, क्या खाओगी?''

उस अँधेरे में मैं क्या खाऊँ, क्या गाऊँ! मेरी स्थिति तो साँप-छछूँदर की हो गई थी।

मैंने कहा, ''माँ! आप क्या खाएँगी? मैं बनाती हूँ। मुझे चावल, दाल और आलू की भुजिया बनाने…।''

वे फिर हँस पड़ीं—''पागल है मेरा बेटा! सब बता दिया। खाने-पीने की मेरी पसंद भी बता दी। अरे बिटिया! अब कहाँ। प्रकाश के लिए यही बनाया करती थी। उसे बहुत पसंद था।''

मेरे लाख मना करने पर भी उन्होंने वही खाना बनाया। मुझे खिलाकर मेरे जिद करने पर थोड़ा सा खाया।

सुबह उठकर मैंने आँगन में रखे पत्थर का एंटीक सा देखकर पूछा,

"यह क्या है, माँ?" वैसे उनके साम्राज्य में जो भी चीजें थीं, मेरे लिए एंटीक ही थीं।

बोलीं, "चक्की-जाँता। इसमें आटा पीसा जाता था। अब कहाँ! अब तो मैं भी मशीन पर आटा पिसवाती हूँ।"

"हाय, यह तो एंटीक है।" मैं मचल उठी। मैं अमरीका में इंडिया के एंटीक्स की दो बार प्रदर्शनी लगा चुकी थी।

"तुम्हारी दिल्ली और अमरीका में इसका यही नाम होगा। हमारे यहाँ तो जाँता कहते हैं।" कुछ ही क्षणों में उस चक्की के हैंडिल पर मेरा हाथ था। मेरे हाथ के ऊपर अपना हाथ रख उसे चलाने लगीं। पता नहीं उन्हें क्या सूझी। बोलीं, "रुक," और थोड़ा सा गेहूँ ले आईं। कपड़े का टुकड़ा भी। बड़े ध्यान से चक्की का ऊपर का पल्ला उठाकर सफाई की। फिर उसमें मुट्ठी भर गेहूँ के दाने डाल चलाने लगीं— आहिस्ते-आहिस्ते। धीमी-धीमी आवाज रिसने लगी उनके कंठ से—

"...पेटवा वैरी हो
रेलिया न वैरी, जहजिया न वैरी—
पेटवा वैरी हो, देशवा देशवा भरमाए
ई पेटवा वैरी हो।"

फिर तो आँसुओं की धार ऐसी बही, मानो पिसे हुए आटे को गूँध नमकीन पकवान बनाकर बेटे को भेजने और उसे अपनी मन:स्थिति से अवगत कराने को आतुर हों। गाने के न शब्द, न अर्थ, कुछ भी मेरे पल्ले नहीं पड़ा। भाव समझते देर न लगी।

मैंने प्रसंग बदल दिया—"इसी आटे की रोटी खाऊँगी मैं।" उनका भाव बदल गया। बड़ी तत्परता से उठीं। मेरे लिए रोटी-सब्जी बनाई। सब्जी छौंकने से लेकर उतारने तक पूरी प्रक्रिया समझाती रहीं।

"प्रकाश को यह सब्जी बहुत अच्छी लगती है। तुम जरूर बनाना। खाकर मुझे भूल जाएगा।"

दूसरे दिन उन्होंने हलुआ बनाना प्रारंभ किया। कड़ाही में घी डालती हँस पड़ीं। भुनभुनाने लगीं—"पागल कहीं का! मुझे कंजूस बुढ़िया कहता था। ले, मैं एक पाव घी डाले देती हूँ।"

"क्या हुआ, माँ?"

आँचल से अपनी आँखें पोंछती बोलीं, "कुछ नहीं, बिटिया! प्रकाश की याद आ गई। वह मुझे कभी हलुआ नहीं बनाने देता था। कहता था, तू कंजूस है। कम घी डालती है। हट, मैं अपने हाथ से बनाऊँगा। बड़े प्रेम से बनाता था। खुद खाता, मुझे भी खिलाता।"

एक पाव घी डालने के बावजूद अपनी थाली में परोसे थोड़े से हलुआ में आँसू मिला ढीला करती रहीं।

उनमें मेरी आसक्ति बढ़ती गई। उन्हें देख-सुन मुझे कभी-कभी लगता—"मेरी एंटीक्स प्रदर्शनी के लिए प्रकाश की माँ ही उपयुक्त रहेंगी। चलता-बोलता एंटीक। पर मुझे आश्चर्य लगा जब मैंने उपयुक्त समय और उनका मूड देखकर कहा, "यदि प्रकाश ने अपनी पसंद की लड़की से शादी अ अ अ।"

तपाक से बोलीं, "क्या हुआ तो! वह तो बचपन से बूढ़ा है। सब सोच- समझकर ही करेगा।" मैं फटी आँखों से उन्हें देख रही थी। अपनी माँ के मनोभाव समझने का प्रकाश का दंभ मेरे सामने चकनाचूर हो गया था। वह कहता था—"मेरी माँ नहीं मानेगी। इसलिए मैं अपनी पसंद से शादी नहीं कर सकता। मेरी माँ बड़ी हठी है।"

कितना गलत था प्रकाश। या फिर माँ के मानस में पिछले दस वर्षों से आए परिवर्तन का उसे आभास ही नहीं है। वह खुशफहमी में है कि वह मॉड बन गया है। गाँववाला नहीं रहा। और माँ की सोच-समझ में कहीं से पुरानापन नहीं झाँक रहा था।

"बेटी! मैं तो बहुत कम पढ़ी-लिखी हूँ। चिट्ठी-पत्री पढ़ लेती हूँ बस! अच्छा किया कि माँ-बाप ने इतना पढ़ा दिया। बेटा की चिट्ठी तो पढ़

लेती हूँ। कभी पटना भी नहीं गई—दुनिया के बारे में जानूँ तो कैसे? इन गाँववालों ने पत्थर मार-मारकर पत्थर बना दिया मुझे। बेटा अमरीका जाने लगा तो सब कहते थे—'वहीं शादी कर लेगा। कभी नहीं आएगा।' मुझे तब इनकी बात बिल्कुल झूठ लगती थी। पर इन्होंने सौ बार कहकर मेरे मन को भी झूठ स्वीकार करने के लिए बाध्य कर दिया। दिल्ली में पढ़ता था। बहुत लड़कीवाले आए। एक से उसके पिता ने शादी भी तय कर दी। मैं माँ थी न। मेरे मन में बेटा ब्याहकर बहू घर लाने की कल्पना से ही बतासे फूटने लगे। मैंने प्रकाश के आने से पूर्व शादी के लिए एक-दो चीजें खरीद लीं। एक सिहोरा और एक बनारसी साड़ी। उसने शादी से ही इनकार कर दिया। मैंने सब सँभालकर रखा है।''

मुझे वह सब दिखाने के लिए एक बीज लगे टीन के बक्से का ताला खोलती गुनगुनाने लगीं—

''मचिया बैठल कौशल्या रानी
मन ही आनंद भेली
कब होयत बेटा के ब्याह
सेंदूर हम सांठव हैं।''

उनको कभी रोते, कभी हँसते, कभी खो जाते देख मुझे भी गाँववालों की बातों में सत्यता नजर आने लगी। मुझे घर-गृहस्थी की बातें समझातीं, जैसे मेरी माँ हों। पति-पत्नी के संबंध पर भी सीता-राम, सावित्री-सत्यवान और अपने ही गाँव के कई उदाहरण देकर उनका व्याख्यान चलता रहता। दिन में गाँववालों की भीड़ लगी रहती। माँ में मेरी रुचि शुक्ल पक्ष के चंद्रमा की तरह बढ़ रही थी। इंडिया के ग्रामीण जीवन पर अच्छा-खासा लेख तैयार हो गया था। दस दिन बीत गए। मैं अपने आने का प्रयोजन ही भूल गई थी। दरअसल गाँववालों के भोलेपन ने मुझे बाँध रखा था। अमरीका में बसे सारे भारतीयों को भारत लौटाकर अपनी मातृभूमि की सेवा में लगाने का मन बन रहा था।

मैंने हिम्मत करके कहा, "अब मैं जाऊँगी, माँ! आपको भी मेरे साथ अमरीका चलना होगा। प्रकाश ने बुलाया है।"

"ना, बेटी! मैं ना जाऊँ कहीं। मैं तो इसी धरती पर···" गला रुँध गया उनका। "इस आठ कोठरी की हवेली में मैं अकेली बची हूँ। मैं चली जाऊँ तो साँझ-बत्ती भी कौन देगा? मेरे ससुरजी का बनवाया चौफेर घर भूत का घर बन जाएगा।" फिर गा उठीं—

"बड़ा जतन से पोसलो प्रकाश बेटा
से हो उड़ि गेल आनंद वन
बसहर मोरा सुन्न भेल हे।"

ऊँचे स्वर में गाई जानेवाली पंक्तियों के अर्थ समझ गई मैं। मेरी आँखें भी भर आईं। माँ एक बार ठहाका लगाकर हँसी। फिर शांत। मौन। उनके भावों के उतार-चढ़ाव के बीच मुझे भँवर में फँसने का अहसास होने लगा।

मैंने सोच लिया—'समझा-बुझाकर प्रकाश को इंडिया भेज दूँगी। उसे लौट आना चाहिए। वैसे भी इंडियन ब्रेंस की जरूरत अब इंडिया को है, अमरीका को नहीं।'

मेरे मनोभाव को शब्द दिया माँ ने—"एक बार प्रकाश को भेज देना। तुम भी आती रहना। मेरी बेटी बनकर रहना। मेरी बेटी नहीं थी न। तुम्हारे साथ दो-चार दिन रहकर लगा, मैं भी बेटी की माँ हूँ।"

फिर रुककर बोलीं, "अब तो एक ही चिंता सताती है। बीमारी भी मैं झेल लूँगी, पर मेरे मरने पर प्रकाश कैसे आ पाएगा? वह तो सात समंदर पार···। गाँववाला कोई खबर भी नहीं···।"

घर के कोने में गईं। मुझे पुकारा—"देख! मैंने एक टीन तेल जमा कर लिया है। अंतिम समय आया न, गाँववालों को दिखा दूँगी। इसी तेल में डुबोकर रखेंगे मुझे। जब तक मेरा बेटा न आ जाए, मुझे जलाएँगे नहीं।" फिर जोर- जोर से रोने लगीं। मैंने भी साथ दिया। मानो हम दोनों प्रकाश की माँ का मृत्युशोक मना रहे हों। थमकर बोलीं, "तुम भी मुझे पागल ही

समझ रही होगी। मैं पागल नहीं हूँ।'' फिर मौन।

मेरी बिदाई की तैयारी शुरू हो गई। उनके घर के सामानों में से कुछ तो मैंने माँग लिये थे। कुछ उन्होंने स्वयं दे दिए। उस रात्रि को वे सोईं नहीं। दीया जलाए रात भर खटर-पटर करती, बक्सा खोलतीं, बंद करती रहीं। जब मेरी नींद खुली, वे चिट्ठी लिख रही थीं। मुझे बिदा करती हुई लाल कपड़े में बँधा एक बड़ा सा पैकेट देती बोलीं, ''यह तुम्हारे लिए है।'' फिर रोना। फिर गाना—

''ऊँचा घर के असोरा
असोरा बड़ा शोभल
ऊँचा है राम के लीलार
चंदन बडा शोभल।''

चिट्ठी को चावल का माँड़ लगाकर बंद किया। बिदा लेती हुई मैं भी बिफर पड़ी। प्रकाश, शिवानी, शिवानी, प्रकाश, प्रकाश, शिवानी—तोता रट रहा था। न जाने कब माँ ने उसे मेरा नाम भी सिखा दिया।

दिल्ली पहुँचने पर मेरी माँ ने कहा, ''कमाल है। अरे, इतने दिन गाँव में रहने की क्या जरूरत थी? और प्रकाश की माँ को लाई नहीं। फिर दुबारा··· ।''

''नहीं, माँ! वे नहीं जाएँगी। मम्मा, शी इज ए युनीक कैरेक्टर। मोस्ट स्टेट ऑफ दि आर्ट एंटीक। माँ, प्रकाश को इंडिया लौट आना चाहिए।''

प्रकाश की माँ के वर्णन में कई घंटे बीत गए। फिर भी मुझे लगता था, बहुत कुछ कहना बाकी है। मैं स्नान करने के लिए बाथरूम में घुसी। इधर माँ ने मेरावाला पैकेट खोल दिया। सामान निकालकर सेंटर टेबल पर रख उसे निहारती, पता नहीं किस गुन-धुन में थीं।

बाथरूम से निकलते ही मैंने कहा, ''हाय, कितनी सुंदर बनारसी साड़ी है! और यह अ अ अ। यह तो कोई एंटीक है, माँ अ अ अ।''

मैंने प्रसन्न होकर लकड़ी के बने उस लाल सिंघोरा को उलटना-पलटना प्रारंभ किया।

''माँ यह तो—यह तो...प्रकाश की माँ कह रही थीं, इसी में सिंदूर भरकर लड़का की माँ...।''

माँ गंभीर होकर चिट्ठी पढ़ रही थीं—''माँ यह क्या किया आपने! यह प्रकाश के लिए है...देखूँ।''

अब मैं चिट्ठी पढ़ने लगी, माँ शायद मेरे चेहरे पर उठते-गिरते भाव।

मेरा बेटा,

सदा खुश रहो!

तुम्हारी शैतानी नहीं गई। खुद नहीं आया। उसे ही भेज दिया, ताकि मैं गुस्सा भी न कर सकूँ। बहुत पसंद आई रे, तेरी पसंद। ईश्वर तुम दोनों को सुखी रखे। एक बार दोनों साथ आकर मुँह दिखा जाना। बहू के हाथ से भगवती को सिंदूर चढ़वाना होगा। गाँववालों को खीर भी तो खिलाऊँगी। सबने अपनी-अपनी बहू आने पर खिलाई है। मेरे ऊपर उनका कर्ज है। शिवानी बड़ी अच्छी है। मैंने इसे बहुत कुछ सिखा दिया है। तुम्हारी पसंद का खाना बनाना भी। बहुत बोलती रही मैं इसके साथ। बोलते-बोलते रुक जाती थी। कहीं कह न दे—बुढ़िया बक-बक करती है। वह तुम्हें समझ गई है। पर मेरे से अधिक नहीं। मैं माँ जो हूँ। पर अब कभी-कभी क्यों लगता है—मैं नहीं जानती तुम्हें। मैंने गाँववालों को नहीं बताया कि शिवानी मेरी होनेवाली बहू है। इसने भी मुझे नहीं बताया। बेटी की तरह ही रही।

आशीष सहित,

तुम्हारी अम्माँ।

''माँ! यह क्या? पढ़ा तुमने?'' मैं विचलित हो उठी।

माँ तटस्थ होती बोलीं, ''हाँ मैंने पढ़ लिया। अब तो तुम्हें उस बेचारी का मन रखना ही होगा। बहुत पसंद आई है वह भी तुम्हें।''

''नहीं, माँ! प्रकाश मेरा मित्र है। अच्छा मित्र। कभी उसने...।''

''लेकिन अपनी माँ की पसंद को तो उसे पसंद करना ही होगा। माँ-भक्त है न।''

"माँ अ अ अ!"

"मैं बात करूँगी प्रकाश से। मुझे भी लगता है, तुम दोनों की जोड़ी अच्छी रहेगी।"

मुझे दो माँ के चक्कर में फँसने का अहसास हो रहा था। माँ को कहाँ धैर्य था। उन्होंने प्रकाश से दूरभाष पर बात कर ली। उसने बिना किसी शर्त हामी भर दी।

और अर्द्धरात्रि को बिछावन पर करवटें बदलती मैं अपनी शर्त को पुख्ता करती रही—शादी के लिए मेरी एक शर्त होगी—'इंडिया लौटने की शर्त। आठ कमरों के उस वीरान घर में दीया जलाने की शर्त। अँधेरे में औंधी पड़ी माँ के आँचल में प्रकाश लौटाने की शर्त। प्रकाश की जरूरत तो अब इंडिया को है, अमरीका को नहीं। पूरब को उसका सूरज लौटाने की शर्त। पश्चिम पर ऋण है पूरब का। सूरज को लौटाकर पश्चिम को ऋण-मुक्त कराने की शर्त।'

□

और उसी क्षण

एक सप्ताह से मन खिन्न हो उठा था। मायके जाने का विचार अकस्मात् जागा। खिन्नता किंचित् कम हुई। पर अपने मन में कोई बहाना जमा नहीं। उन्हें कैसे बताऊँ? पिछले बीस वर्षों से बहाना ही तो बनाना पड़ता रहा है। जब कभी छपरा जाने को मन मचलता, इन्हें मनाने में ही दो-चार दिन निकल जाते। 'तुम्हें इतनी जल्दी क्या पड़ी रहती है, मायके जाने की? कल ही तो तुम्हारे पिताजी आए थे, पिछले सप्ताह तो माँ आई थीं···।'

ये प्रश्न हाजिरजवाब पत्नी की भी जबान बंद कर जाते। सचमुच, क्यों जल्दी रहती थी मुझे? पिताजी के सप्ताह में एक, दो या कभी-कभी तीन चक्कर भी लग जाते। माँ भी आ जातीं। कभी डॉक्टर को दिखाने शहर जाना है, तो कभी कोई सिनेमा-सर्कस आया है। कभी बेटी को ही देखे बहुत दिन हो गए। माँ को भी पिताजी से अनेक बहाने बनाने पड़ते थे। वह तो पिताजी थे, जो माँ की बेटी से मिलने की अबोली बेकली को परदानशीन ही रहने देते और उन्हें शहर लाकर मुझसे मिला दिया करते।

शादी के लगभग दो साल तक मेरे किराए के मकान में माँ नहीं आईं। बेटी की ससुरालवाली बात जो थी। तब मुझे ही हर छोटे-बड़े पर्व-त्योहार पर बुला लिया करतीं। अकसर पिताजी ही बुलाने आया करते। गाँव में माँ-पिताजी अकेले रहते थे और मेरे इकलौते भैया सपरिवार कलकत्ता में। दामाद की बड़ी खुशामद करनी पड़ती, 'अभी तो इनकी पढ़ाई का समय है, वैसे ही अंग्रेजी कमजोर है। बार-बार मायके जाने लगी तो फिर पढ़ाई का···।'

मेरी पढ़ाई का उनसे भी ज्यादा ध्यान रखते पिताजी। वे इतनी ही सफाई दे पाते, 'क्या करूँ! इसकी माँ नहीं मानती। इसके न जाने से तो उसका खाना-पीना भी···अच्छा ऐसा करता हूँ, इसे शाम को ले जाता हूँ। सुबह पहुँचा दूँगा। रिक्शावाले को दरवाजे पर ही रोक लूँगा। तड़के शहर पहुँचा जाएगा।'

मैं परदे के पीछे से इनकी भृकुटी निहारती। पिताजी के सामने तो वह तनने से रही, अंदर आते ही मुझपर भुनभुनाते, 'उँहूँ, छह मील पर ससुराल न हुई, एक आफत हो गई!'

मैं चुप रहने का आग्रह करती, कहीं पिताजी न सुन लें! मेरे दुर्बल इशारे को सबल स्वरों में जवाब मिलता, 'जाओ-जाओ! खूब खीर-पूड़ी खाओ, परीक्षा में भी लड्डू ही खाने पड़ेंगे।'

मैं उनकी कुढ़न की अवहेलना करती हुई एक डोलची में साड़ी-ब्लाउज डालती और पिताजी के साथ चलने के लिए उद्यत हो जाती।

पिताजी की दबी जबान फड़फड़ाने की कोशिश करती, 'इसकी माँ ने कहा था···कि···मेहमानजी (दामाद) को भी···'

'नहीं! मैं नहीं जाऊँगा। मुझे आज एक मीटिंग में जाना है।' जवाब सधा हुआ रहता, मानो प्रश्न-पत्र आउट हो रहे हों।

'ठीक ही कहते हैं। आपको कैसे फुरसत होगी! मैं उसे यही तो समझाता रहता हूँ। वह ठहरी अनपढ़ औरत, उसे कामकाजी लोगों की व्यस्तता का अंदाजा नहीं। दाल भरी दो पूड़ियाँ और खीर खिलाने के लिए परेशान रहती है। दामाद भी आएँ, बेटी भी आए! मैं उसे कैसे समझाऊँ कि शहर में तो लोग रोज तरह-तरह की मिठाइयाँ खाते रहते हैं, तुम्हारी इस पूड़ी-खीर का क्या···'

रिक्शावाले द्वारा घंटी बजा देने से इन्हें भी राहत मिलती और मुझे भी। मुझे हमेशा भय रहता—कहीं इनकी सहनशक्ति धैर्य न खो दे, ये पिताजी को जवाब न दे दें और अंत में मेरा जाना न रुक जाए।

□

घर पहुँचने पर माँ दरवाजे पर ही बैठी मिल जातीं। रिक्शे की खटर-पटर से आश्वस्त होती हुई आवाज लगातीं, 'अरी भूलनी, जरा लालटेन तेज कर दो!'

लालटेन की धुँधली रोशनी के सहारे मचिया पर बैठे-ही-बैठे रिक्शे से उतरनेवालों की संख्या गिनने की कोशिश करतीं। मेरे पाँव छूते ही उनका पहला प्रश्न होता, 'मेहमानजी नहीं आए?'

मैं चुपचाप अंदर चली जाती। वे पिताजी पर उबल पड़तीं, 'आप नहीं लाए न मेहमान को। इतनी मेहनत से खीर बनाई है। कहाँ-कहाँ से दूध मँगवाया! व्रत-त्योहार का दिन है, कोई दूध देता भी नहीं। पूड़ी की दाल भी गरम मसाला डालकर भूँजी थी। मुझे लगता है, आप मेहमानजी को नहीं…'

पिताजी गरज उठते, 'बेकार की बातें बंद करो। खुद ही क्यों नहीं चली गई बुलाने? मेहमानजी इनकी खीर खाने अपना काम छोड़कर आएँगे! इतने बड़े अफसर हैं और उनको यही…'

झुँझलाते हुए अपनी टोपी उतारकर आरामकुरसी में धँस जाते पिताजी। माँ बड़ी मुश्किल से अपने गठियाग्रसित वजनी शरीर को मचिया से उठा पातीं। कमर सीधी करने में बिताए समय का सदुपयोग पिताजी की झल्लाहट सुनने में जाता।

'ठीक ही कहते हैं आप। हम अनपढ़ लोग क्या जानें उनका कामकाज! सुबह कुछ बनाकर किसी के हाथ भेज दूँगी।' अपने को समझाती हुई माँ अंदर जाने का सश्रम उपक्रम करतीं।

पिताजी उनकी योजना में संशोधन करते, 'किसी के हाथ नहीं। बिल्कुल सुबह मधु को ही लौटना है! उसी के साथ…'

'लो! तब इसे भी क्यों बुला लाए? रात भर के लिए आना क्या जरूरी था?' पुनः एक बार बड़ी कठिनाई से लौटकर उफनतीं।

सचमुच, माँ का मन बैठ जाता। मक्की की रोटी, महिजाउर (मट्ठा-चावल), चावल की रोटी, बड़ी-कढ़ी, अडकौंच (अरुई के पत्ते की सब्जी), तपरुआ (पकौड़ी), तिलौड़ी—न जाने क्या-क्या बनाकर खिलाने की योजना का कार्यान्वयन भला उतने अल्प समय में कैसे हो सकता था? रात से सुबह तक जो भी बन पड़ता, खिलातीं; सहेज देतीं, कुछ बनाने का सामान बाँध देतीं, योजनानुसार सूची के बचे हुए खाद्य पदार्थ को मेरे अगले आगमन के

समय बनाने और खिलाने की योजना मन में सँजोकर संतोष करतीं।

पिताजी वादे के पक्के थे। तड़के ही मुझे शहर भेज देते। माँ सुबह चार बजे से ही उठकर कुछ-न-कुछ बाँधती रहतीं। मेरे 'ना-ना' करने पर भी अनेक छोटी-बड़ी पोटलियाँ बँध जातीं। उनके दामाद को कौन सी चीज, कैसे खिलाऊँ, इसका भी सविस्तार निर्देश होता।

शहर पहुँचकर मैं उन पोटलियों को इनकी गिद्ध-दृष्टि से छिपाकर झल्लाहट से बचने का अथक प्रयत्न करती। पर कभी बच नहीं पाई। वे मुझे यथार्थ का आभास कराते, 'मधु, जरा सोचो तो। कितने का सामान होगा यह सब मिलाकर? मुश्किल से केवल पाँच-दस रुपए का न! क्या शहर में ये सारे सामान नहीं मिलते? तुम वभनमोटरी (पंडितजी को दान में मिले अन्नों की पोटलियाँ) उठा लाती हो? तुम्हारे गाँव के लोग क्या सोचते होंगे? और अपने पड़ोसवाले भी···'

मैं ऐसे चुप रहती, जैसे दाँतों के बीच जिह्वा ही न हो। उनका कहना बिल्कुल ठीक ही तो होता था। उन गठरियों में भरे सामानों में से अधिकांश का तो मैं उपयोग भी नहीं कर पाती थी। फिर क्यों उठा लाती थी? माँ को मना तो कर सकती थी, 'माँ, तुम्हारी यह दो सेर मूँग, एक पाव सरसों, एक पाव धनिया, थोड़ी सी मिर्च, नीबू एक-दो खीरा, एक कद्दू···मुझे नहीं चाहिए। आखिर मेरे अफसर पति की कमाई और खर्च के आगे ऊँट के मुँह में जीरा ही तो होगा यह सब। इतना सामान तो मेरा नौकर ही फेंक देता है।'

इतना अवश्य होता कि डाइनिंग टेबल को राष्ट्रीय एकता का मंच बनाने के सफल प्रयास में मुझे अपनी मेहनत पर ही पश्चात्ताप होता, जब छोले-भठूरे, उपमा, डोसे, नारियल की चटनी का परित्याग करते हुए ये बार-बार तीसी की चटनी, भुनी हुई मूँग का भुरता, तिलौड़ी की ही माँग कर बैठते, प्लेटों को बिल्कुल चाट ही जाते। और इसीलिए शायद माँ को मना नहीं कर पाती थी।

दिन बीतते गए, बच्चे हुए। माँ मेरे घर भी आने लगीं। अपने साथ भी अनेक गठरियाँ सहेज लातीं। पर इन्हें हमेशा की तरह वे गठरियाँ दर्द देती

रहीं। परिवार बढ़ा था, घर का खर्च भी। नौकर, दाई, ड्राइवर, चपरासी के खाने-पीने से चौके का भी खर्च बढ़ गया था। आमदनी के अनुसार खर्च का बढ़ना हमें अखरता नहीं। हमारा खर्च ज्यों-ज्यों बढ़ा था, माँ की गठरियों की संख्या और वजन घटता गया था। इनकी लाख परोक्ष अथवा अपरोक्ष वर्जना से उनका आयात बंद नहीं हुआ। मुझे तो उन गठरियों को खोलते ही उनसे निकलता एक अबोध स्पर्श थपथपा जाता। रोम-रोम झनझना उठता, पुलकित हो उठता।

□

मैं अपनी कार से मायके जाने लगी थी। माँ बहुत वृद्ध हो गई थीं। उनका चलना-फिरना भी बंद हो गया था। दो महीने में एक बार मैं अवश्य चली जाती। अव्वल तो मुझे अब समय निकालना ही मुश्किल होता था। माँ की बीमारी का हाल सुनकर यह अनमने ढंग से ही सही, जाने की अनुमति दे देते थे।

उस दिन जब छपरा गई तब भैया-भाभी भी कलकत्ता से साल भर बाद माँ को देखने आए थे। मैं किरण, मंजु एवं मुकुल से उलझी बैठी थी। बहुत दिन बाद 'फूआ-फूआ' से आँगन गूँज उठा था। भाभी से गप्पें मारने की अलग पड़ी थी। उधर माँ हल्ला मचाए जा रही थीं, 'मधु! सुनो इधर। मधु! आओ न, फिर बैठी रहना···मधु! एक पल में तुम्हारे जाने का समय हो जाएगा, मेरे पास तो बैठो, हाय भगवान्! मेरी कमर। मेरी टाँगें।'

मैं बच्चों की संगति का बिछोह सँभाले जा बैठी माँ के पास। उन्हें कुछ भी सुनना-सुनाना तो था नहीं, आवाज मंद कर कहने लगीं, 'दखिनवारी घर में चली जा। वहाँ एक हाँड़ी में मूँग रखी है, उसमें से ले लो, थोड़ा मकई का आटा ले लो, नवीन को भूँजा अच्छा लगता है, एक-दो मकई की बाल भी ले लो। प्रवीण को खीर बड़ी अच्छी लगती है, थोड़ा गमकौआ (गमकता) चावल ले लो, आएँ मैं···मेरी कमर, हाय! मैं तो उठ भी नहीं सकती।'

मैं अपलक उन्हें निहारती रही। वे कभी मेरी कलाई में पड़ी सवा दो इंच की एक दर्जन नई चूड़ियों को निरखतीं, उन्हें घुमाने का व्यर्थ प्रयत्न करतीं।

मेरी बाँह सहलातीं, कभी मेरे मांसल पेट पर हाथ फेरती हुई इतना भर कह पातीं, 'बड़ी दुबली हो गई है! जा बेटी, जा सब बाँध ले।'

मैं 'ना' भी नहीं कह पाई, बगल के आँगन से मेरी चाची आ गई थीं। उनसे आग्रह कर माँ ने मेरे लिए सब सामान बँधवाया। इस बार मुझे बड़ा बुरा लगा था। पता नहीं, वह कौन सा भय था कि उन गठरियों को अस्वीकार न कर सकी। भैया शहर तक मेरे साथ आए थे। कार की डिक्की से निकालकर लाते समय गठरियों को चपरासी के हाथ में देखते ही दरवाजे पर बैठे मेरे पति उबल पड़े, 'क्या ला रही हो! फेंक दो उधर। उठा लाती हैं धरोहर—मोटरी। लाख बार मना किया, मेरे घर यह सब मत लाया करो। ये मानें…'

मेरा पाँव बैठक में पड़ा ही था कि मैं झटके से पीछे मुड़कर इन्हें चुप रहने का इशारा कर गई, 'क्यों चुप रहूँ जी? तुमसे कितनी बार कहा, मेरे घर गठरियाँ मत ढोया करो…,' आवाज सामान्य कर बोले, 'आइए-आइए, आप भी हैं। आप कब आए?' कहते हुए भैया की अगवानी करने लगे।

मेरी जान में जान आई। पुनः इस भय से काँप उठी कि कहीं भैया ने न सुन लिया हो इनका गर्जन।

भैया ने सुना था या नहीं, यह न उनके व्यवहार से पता चला, न ही मैंने पूछा। क्यों पूछकर अपना मन दुखाती! किसकी गलती बताती! मरण-शय्या पर पड़ी माँ की, अपनी या उनकी? चुप रहना ही ठीक लगा।

□

साल भर के भीतर माँ गईं। उनकी बरसी के दिन ही उनका पीछा करते हुए पिताजी हमें छोड़ गए। बड़ी हिम्मत बटोरकर मैंने प्रश्न किया, 'मैं छपरा जाऊँ?'

प्रश्न के साथ ही एक तिरछी निगाह उछलकर मेरे ऊपर पड़ी, 'कमाल है। अब क्या करना है छपरा में? अब तो माँ भी नहीं। क्या मकान के दर्शन करने जाओगी?'

प्रश्न के शब्द तो सीधे, सपाट व अक्षरशः सत्य थे। इनकी भंगिमाओं व स्वर ने मिलकर उनके अर्थ बदल दिए थे। इनकी बातों की परवाह किए

बिना मैं एक बच्ची की तरह मचल पड़ी, 'जाने दो न! एक वर्ष तो हो गया। भाभी भी आई हुई हैं।'

यह नेक सलाह देने की नीयत से बोले, 'देखो न! कितनी गरमी पड़ रही है! गाँव में बिजली भी नहीं रहती, फिर तुम बच्चों को लेकर…'

'बच्चों को यहीं छोड़ देती हूँ। कल ही तो लौट आऊँगी।' मैं तपाक से बोली।

एक क्षण रुककर इनकी हामी क्या भरनी थी, मेरे कदमों में घरमुँहे बैल की गति आ गई। झटपट तैयार हो गई। इन्होंने ही निजी ड्राइवर से कहा, 'तुम्हें इन्हें लेकर छपरा जाना है। मैं ऑफिस से जीप मँगवा लेता हूँ।'

इन्हें इतना सहृदय होते देखकर मेरी हिम्मत बढ़ी, 'इस बार दो दिन रुकूँगी।'

वे मुसकरा उठे।

ठीक एक वर्ष बाद मायके जा रही थी, एक वर्ष पहले पिताजी के श्राद्ध पर गई थी। इस बीच न कोई बुलाने आया था, न ही मैं गई। जाती कहाँ? मन तो बिल्कुल निश्चिंत पड़े रहना चाहता था। भाभी बगीचे के आम-लीची बेचने एवं घर का गल्ला-पानी भी सहेजने गाँव आई थीं। मेरी भतीजी किरण और उसके पति कैलाश भी आए थे। चलो, इनकी भी सहमति मिल गई।

छपरा की तरफ मुड़ते ही शरीर में एक निर्मल रक्त-प्रवाह होता सा लगता, जो पूरे शरीर को गुदगुदा तनाव-मुक्त कर जाता था। अकसर आते वक्त और पुनः लौटने पर ये थोड़ा चिढ़ से जाते थे; लेकिन इस बार तो बड़े स्नेह से इजाजत दे दी। चलो, लौटने पर भी इनके गुस्सा होने की बला टल ही चुकी थी।

माँ ही नहीं तो गठरियाँ कौन सहेजेगा? बेकार का ही तो सिरदर्द दे देती थीं। माँ अपनी वृद्धावस्था में बड़े कष्ट झेलकर मरी थीं। इसलिए उनसे बिछुड़ने का जो दर्द उठा, उसे माँ को उसके कष्टों से मिले छुटकारे के अहसास ने सहलाया था।

गाँव आ गया। गाड़ी भैया के दरवाजे पर रुकी। टोले भर के बच्चे दौड़

आए। 'मधु फूआ आईं, मधु दीदी आईं' से वातावरण गूँज उठा। मेरे घर से भी भतीजे- भतीजियों के साथ भाभी निकल आईं। सब-के-सब मेरे अकस्मात् आगमन से प्रसन्न हुए। लेकिन मुझे क्या हो गया? वही गुदगुदानेवाला, आश्वस्त करनेवाला, निश्चिंतता देनेवाला रक्त-प्रवाह रुक-सा क्यों गया था? जैसे पाँव ही पीछे लौट रहे हों मेरे।

सीढ़ियाँ चढ़ते ही दरवाजे पर पड़ी बड़ी सी आरामकुरसी, चौखट से लगी मचिया, पूरा परिवेश तो वही था। भाभी ने कहीं कोई परिवर्तन नहीं किया था। खाली पड़ी आरामकुरसी के पास सहसा एक क्षण पाँव रुके, हाथ भी झुकना चाहा, मैंने बलपूर्वक रोककर अपने को संयत किया। पुनः घर में प्रवेश करने ही वाली थी कि खाली पड़ी मचिया ने जैसे साड़ी का घेर ही थाम लिया हो। मैं अपने को ठेलती हुई अंदर ले गई। आँगन में ही भाभी ने खाट डलवा दी थी। औरतें-बच्चे घिर गए।

आँगन से लेकर घर-द्वार तक भरा पड़ा था। भाभी, भैया, बच्चे सब बहुत दिन बाद इकट्ठे हुए थे। उस भरे हुए माहौल में भी एक सूनापन मेरा पीछा कर रहा था। दो सूनी कटोरदान में पड़ी नीली थकी आँखें मानो मेरे अंग-अंग निरख रही हों। मैं विचलित हो उठी। वे रिक्त कटोरे सिर से पाँव तक मुझे अपनी दृष्टि में भर लेने को उद्यत हों। मैं अचकचा सी गई। मेरी अकुलाहट चाची से छिप न सकी। वे बिफर पड़ीं, 'बिटिया को दीदी (मेरी माँ) की याद आ रही है।'

पके हुए घाव में जैसे किसी ने सुई चुभोई हो।

तभी किरण चाय ले आई थी। मेरे आँसू बहते देखे। अचकचाकर पूछा, 'फूआ को क्या हुआ?'

'कुछ नहीं, कुछ नहीं।' कहती हुई चाची अपने आँचल से मेरी आँखें पोंछती अपनी आँखें भी गीली कर गईं। मैं उठकर नल पर चली गई। चापाकल के ठंडे पानी का बहाना बनाकर खूब धोया आँखों को।

टोले-मुहल्लेवालों को भी बड़ा आश्चर्य हुआ, जब तड़के सदा की तरह मेरी कार रवाना नहीं हुई। चाची ने भाभी से पूछा था, 'मधु नहीं जा रही है

क्या? पहले तो कभी नहीं रुकी? बूढ़ा-बूढ़ी तो दामाद के डर से बेटी को सुबह ही भेज दिया करते थे।'

भाभी ने बड़ी संजीदगी से स्पष्ट किया था, 'मैं नहीं डरती इनके मियाँ से। दो दिन बाद जाएँगी। इतने दिन बाद तो आई हैं, न जाने फिर कब गाँव-घर का मुँह देखेंगी!'

व्यवहार-कुशल भाभी ने एक न उठा रखी मेरी आवभगत में। नई-नई शैली में पुलाव, मीट, मछली, पता नहीं क्या-क्या बनाया। पर मेरी जिह्वा तो चिरपरिचित स्वाद की याद में व्याकुल, मेरी आँखें थीं जो भर-भर आतीं। 'स्वागत समिति' के सदस्यों से उन गीली आँखों को छिपाना ही मेरे लिए समस्या हो गई थी। चलते समय दो बड़ी पेटियाँ आम, दो पेटियाँ लीची, दो बड़े कटहल, एक दौड़ा पकवान, न जाने क्या-क्या कार की डिक्की से लेकर कैरियर तक भर गया! मैंने भाभी को लाख मना किया, न मानीं। बोलीं, 'कोई खरीदकर तो नहीं दे रही हूँ, सब अपने बगीचे के तो हैं। बच्चे खाएँगे।'

उस सामान को देखकर चाची गद्‌गद हो उठी थीं। भाभी को शाबाशी देती हुई बोलीं, 'बड़ा अच्छा किया है दुलहन ने। ननद की बिदाई तो ऐसी ही होनी चाहिए, अब मेहमान भी खुश होंगे। दीदी तो न जाने कितनी छोटी-बड़ी पोटलियाँ बाँध देती थीं।'

मुझे वहाँ न देखकर भाभी के कान में फुसफुसाईं, 'पता है, मेहमानजी ने एक बार अपने साले को उन पोटलियों की खातिर ही बेइज्जत कर दिया था। बबुआजी भी ऐसे कि आकर माँ पर ही मन की भड़ास निकाल गए। बड़ी जली-कटी सुनाई थी माँ को। दीदी ने कान पकड़कर कहा था—अब मधु को कभी कुछ नहीं दूँगी। बेटा, मुझे तो कभी मधु ने बताया नहीं कि मेहमान बिगड़ते हैं। दीदी दिन भर रोती रही थीं उस दिन, खाना भी नहीं खाया था। हाय! बेचारी एक ही महीने बाद तो संसार छोड़ गईं।' कहती-कहती चाची ने आँचल से अपनी आँखें पोंछ लीं।

बीचवाले कमरे का एक किवाड़ उढ़काकर मैंने फुसफुसाई आवाज भी सुन ली थी। कई दिनों से एक गड्ढे में ढके, सिमटे, थमे जल को मानो किसी

ने एक नाली चीरकर पथ-प्रदर्शन किया हो। जल प्रवाहित हो उठा उस सहारे के साथ। मेरी आँखों से बहती अविरल धारा में कई छोटी-बड़ी धाराओं के समाहित होने से उनका वेग तीव्र हो चला था। मैं उस धार को भाभी से छिपाती घर में ही इधर-उधर चहलकदमी करती रही! बाहर ओसारे से ही भाभी ने मुझे आवाज दी, 'आपके साथ किरण एवं कैलाश भी जाएँगे। उन्हें भी लौटना है।'

और जैसे उन्हें कुछ याद आ गया हो, 'किरण, अरे, कोई कपड़ा है तो दे दे, मूँग, चूड़ा, मकई का आटा, सरसों बाँध दूँ।' मुझे ही एक पुरानी साड़ी का टुकड़ा थमाती हुई बोलीं, 'मधुजी, किरण जो सब माँगे, दखिनवारी घर में से लेकर बाँध दीजिए। मैं आप लोगों का नाश्ता लगाती हूँ।'

आँसुओं ने फिर एक बार अपना सब्र खोया। एक घर का अँधेरा, दूसरी वह बंधनहीन धारा, कुछ सूझे जो बाँधूँ।

बड़ी मेहनत से पहले आँसुओं को बाँधा, फिर वे बड़ी-छोटी गठरियाँ, रास्ते में ही किरण के साथ गठरियाँ उतर गई थीं। गठरियाँ उतारते वक्त कैलाश इनकी ही अदा में खीजे थे। गुलाबी गुस्से से तर था उनका भी मुखड़ा।

दरवाजे पर गाड़ी का हॉर्न सुनते ही यह बाहर आ गए थे। मेरी नजर इनपर, इनकी गाड़ी की डिक्की पर टिकी थी। चपरासी फलों के बक्से उतारकर बरामदे में रखता गया। साक्षात् नेपाल-बिहार सीमा पर तैनात कस्टम इंस्पेक्टर की दृष्टि लग रही थी उनकी। केवल फलों के बक्से उतारकर ड्राइवर गाड़ी मोड़ने लगा, इंस्पेक्टर साहब निराश। मानो तस्करी ही बंद हो गई हो। लेकिन ऐसा कैसे हो सकता था? यह लीची, आम के बक्सों को ही कुरेदते रहे। भारी मन के बोझ से बोझिल हुए कदमों को घसीटती मैं अंदर गई।

'पापा! पापा! इतने सामान ले आईं मम्मी? कहाँ से आईं?' नवीन दौड़ता हुआ आकर सुखद आश्चर्य प्रकट कर गया।

'पापा, आप तो बोलते थे, माँ नानी के घर गई थीं? फिर इतना सारा सामान कहाँ से…' प्रवीण बोल गया।

अवसाद से भरे क्षीण स्वर थे कस्टम इंस्पेक्टर साहब के, 'बेटा! तुम्हारी मम्मी मामी के घर गई थीं।'

नवीन, प्रवीण, परिमल एवं दो छोटे-बड़े नौकर-ड्राइवर भी फलों के बक्से अंदर ले जाकर खाली करने में व्यस्त हो गए।

थके कदमों को इन्होंने अंदर तक घसीटा, मैं खिड़की पर खड़ी, शून्य को भरे हुए गले से निहार रही थी। पीछे से आकर मेरे कंधे थपथपाते हुए बोले, 'माँ किसी की बैठी नहीं रहतीं, मधु।'

बरसाती नदी की अविरल धार बह चली मेरी आँखों से, जिसे बाँधने की कोशिश में ये भी भीग गए—अंदर से बाहर तक। और उसी क्षण तो माँ का अभाव खला था!

□

एक दीये की दीवाली

गणेश किसी से हार मानने वाला नहीं था। मधुवनी के छोटे से गाँव के कोने में बसी दस झोंपड़ियों में से एक झोंपड़ी उसकी थी। उसका जीजा उसे शहर उठा लाया था। उमर होगी पंद्रह-सोलह की। यह तो हमारा अनुमान था। जब उसकी माँ को ही बेटा के जन्म की न तिथि, न महीना, न साल याद थे तो बेटा को क्या पड़ी थी अपना जन्मदिन याद रखने की! उसे कौन सा अपना जन्मदिन मनाना था और हर जन्मदिन पर मोमबत्ती की एक संख्या बढ़ानी थी!

'गणेश, तुम कितने साल के हो?' मेरे बेटे ने पूछा था।

'हम...अ...अ...हम दस साल के हैं।'

'चल हट! मूँछ निकलने को आईं और दस साल का है! झूठा कहीं का!'

वह रोनी सूरत बनाकर मेरे पास आ गया—'मम्मी, मैं दस साल...'

'हाँ-हाँ, तुम नौ साल के ही हो। जाओ, काम करो—डस्टिंग कर लो। गमलों में पानी डालो।'

वह बिहँसता हुआ अपने काम में जुट जाता। उसकी हाँ-में-हाँ मिलाने के लिए मैं ही तो अकेली थी उस घर में। दिल्ली आए उसे छह महीने हो गए। जिस दिन उसका जीजा उसे मेरे पास लेकर आया था, उसे उठने-बैठने का भी सऊर नहीं था। अकसर बाहर बालकॉनी में जाकर खड़ा हो जाता।

आसमान या सामने पार्क की हरी-भरी धरती पर निगाहें टिकाए पता नहीं क्या सोचता रहता।

'गणेश, क्या कर रहे हो?' चौंक उठता गणेश। उसके हाथ में घर की सफाई करने का जो भी हथियार उस वक्त रहा हो, उसे चलाने लगता। कभी पोंछा लगाते-लगाते बीच कमरे में ही खो जाता, पोंछा पकड़े अन्यमनस्क बैठे गणेश को मेरे घर का कोई सदस्य टोक दे—'गणेश, सो गए क्या?' तो उसका हाथ चलने लगता। काम के बीच में स्वेच्छा से मारे मध्यांतर के समय की क्षतिपूर्ति में हाथ की रफ्तार तेज हो जाती।

एक माह तक तो हम घरवाले अकसर आपस में चिंता व्यक्त करते—'गणेश कुछ बोलता क्यों नहीं?'

स्वाति नक्षत्र की बूँद धरती पर पड़ते ही गणेश कंठफोड़ हो गया। और प्रतिदिन दो-चार-पाँच शब्दों से बढ़ाकर शहर में अपनी आयु के दूसरे महीने में प्रवेश करते ही जिस दिन पाँच सौ शब्द बोल गया, मेरे बेटे ने डाँटा—'क्या बात है, हर समय बक-बक करते रहते हो?'

वह हाथ मटकाकर, सिर हिलाकर कहता, 'हम कहाँ बक-बक करते हैं? हम कह रहे थे···।' और उसका कहना कोई दूरदर्शन पर दिखाए गए सार्थक दृश्यों की तरह अल्पायु का नहीं होता था। गणेश का हर कथन कई-कई दिन चलनेवाली लोक-कथाओं की तरह जारी रहता।

हमें इतना अवश्य मालूम पड़ गया था कि छह महीने में छह क्षण के लिए भी गाँव, खेत-खलिहान-झोंपड़ी और माँ से उसका बिछोह नहीं हुआ था। अपने पीछे छोड़ आए गाँव और परिवेश के प्रति कोई हीन भाव भी नहीं था उसके मन में।

उस दिन बड़े मनोयोग से खीर बनाई थी मैंने। पूछा, 'गणेश, खीर खाई? कैसी लगी?' इस विश्वास के साथ कि गणेश की जिह्वा पर चार लीटर दूध में सौ ग्राम चावल और मेवेवाली खीर शायद पहली बार पड़ी होगी।

मेरी खीर की प्रशंसा कहाँ करता वह। वह तो अपनी माँ द्वारा बनाई एक पाव दूध, आधा किलो चावल, दो लीटर पानी और आधा किलो गुड़ में बनी

खीर के स्वाद में डूब गया।

'हे···अ···अ! मम्मी···अ···अ! हमरो माय खीर बन बइत रहे। बड़ा मीठ। मुँह से न छूटे। हे हमर बाबू···अ···अ खूब खाइत रहे खीर। पूरा थाली भर के। हे···अ···अ फगुआ (होली) के दिन भर थाली खीर देलक हमर माय हे···अ···अ···अ···अ।'

उसकी माँ ने भी होली के दिन अवश्य खीर बनाई होगी। पर मेरी खीर और उसकी माँ की खीर के रूप, रंग, स्वाद में अंतर का अनुमान तो मुझे था। गणेश ने हलके से भी मेरी खीर की प्रशंसा नहीं की। लगता है, मेरे द्वारा दी गई एक छोटी सी कटोरी में चार चम्मच खीर थामे वह अपने अतीत में पहुँच माँ द्वारा पूरी थाली भरकर परोसी गई खीर के स्वाद में डूब गया। मेरी खीर का स्वाद उसकी जिह्वा पर उतरा ही कहाँ!

उसके द्वारा यही गति मेरे घर में बने अन्य व्यंजनों की भी होती। किचेन में बेसन की सब्जी, मक्की की रोटी, सूजी का हलवा बनाना प्रारंभ हो, गणेश शुरू हो जाता—'हे···अ···अ हमरो माय बनवइत रहे अ···अ···अऽ' और फिर अपनी माँ द्वारा उस व्यंजन के बनाने की कथा का श्रीगणेश कर वह इतिश्री भागवत कथा प्रथमोऽध्याय के लिए कहाँ थमता था।

निश्चय ही उसकी झोंपड़ी और दिल्ली में मेरे तीन कमरे के फ्लैट की तुलना में 'कहाँ राजा भोज और कहाँ गंगू तेली' कहावत का कद भी ओछा पड़ जाता। पर गणेश तो गणेश था। मेरे मार्बल पत्थर लगे फर्श पर पोंछा फेरता, अपनी माँ के गोबर-सने हाथों को समेट हृदय से लगा सराबोर हो जाता।

'हे हमरो माय घर लिपता है। रोज-रोज। गोबर से···अ···अ।'

'चुप कर। शुरू हो जाता है।' अपने को कम आँकने की उसकी औकात नहीं थी। मेरे लिए कोई फर्क नहीं पड़ता था। गणेश की उम्र के बच्चों द्वारा अपनी माँ को सर्वोच्च साबित करना मुझे सुखकर लगता। पर मेरे बारह वर्षीय बेटे से उसकी अकड़ बरदाश्त नहीं होती। दोनों में अकसर ठन जाती। मुझे बीच-बचाव करना पड़ता। उसकी मैथिली में हिंदी घुलती जा रही थी। मेरे

बेटे ने उसे पराजित करने के लिए अंग्रेजी बोलना प्रारंभ कर दिया। गणेश मुँह बिचकाता बोला, 'हूँह! हमरो माय…अ…अ…अ।'

हम सब ठहाका मारकर हँस पड़े। वह चुप हो गया। पर चेहरे पर शर्मिंदगी नहीं थी। हम जैसे नासमझों को अपनी न समझा पाने की बेबसी अवश्य थी। जबरन हँसी रोकती मैं बोली, 'क्या तुम्हारी 'माय' भी अंग्रेजी बोलती है?'

हम सबके बीच हँसी का एक और ज्वार उठा। पर गणेश हँसा नहीं। पहली बार गंभीर हो गया। दिन भर गंभीर ही रहा। शाम को उसे सहज बनाने के लिए मैंने पूछा, 'गणेश, क्या बात है?' 'कुछ नहीं।' मुँह फेरकर वह बालकनी में चला गया। मैं उसके सामने जाकर खड़ी हो गई। वह निर्निमेष आकाश निहार रहा था। आकाश ने भी निराश नहीं किया उसे। जल की दो बूँदें तैर उठीं उसकी गर्वीली आँखों में। नयन नम हुए थोड़ी देर के लिए ही सही।

'गणेश! माँ की याद आई क्या?' मेरे स्नेह के दो बोल उसे आश्वस्त कर गए। सदा की तरह अपनी बत्तीसी चमकाते हुए बोला, 'हे…अ…अ! हमर माय अँगरेजी नई बोलती। हम जब दिल्ली आ रहे थे, हमर माय बोली—अँगरेजी पढ़ लेना। तभी दिल्ली में टिक पाओगे। वही हम कह रहे थे कि भैया से हम भी अँगरेजी सीखेंगे।'

'ठीक है, ठीक है। अभी हिंदी पढ़ना शुरू किया है। हिंदी पढ़ लो, फिर अंग्रेजी भी सिखा दूँगी। अब झटपट दूध ले आओ और कपड़े सब उठाओ।'

मेरे स्नेहिल दो बोल से अधिक उसके मन की बात निकल जाने से उसके मन का मलिन धुल गया था। और मेरा मन निश्चिंत हुआ था कि वह हर्षित होता दूध का डिब्बा उठाने किचेन में चला गया था।

नवरात्रि के दिनों में भी दिल्ली का दशहरा, देवी-पूजन तथा रामलीला के विधि-विधानों के ऊपर चढ़कर बोलता रहा उसके गाँव का देवी-पूजन मेला। लाल चमकौआ साड़ी पहनकर उसकी माय का मेला देखने जाना, मेले में पच्चास पैसे का गुब्बारा और एक रुपए का बतासा खरीदना। माँ के ललाट

पर बड़ी सी टिकुली का चमकना। उसके पाँवों में पहली बार हवाई चप्पल का पड़ना। और न जाने क्या-क्या!

अब दीपावली की बारी थी। इधर मेरे घर की रँगाई-पुताई, साफ-सफाई प्रारंभ हुई, उधर गणेश की माँ की झोंपड़ी के झाड़-पोंछ, लिपाई-पुताई का आँखों देखा हाल मेरे घर रूपी आकाशवाणी के स्पेशल गणेश कथा चैनल पर प्रसारित होता रहा। मुझे यह तो अँदेशा था ही कि दिल्ली की दीपावली को भी उस चैनल का उद्घोषक फीका ही करार कर देगा। समय का इंतजार था।

दीपावली के दो-तीन दिन पूर्व से ही प्रारंभ हुए बम-पटाखे की आवाज उसके कानों में पड़ते ही पूछ बैठा—'ई क्या हुआ, मम्मी? ई कैसी आवाज है?'

'दीवाली आ रही है न! बच्चे पटाखे और बम फोड़ रहे हैं।'

'अभी क्यों? आज तो दीया-बत्ती नहीं है न!'

अब मैं कहाँ उसके साथ झक-झक करती। 'यहाँ सब दिन दीवाली होती है। जा, अपना काम कर। अभी कितना काम बाकी है।'

'हे मम्मी! हमरो माय अपन टीनवाला पेटी धोयले होतई। है···अ···अ वही पेटारी में माय के चमकौआ साड़ी और एक दो···।'

'चुप कर न। समझ गई, तुम्हारी माँ के पास पेटारी भी है, अच्छी साड़ी भी। तुम्हारे घर में सब चीजें हैं। अब इन चारों गोदरेज की अलमारियों को तो साफ कर। सारी दीवार अलमारियों, किचेन के ऊपर खाने में पड़े पचासों पीतल, काँसे और स्टील के बरतन बाकी हैं।'

मैं स्वयं उसके साथ साफ-सफाई में हाथ बँटाती, काम के बोझ से दबी जा रही थी। पर गणेश था कि न मेरी भरी अलमारियों, न ढेर बरतनों के बोझ तले दबने को तैयार। मुझे भी कहाँ पड़ी थी उसकी स्मृतियों को काटने-छाँटने की!

'हे मम्मी! हमर माय···अ···अ दीया-बत्ती के रात···।'

'चुप कर न! अभी दीवाली बीत जाने दे। फिर सुनाना अपनी माय द्वारा मनाई गई दीवाली-वृत्तांत। आराम से बैठकर सुनूँगी।'

वह चुप कहाँ हुआ। किचेन में मिठाइयाँ बनाती, अल्पना करती, दीया जलाती मैं उसे चुप कराती रही। वह कहाँ मानने वाला था। रात्रि के दस बजे के बाद वह अचानक चुप हो गया। पटाखे छोड़ने, बम फोड़ने मेरे बेटे के साथ नहीं गया। मेरे बेटे के अनुग्रह पर भी नहीं।

मेरे बेटे ने कहा, 'चल न, गणेश! छत पर चल। बम फोड़ेंगे। मैं तुम्हारे 'माय' की दीया-बत्तीवाली कहानी सुन लूँगा। चल न!'

उस मनुहार का कोई असर न हुआ उसपर। छत के कोने में जाकर खड़ा हो गया। पटाखों की आवाज सुनता रहा। शायद रात भर। सुबह हमारी आँखें भी देर से खुलीं। मैंने आवाज लगाई—'गणेश! गणेश!' वह नहीं आया। मैं छत पर गई। वह एक कोने में दुबका बैठा नींद खींच रहा था।

मैंने डाँटकर कहा, 'क्या जागता रहा रात भर?' उसका मुँह लटका हुआ था। निस्तेज, हारा-थका। रात भर जलकर बुझे मेरे पूजाघर के दीये जैसा। सड़कों पर ठंडे पड़कर ढेर हुए बम-पटाखों और फुलझड़ियों के अवशेष जैसा। मैंने उसका वह रूप नहीं देखा था। चिंतित होती उसे नीचे उतार लाई। चाय पीते हुए मैंने पूछा, 'क्यों गणेश, अब सुनाओ। तुम्हारी माय की दीया-बत्ती कैसी होती है?'

वह चुप था। सिर नीचा किए हुए। माय का नाम सुनकर भी गणेश का निःशब्द रहना मुझे अचंभित कर गया। मेरे बेटे के झकझोरने पर टंकी में पानी खत्म हो जाने पर टैप खोलने की भाँति उसके कंठ से कथ्य रिसने लगा—'हमर···माय···रात भर···एगो···दीया···जलते···छोड़ देइत रहे।'

करोड़ों रुपए फूँककर मनाई दिल्लीवालों की दीपावली के नीचे उसकी माय की दीया-बत्ती कितनी छोटी पड़ी थी, इसका न आश्चर्य, न गम था मुझे। उसकी स्थिति देखकर गम था तो उसकी 'माय' का मम्मी के आगे छोटी पड़ने का। मैं कभी नहीं चाहती थी, उसकी माय मम्मी से पराजित हो जाए। गणेश की माय तो माय थी। उसके लिए अपराजिता। उसने एक ही दीये की दीपावली मनाई तो क्या!

□

अचार का घड़ा

हाँ, माँ के लिए उसकी सब संतानें बराबर होती हैं। सबकी हिस्सेदारी होती है उसकी ममता में बराबर-बराबर की। पर ममता खंडित नहीं होती। उसके टुकड़े नहीं बँटते। प्रत्येक संतान के सामने उमड़ते ममता सागर की लहरों की एक स्थायी ऊँचाई होती है। निश्चित ऊष्मा। फिर हर संतान कभी-न-कभी यह अनुभव क्यों करती है कि वह माँ की ममता का अधिक भाग ले जाता है। या फिर ऐसा समय भी आता है जब उसे अपनी माँ की ममता से वंचित होने का अहसास होता है। मेरे मन में सँजोए उस भाव को शब्द दिया जाए तो अर्थ कुछ ऐसा ही निकलता है।

ईआ नहीं रहीं। बीस वर्ष बीत गए। अभी-अभी गणना की है। बिना गिनती के बीतता समय कहीं आसपास लगता था। लगे भी कैसे नहीं! मृत्यु के बाद भी ईआ हमारे लिए जीवित हैं। उनका हँसना, रोना, गुस्साना, मनाना, बिलखना, बिछुड़ना—सब यादें जीवंत हैं। हमारे हँसने-रोने में प्रतिबिंबित हैं। हमारे भावों को प्रभावित करती हैं तो कभी-कभी प्रतिबंधित भी।

ईआ के लिए उनके घरेलू सामान उतने ही प्रिय थे, जितने उनके बच्चे। उतनी ही सावधानी और लगाव से वे उन सामानों का भी रखरखाव करती थीं, जितना हम भाई-बहिनों का लालन-पालन। इसीलिए ईआ को जानने-पहचाननेवाले उनके सामानों के प्रति भी वही नजरिया रखते, जो उनके बच्चों के प्रति रहता। नौकर-चाकरों को भी हर क्षण ईआ की इस कमजोरी या ताकत का अहसास रहता।

इसलिए उनका कोई सामान टूट जाए या बिखर जाए, तोड़ने या

बिखेरनेवाला अपनी गलती की सजा के लिए तैयार रहता। यहाँ तक कि बड़े मनोयोग से ध्यानमग्न हो आँगन के बड़े बरामदे पर चौकी माली बैठी ईआ जब सब्जियाँ काट-काट थालियाँ सजातीं, धोने या छौंकनेवाले को भी उतना ही मनोयोगी बनना पड़ता। वरना उसकी खैर नहीं। ईआ तो चूल्हे में जलती लकड़ियों को भी मनोयोगी बना देतीं। उन्हें उनके मनोनुकूल ही जलना पड़ता। सूखी लकड़ियाँ भी अपना स्वभाव भूलकर ईआ के नियंत्रण में मध्यम-मध्यम ही जलतीं; ताकि उनके इष्टदेव, मेरे बाबूजी और उनके बच्चों की जिह्वा के अनुकूल व्यंजनों का स्वाद बने।

ईआ का साम्राज्य उनका चूल्हा-चौका ही था और उन्हें चूल्हे-चौके से संबंधित सामानों के रखरखाव से तथा गृहकारज नाना जंजालों से अधिक समय ही कहाँ मिलता था कि वे आस-पड़ोस के किस्सा-कहानियाँ सुनें, तीर्थस्थान या बाजार-हाट जाएँ। सुस्वादु भोजन बनाना, सबको प्यार से खिलाना और खवैया की जिह्वा पर तिर आए स्वाद से स्वयं अघा जाना। जिस किसी दिन उनकी साधना के बावजूद खाद्य-सामग्री उनके मन के अनुरूप नहीं बनती, ईआ उसके रूप-रंग से स्वाद का अनुमान लगा लेतीं। कभी गलती से सब्जी-दाल में उनके ही सधे हाथों से नमक अधिक पड़ जाए या नमक डालना ही भूल जाएँ, वे उनका रंग देखकर समझ जातीं। फिर तो खानेवाले से पूर्व उनके स्वयं के मुख का स्वाद बिगड़ जाता। उस दिन वे स्वयं खाना परोसकर किसी को नहीं खिलातीं। कम-से-कम बाबूजी को तो नहीं ही। सिरदर्द या गरदन दर्द का बहाना कर लेट जातीं।

उनके लिए भोजन बनाना एक साधना थी। हर कला के पीछे साधना है तो भला पाककला किस कला से कम है? सभी कलाओं की जीवनीशक्ति क्यों नहीं।

उनकी जिह्वा पर मेरे पिताजी के लिए कई संबोधन तैरते थे। भिन्न-भिन्न संबोधनों के साथ उनके चेहरे पर उतरे भाव भी बदलते, उस साँवले-सलोने आकाशस्वरूप मुख पर इंद्रधनुषी रूप सजाते हुए। बाहरवालों के सामने। 'मास्टर साहब', बच्चों से बातें करते वक्त 'बाबूजी' और नौकर-चाकरों को

आदेश देते वक्त 'मालिक'। पर उनके गुणकर्म के अनुकूल मेरे पिताजी के लिए उनकी जबान से उच्चरित संबोधन 'खनिहार' ही सटीक बैठता था। खनिहार अर्थात् खानेवाला। शायद अपने वैवाहिक जीवन के साठ वर्षों में एक दिन भी बिना पति को खिलाए ईआ ने खाना नहीं खाया। चाहे दिन के दो बज जाएँ या रात्रि के बारह, अपने खनिहार को खिलाकर ही खातीं। अकसर उनकी जूठी थाली में ही। और गरमियों में कुश की आसनी पर बैठकर जेमन कराते हुए पंखा झलती ईआ अपने जेमनार या खनिहार से बिना पूछे नहीं रहतीं—'सब्जी कैसी बनी?' सब्जी ही क्यों, थाली में परोसे गए एक-एक खाद्य-पदार्थ के रूप-रंग-स्वाद के बारे में अपने खनिहार की प्रतिक्रिया सुने बगैर उन्हें अपनी साधना का कहाँ फल मिलता! और उस साधनामय सच न्यायालय में पिताजी का झूठा वक्तव्य नहीं चलता। ईआ की निगाहें तो उनके हर कौर को थामे उठते हाथ के साथ उनके मुँह तक पहुँचतीं और फिर मुँह से थाली तक पहुँचते हाथ के सहारे नीचे आतीं। खाद्य-सामग्रियों के स्वाद की प्रतिक्रिया भला उनसे कैसे छुपे! खाना खिलाना भी उनकी एक साधना थी। योग का एक रूप। मजाल है कि कोई उनकी वह साधना भंग कर दे! जिस किसी ने आवाज देकर उनका ध्यान भंग किया, उसे सजा भुगतनी पड़ती। वह कोई अड़ोसन-पड़ोसन, नौकर-चाकर या उनकी संतान ही क्यों न हो। फिर तो दिन भर उसे किसी-न-किसी बहाने कोसती रहतीं—'ट्रेन छूट रही थी क्या? क्यों आवाज दी? देखा नहीं, मैं खनिहार को खिला रही थी।'

उस दिन भी साधनारत थीं ईआ। खाते-खाते उनके खनिहार ने अचार की माँग कर दी। मचिया पर बैठी पंखा डुलाती ईआ को अचार लाने जाने और आने के बीच अपने खनिहार के सिर पर पसीना आ जाने का भय था ही। कमर के दर्द के कारण उठने और बैठने में समय अधिक लगना था। ईआ ने आवाज दी, 'मधु!'

मैं दौड़कर गई, 'हाँ।'

'जरा अचार ले आना। दीवारवाली अलमारी में है। पुराने घड़े से लाना। काला घड़ा…।'

मैंने भी माँ की आज्ञापालन में तत्परता दिखाई।

वे पिताजी को सुनाती रहीं, 'नयावाला अचार तो अभी गला ही नहीं। तेल भी नहीं डाली हूँ। तेल पेरनेवाली को बुला-बुलाकर थक गई। आ जाए, फिर खबर लूँगी।'

'धऽऽड़ाऽऽम···ईआ···अ···अ···अ!' अचार का घड़ा मेरे ऊपर ही गिरा था। मुझे तेल में भिगोता फर्श पर गिरकर चकनाचूर हुआ था।

मेरी पुकार से पहले ईआ के कानों में घड़े के गिरने और फूटने से उत्पन्न क्रंदन पहुँच गया।

ईआ ने मेरी पुकार का जवाब नहीं दिया। मेरे पास आईं भी नहीं। मिट्टी के घड़े की अंतिम पुकार उनके कानों में गूँजती, उन्हें दर्द देती रही। ईआ दो दिनों तक मुँह लपेटे पड़ी थीं। उन्हें सांत्वना देने आनेवालों के भिन्न-भिन्न स्वर थे—'उठिए! मिट्टी का ही तो घड़ा था, फिर गढ़ जाएगा।'

'बेटी को तो देखो। रो-रोकर उसकी हालत खराब हो गई। कैसा मुँह सूख गया है!'

ईआ नहीं उठीं। मेरी ओर देखा तक नहीं। रोतीं, चिल्लातीं, मुझे मारतीं-पीटतीं तो शायद मुझे उतनी पीड़ा नहीं होती। उनकी चुप्पी, उनके मौन का तीव्र शोर मुझसे बरदाश्त नहीं हो रहा था। रो-रोकर मेरी हालत खराब। मेरी चाची को उस घड़े की जीवन-यात्रा के एक-एक पड़ाव पर रखे कदम की पहचान थी। घड़े के अवसान पर माँ के शोक में शरीक होती चाची सुनातीं—'कुम्हार को बुलाकर दीदी ने कितनी मिन्नत की थी। कुम्हार को घड़े के पेट, पेंदी और गले की गोलाई-लंबाई बताई थी। कोई इंची टेप तो था नहीं। ध्यानमग्न हो सुनता कुम्हार, दीदी द्वारा बखाने घड़े के माप को आत्मसात् करता गया था। और चाक पर गढ़कर आबा में पकाकर जब बड़े जतन से घड़ा ले आया, दीदी ने नकार दिया—नहीं बना, लालजी। देखा, गला कितना मोटा हो गया। और पेंदी देखो···यह तो लुढ़कता ही रहेगा। मुझे यह लाल रंग तो चाहिए नहीं। काली मिट्टी का घड़ा चाहिए। कोई पानी का घड़ा है, जो फूट गया, फिर नया ले लो। यह तो अचार का घड़ा होगा, सालों-साल तेल

पी-पीकर मजबूत होगा। मेरी जिंदगी भर तो चलेगा ही, बहू भी इसमें अचार सँभालेगी।

'कुम्हार ने मिट्टी के लिए न जाने कितने कुएँ खोदे, दर्जनों आवा लगाए, सैकड़ों घड़े बनाए, पर दीदी के लिए सब बेकार। वह एक-एक घड़ा लाकर दीदी को दिखाते-दिखाते थक गया।

'एक दिन बोला—मालकिन, आप स्वयं चलकर देख लीजिए। शायद कोई पसंद आ जाए। कुम्हार का आवा और औरत की कोख का क्या भरोसा। एक ही आवा से भिन्न-भिन्न प्रकार के बरतन निकलते हैं। कोई ऐंचा, कोई काना, कोई मोटा, कोई पतला। औरत की एक ही कोख से निकलनेवाले दो बच्चों का रूप कभी एक बना है! जुड़वाँ का भी नहीं। आपकी पसंद का घड़ा भी बना ही होगा। आप चलें तो।

'कुछ देर तक दीदी डुबकी लगाती रही थीं, कुम्हार द्वारा बहाई ज्ञान-सरिता में। अपनी सास से छुपकर चली गई थीं कुम्हार के घर। चुन लाई अपनी पसंद का घड़ा। धोती, सुखाती, पोंछती, बाहर-भीतर तेल लगाती दीदी दो दिनों तक उसी में मगन थीं—मनपसंद घड़े का रूप-रंग निहारती, उलटती-पलटती रहीं। अचार और तेल डालकर धोती के पतले कपड़े से उसका मुँह बाँध दिया। घर की दूसरी कोई सदस्या उस घड़े को हाथ नहीं लगा सकती थी। हाथ धुला-पुँछा हो, मुँह जूठा न हो, मासिक धर्म में न हो, रात्रिशयन के बाद स्नान न किया हो···फिर अचार का घड़ा कैसे छुए। दीदी स्वयं अचार निकालती थीं उस घड़े से। इसलिए जहाँ हम लोगों के साल में दो-तीन घड़े अचार खप जाते, दीदी का यह घड़ा तीन-तीन साल तक खाली न हो···अब बेचारी क्या करें! कमर के दर्द से परेशान। जल्दी उठा नहीं जाता। भाई साहब ने अचार माँग लिया होगा। जल्दी के लिए बिटिया को कह दिया···अब आजकल के बच्चों को इतना कहाँ धैर्य है···है तो उन्हीं की बेटी। पर दीदीवाली बात कहाँ!'

मानो मिट्टी के घड़े नहीं, ईआ के किसी बच्चे की कहानी सुना रही हों। उन्हें ढाढ़स बँधा रही हों—'अब जो बीत गया, उसे बिसारिए, बेटी की सुध लीजिए।'

लेकिन ईआ कहाँ बिसारने वाली थीं। और न मुझसे बिसर पाए ईआ के शोक के वे दिन। ईआ मुझसे ज्यादा भी किसी को प्यार करती थीं, उस दिन से समझ में आ गया। गाँठ पड़ गई मेरे मन में। फिर तो उनके अतीव लाड़-दुलार को भी मैं सहम-सहमकर स्पर्श करती।

बाबूजी उन दिनों गीता के दूसरे अध्याय के हिंदी रूपांतर को ऊँचे स्वर में पढ़ने लगे थे। ईआ के साम्राज्य तक स्वर पहुँचते थे, भाव नहीं। ईआ के साधना-साम्राज्य में निर्लिप्तता का प्रवेश निषेध था। प्रतिदिन उन स्वरों में गीता के संदेश को पढ़ते बाबूजी को विश्वास था कि एक-न-एक दिन ईआ को विरक्ति भाव में डुबो पाएँगे।

कभी-कभी ईआ विरक्त होती थीं। बाबूजी द्वारा अपने भावों की अवहेलना या अस्वीकृति पर उनका हृदय रुदन-स्वर बनकर रिसता—'अँधेरा आगे रोएँ, अपना दीदा खोएँ।'

घड़े के अवसान पर भी विरक्ति भाव फूटे थे। आखिर अपनी लाड़ली बेटी की ओर मुड़कर भी नहीं देखना निर्लिप्तता का ही तो प्रकटीकरण था! उस घर में अचार के घड़े की वंशावली का वह अंतिम घड़ा था। उसके बाद तो दीवार की अलमारी के उसी स्थान पर भाभी शीशे के मर्तबान में अचार रखने लगीं।

ईआ की साधना में दिन-प्रतिदिन कमी आती गई थी। शरीर साथ नहीं देता था। अपने स्थान पर बैठकर चूल्हा सुलगाती भाभी या नौकरानी से भी ईआ उतने ही मनोयोग की अपेक्षा रखतीं। खटिया पर पड़ी-पड़ी चिल्लाती रहतीं। शनैः-शनैः शांत हो गईं। और जिस दिन वे चिरमौन धारण कर अनंत साधना में लीन हुईं, सब उनके लिए रो-चिल्ला रहे थे। साँवले स्वरूप पर शांत, निर्विकार भाव मानो जँच रहे हों। एक सुहागन को अंतिम बार दुलहन की तरह सजाया गया। पोती-नातिन ने मिलकर शृंगार किया। लाल साड़ी, लाल बड़ी सी बिंदी, सन की तरह सफेद बालों के बीच बनी माँग में चौड़ी लाल लकीर, पाँवों में आलता, माँ का वैसा रूप निरख बिलख उठे बाबूजी। गीता के सारे संदेश उनके रुदन-स्वर के साथ बिखर गए। ईआ के निर्जीव

शरीर से आसक्त होते बाबूजी को देखती उपस्थित आँखों के अश्रु सूख गए।

मैं दूर बैठी सब देख रही थी। रोती हुई चाची मेरे पास आकर बोलीं, 'आओ तो, दीदी से गले मिल लो। प्रणाम कर लो। अब तो माँ नहीं मिलेगी। अब भी गुस्सा है क्या ईआ से? अरे बेटी! दीदी के लिए मिट्टी के घड़ा और अपने बच्चा में कोई अंतर कहाँ था!'

मुझे पकड़कर ईआ के पास ले गईं। मैंने बड़ी हिम्मत जुटाई। ईआ के चेहरे पर तिर आए भाव को पढ़ने लगी। वहाँ कहाँ थे भाव। निर्विकार, निर्लिप्त। वही मौन तो था, जो अचार के घड़े के अवसान पर साधा था ईआ ने। पिछले दस वर्षों में जिस मौन को न भाव, न शब्द, कुछ भी तो नहीं दे पाई थी मैं। ईआ के मौन ने मुखर होकर सब दे दिए। ईआ पहुँची हुई योगिनी ही तो थीं, जिसके लिए अचार के घड़े और बच्चों में कोई भेद न था। ईआ के जीवन का सार पाकर मैं पुलक उठी। बिलखते हुए बाबूजी के पास जाकर मैंने सुनाया, 'वासांसि जीर्णानि यथा विहाय नवानि गृहणाति नरोऽपराणि...'

बाबूजी की जोरदार हिचकी सुन भी मैं शांत रही। मौन। मानो मेरी माँ नहीं, सामने किसी मिट्टी के बरतन का क्षत-विक्षत स्वरूप पड़ा हो। उन्होंने एक गहरी नजर में ईआ के शृंगार को भरते हुए कहा, 'जाओ, गीता ले आओ। मैं आज इसे पूरी सुनाता हूँ। जिंदगी भर भागती रही। चूल्हे-चौके में लिप्त रही। नहीं सुनी। अब सुनेगी नहीं तो जाएगी कहाँ।'

ईआ का सँजोया सारा कुनबा समवेत स्वर में बिफर पड़ा था। मैं भी उसी कुनबे की तो एक हिस्सा थी।

□

घर का वैरागी

मना-मनाकर थक गई थी कनकलता। पति पर उसके मान-मनौवल का कोई असर नहीं हुआ तो उसने हरिकिशोरजी को, जिन्हें पच्चीस वर्षों से अपना मुँहबोला भाई बना रखा था, बुलावा भेजा। प्रथम तो हरिकिशोरजी ने कनकलता को ही उसके पति के हठी स्वभाव के कई प्रसंग याद दिलाने प्रारंभ कर दिए। फिर कनकलता के मुख पर तिर आई निराशा को सहलाते हुए बोले, ''तुम्हारी खातिर एक बार बात करके देखता हूँ। मेरी समझ से तो तुम दोनों को अब बेटे के पास ही जाकर रहना चाहिए। आज उन्हें तुम्हारी जरूरत है। कल तुम्हें भी उनकी जरूरत पड़ने ही वाली है। आखिर बुढ़ापा बिना बच्चों के सहारे के बिताया जा सकता है क्या? जवानी में पेड़ लगाए जाते हैं, ताकि बुढ़ापा उसकी छाया में काटा जाए। मुझे देखो, जिंदगी भर मेरे इशारे पर परिवार के सब सदस्य नाचते रहे, आज मैं अपने बेटे के इशारे पर रेंगता हूँ। हस्तांतरण तो करना ही पड़ता है। धन-दौलत, घर-गृहस्थी के साथ परिवार का नेतृत्व भी हस्तांतरित हो जाता है और ऐसे ही होता है घर में रहकर वानप्रस्थी होना। इसे जो जितना पहले स्वीकार कर ले, वही सुखी।''

''भाई साहब! मैं तो सब समझती हूँ।''

गलत स्थान पर अपने विचार बिखेरने के अहसास से झेंपते हुए हरिकिशोरजी बोले, ''ठीक है, आज ही मैं उनसे मिलूँगा। वे हैं कहाँ?''

''और कहाँ रहेंगे! हरिद्वार के कोई संन्यासी आए हुए हैं। कल से ही न खाना, न पीना। उन्हीं की जी-हुजूरी में लगे हैं। दिल्ली से बहू की तीन-

तीन चिट्ठियाँ आ गईं। कल तो तार भी आया है। बहू का आठवाँ महीना लगा है न। अब तो किसी समय भी··· ।''

कनकलता के चेहरे की झुर्रियों में तनाव आ गया था। मोहन बाबू के वंशवृक्ष की नई कोंपल को प्रस्फुटित होते देखने की प्रफुल्लता के कोमल किसलयों को दूसरे ही क्षण रौंद दिया था पति हठ के अहसास ने। आनंद, चिंता और भय-मिश्रित भावों में डूबती-उतराती कनकलता को हरिकिशोरजी ने आशा बँधाई—''मैं गाँव के तीन-चार बुजुर्गों को लेकर उनके पास जाता हूँ। मानेंगे कैसे नहीं। देखना, संन्यासीजी भी हमारा ही समर्थन करेंगे। उनकी सलाह तो मानेंगे न!''

कनकलता भावातिरेक में एक बच्ची की भाँति हरिकिशोरजी की बाँहें पकड़ झकझोर गई—''भाई साहब! अभी जाइए न। मान गए तो आज शाम की ट्रेन से ही निकल जाएँगे हम लोग। वे लोग हमारी राह देख रहे होंगे। मैंने तो सब सामान तैयार कर लिया है। सरसों का पुराना तेल, मधु, कजरौटा, अजवाइन, पुराना चावल, मूँग-मसूर की दाल, सब बाँध लिया है। पुरानी धोतियाँ भी धुलवाकर रख ली हैं।''

हरिकिशोर सिंह कनकलता के चेहरे पर नजर टिकाए उसकी बेसब्री माप रहे थे। उनके होंठों तक एक सीख उभर आई—'कनकलताजी! ये सब सामान पुराने हो गए। शहरी लोग इनका इस्तेमाल नहीं करते। तुम्हारी बहू अपने बच्चों को सरसों का तेल नहीं मलने देगी। काजल लगाने के लिए भी अब डॉक्टर मना करते हैं।' उन्होंने अपनी सलाह को होंठों के बीच मसल दिया। रंग में भंग हो जाता। बोले, ''अभी जाता हूँ।''

□

पति के लिए खाना बनाकर देर रात तक इंतजार करती कनकलता की आँखें न जाने कब लग गईं। दरवाज़े पर पड़ी आरामकुरसी पर ही निढाल पड़ी पत्नी को मोहन बाबू ने जगाया—''उठो तो! कल सुबह की ट्रेन से दिल्ली चलना है। आखिर तुमने गाँव में पंचायत बैठा ही दी।''

पति की शिकायत की परवाह किए बगैर कनकलता उनके खाने की

व्यवस्था में जुट गई। उन्हें खिला-पिलाकर सुला दिया। स्वयं रात भर छोटी-मोटी चीजें सँभाल-सँभालकर रखने लगी। अपने कपड़े, पति के कपड़े, उनके अन्य सामान जुटा-जुटाकर एक स्थान पर रखती थक गई कनकलता। आराम करने के लिए बिछावन पर लेटी ही थी कि उसे याद आया—एक-दो सामान छूट ही गए थे। लेटते-उठते सवेरा हो गया।

सुबह उन्हें बिदा करनेवालों में हरिकिशोरजी और उनकी पत्नी अग्रिम पंक्ति में थे। उन्होंने कहा, ''यहाँ की चिंता मत करिएगा। चैन से रहिए। बेटा-बहू की सेवा कीजिए और करवाइए।''

मोहन बाबू एक शिकायती नजर से हरिकिशोर बाबू की ओर देखने लगे। मानो कह रहे हों—आखिर आपने मुझे अपने पथ से डिगा ही दिया। एक दिन पहले ही दो-चार लोगों के बीच उन्होंने अपनी पुनरावृत्त योजना रखी थी—''मैं तीस वर्षों के शिक्षकीय जीवन से अब अवकाश-प्राप्त हुआ हूँ। यह अवकाश सांसारिक जीवन का विराम-स्थल भी है। अब मैं नहीं कोल्हू का बैल बननेवाला। मैं कट्टर सनातनी हूँ। जीवन की चारों अवस्थाओं को शास्त्रों में निर्धारित चारों आश्रमों के अनुसार ही काटना है। अब वानप्रस्थ की ओर बढ़ना है। यह घर-गृहस्थी, बाल-बच्चे, उनकी समस्याएँ, सब माया-मोह के बंधन हैं। मैं तो किसी आश्रम में जाकर...''

पिछले तीस वर्षों से ऐसा ही कुछ कनकलता को भी सुनाते आए थे। दोनों लड़कियों—शीला, रीता और बेटे अनिल की शादी के बाद उन्होंने कनकलता से कहा था, 'बस, अब घर-गृहस्थी छोड़ो। दस बीघा जमीन है। अनिल चाहे तो रखे, चाहे तो बेचे। हम दोनों तो हरिद्वार चलकर रहेंगे। बची हुई जिंदगी वहीं गंगा के चरणों में काटेंगे। पता नहीं क्यों, लोग बुढ़ापे में भी परिवार में उलझकर नरक की जिंदगी काटते रहते हैं।'

कनकलता के लिए पति का सुझाव कोई नया नहीं था। ऐसा भी नहीं कि बीती हुई जिंदगी पति के विरोध में कटी हो। दरअसल उसे घर-गृहस्थी और बच्चों की चिंता से अलग-थलग कर जिंदगी को देखने की फुरसत हो तो उसकी योजना बनाए।

□

दिल्ली पहुँचकर माँ-बेटा के मिलन की बेकरारी की लाश पर उग आए उल्लास-उमंग की गरमाहट माप नहीं पाए थे मोहन बाबू। बेटा-बहू हर पल उनकी दिनचर्या को पूरा करने का प्रयत्न करते रहे। उनकी पसंद-नापसंद, रुचि-अरुचि का ध्यान रखते बच्चे अपनी इच्छा-अनिच्छा को तिरोहित करते जा रहे थे। तिरोहित हो रही अपनी सुविधाओं से भी एक विशेष आनंद की अनुभूति से ओतप्रोत थे। कनकलता के मनोभाव का कहना ही क्या! मानो मनचाही जिंदगी मिल गई हो।

अनिल के जन्म पर उसे मातृत्व के महत्त्व का कहाँ भान हुआ था। अपने बच्चों के पालन-पोषण में कटी जिंदगी ने भी मातृत्व की अनुभूति नहीं होने दी। पोते के जन्म पर उसे लगा कि वह पहली बार माँ बनी है। मोहन बाबू के खानदान के नए कोंपल को निरखती उसके अंग-प्रत्यंगों में कभी अपने ददिया ससुर, कभी ससुर, कभी मोहन बाबू तो कभी अनिल की छवि को सहलाती, अपनी गोद में संपूर्ण वंशवृक्ष को उतार लेने की उपलब्धि पर फूली न समा रही थी कनकलता। नन्हीं सी जान की सेवा करती न जाने उसके दादा-परदादा की कितनी कहानियाँ सुनाती रहती। पर मोहन बाबू! पद्‌म पात से अलग-थलग। अनछुए, अनभीगे। अपने में मस्त। निर्लिप्त भाव लिये अपनी अर्द्धांगिनी के क्रियाकलाप व व्यस्तताओं को कभी देखते, कभी अनदेखी किए रहते।

पोते के आगमन के उपरांत घर-गृहस्थी के प्रति बढ़ती कनकलता की आसक्ति को बीच-बीच में छेड़ते रहते। बहू और पोते की सेवा में अहर्निश लिप्त कनकलता पति की छेड़छाड़ की परवाह किए बगैर उन्हें भी अपने भावों में भिगोने के उद्‌देश्य से पिचकारियाँ चलाती रहती—"देखो तो! इसकी उँगलियाँ बिल्कुल तुम्हारी तरह हैं न···और नाक···नाक तो तुम्हारे पिताजी की ही है···और आँखें···आँखें देखो···है ना···अनिल की। ऐसा ही था न अनिल तीस वर्ष पूर्व। तुम्हारी माताजी को कितनी परेशानी उठानी पड़ी थी इसे पालने-पोसने में! सच, उनकी साड़ी तो कभी सूखती ही नहीं थी। मेरी गोद

में कहाँ देती थीं...बस, दूध पिलाने भर के लिए मैं माँ थी। याद है न तुम्हें? माँ तो मैं अब बनी हूँ। और तुम! तुम्हीं कहाँ पिता बने थे। कभी हाथ भी लगाया था अनिल को? दरवाजे पर पिताजी इसे खिलाते रहते थे, एक बार उनके सामने तुम्हें बाबूजी कह गया था—कैसे शरमा गए थे तुम।''

मोहन बाबू कहाँ भीगने वाले थे। न बेटा-बहू की सेवा से, न नैसर्गिक सुख में डूबी पत्नी के मन के उड़ते छींटों से और न उनकी रुचि-अरुचि का ध्यान रखती बहू की सेवा से। यह भी कनकलता की कला थी। उसने बहू को सब सिखा दिया था। मोहन बाबू की चाहत-अनचाहत, नाज-नखरे।

□

उस दिन कनकलता की गोद में मुन्ना ने शौच कर दी। उसे सँभालने में कनकलता के दोनों हाथ और साड़ी गंदी हो गई। उसने पास ही बैठे पति की निर्लिप्तता भंग की—''एक जग पानी ले आना। मैं उठ भी नहीं सकती। मेरे दोनों गंदे हाथ और मुन्ना को धुलवा दो, तुम मुन्ना को पकड़ लेना, फिर उठ पाऊँगी।''

जैसे कई दिनों बाद मोहन बाबू के मानस-मंथन को किनारा मिल गया हो। मन-ही-मन बुदबुदाए—'अब हद हो गई। इस औरत के मायाजाल में नहीं फँस सकता। अभी चला जाऊँगा।'

उनके अंदर जाकर पानी लाने का इंतजार करती रही कनकलता। मुन्ना का चिल्लाना जारी था। उसने बहलाना चाहा—''अरे... अरे! नाहीं! अभी दादाजी पानी लाते हैं...मुन्ना को धुलवाएँगे...फिर राजा बेटा बन जाएगा। फिर पाउडर लगाएँगे। बस-बस, आ गए दादाजी।''

दादाजी कहाँ आए! वे तो दूसरे दरवाजे से चले गए थे। सिद्धार्थ ने जवानी में ही गृहसुख से मुख मोड़ लिया था, तभी तो बोधि पाई। मोहन बाबू की तो तीन-चौथाई से अधिक जिंदगी बीत चुकी है, अब और कितना फँसना? बंधन-मुक्त होकर निकल गए।

कनकलता के इंतजार की अवधि लंबी हो गई। बेटा-बहू को तसल्ली दिलाती, पोते को उसके दादा-परदादा की कथा लोरियों में गाकर सुनाती, पति

के सुखी होने की कामना करती कनकलता ने इंतजार करना भी छोड़ दिया था।

हरिकिशोरजी किसी काम से दिल्ली आए थे। उन्होंने बड़े दुःखी मन से बताया—"तुम लोगों के चले आने पर बटाईदार भी मनमानी करने लगा है। मेरी सुनता कहाँ है। दो बीघे में गेहूँ लगाया था। इस साल फसल भी अच्छी हुई है। तुम्हारे हिस्से का केवल पाँच मन गेहूँ दिया। आम के बगीचे में पाँचों पेड़ लदकर फले हैं। दिल्ली आते समय पूछने पर कहने लगा—कह दीजिएगा, इस साल दस-पाँच टिकोरे लगे हैं।"

स्थिरमना कनकलता ने हरिकिशोरजी को तसल्ली दिखाई—"भाई साहब, बगीचा मेरे ददिया ससुर का लगवाया हुआ है। अब और कितने दिन फलते रहेंगे वे पेड़! बूढ़े हो गए। क्या उनके जीवन में संन्यास का विधान नहीं है?"

उसके प्रश्न के तेज से सिहर गए हरिकिशोरजी। उनकी सिहरन से भीग उठी कनकलता बोली, "ददिया ससुर के दादा ने अपने घर-आँगन में भी पेड़ लगाए थे न! देखिए न, उनके वंशवृक्ष पर लगा नया फल। मैं तो इसे सींचने-पालने-पोसने में लगी हूँ। बस, यह चलने भर लगे। फिर गाँव जाऊँगी। फसल तो अगले साल भी लगेगी। सँभालूँगी। पेड़ अगले साल भी फल देंगे। पर वंशवृक्ष पर तो कभी-कभी फल लगते हैं न! इनकी देखरेख हो तो…"

हरिकिशोरजी का गला भर आया था। कनकलता के जीवन-दर्शन ने अंतर्मन को छुआ था। बोले, "संसार तुम्हारी जैसी माता-बहनों से गतिमान है। हम पुरुष लोग तो जीवन की व्याख्या भर करते रहे हैं। आप लोग जीवन की रचना और रखरखाव में सदियों से लगी हो। धन्य हैं ये नारियाँ। ईश्वर की अनुपम देन! सृष्टि को अक्षुण्ण रखने में संलग्न।"

कनकलता अटककर बोली, "भाई साहब! यह सब तो ठीक है। लेकिन मैं चाहती थी कि आप एक बार हरिद्वार जाते। वहीं किसी आश्रम में मिलेंगे वे। मैं केवल सुनना चाहती हूँ कि वे सकुशल हैं। अनिल और बहू बहुत परेशान हैं। उनके घर छोड़ने का कारण अपने को मानकर दुःखी हो रहे हैं। अपने को ही दोषी मानते हैं।"

थोड़ा विराम देकर बोली, "सच तो यह है कि जब से उनकी माताजी

का स्वर्गवास हुआ, बच्चों के लिए मेरी ममता के वे भी हिस्सेदार हो गए हैं। जब तक मात्र पति थे, मेरी ओर से भी शिकवे-शिकायतें थीं, अब तो हर पल सोचती हूँ, उनके मन और शरीर को कोई कष्ट न हो। मेरे लिए जैसा अनिल, वैसे ही वे। अनिल तो जवान है, कष्ट झेल लेगा। उनका शरीर..."

कनकलता की आँखें गीली हो आई थीं। हरिकिशोरजी ने शास्त्रों में नारी के विभिन्न रूपों का वर्णन पढ़ा था। साक्षात् मातृत्व का दर्शन कर अपना जीवन धन्य कर रहे थे, ऐसा प्रतीत हुआ उन्हें।

'बा-बा-बाबा-बाबा' के तुतले स्वर ने दोनों को चौंकाया। उसके बाबा की बात हो रही थी तो बीच में बैठा वह क्यों चूकता। और उसने तो अभी केवल बाबा कहना सीखा है।

कनकलता मुन्ना को गोद में उठाकर बहलाने लगी—"हाँ, मेरा राजा बेटा! बाबा-बाबा, आएँगे बाबा। मुन्ना को कंधा पर बैठाकर बाजार ले जाएँगे, चीज खरीदकर देंगे। फिर बड़ा होकर उनकी लाठी बनेगा मेरा राजा बेटा—हाँ-हाँ, बाबा-बाबा..."

मुन्ना क्या समझे कनकलता के भाव! हरिकिशोरजी अवश्य डूब गए थे कनकलता की आँखों की कोरों पर छलक आए जल में। कनकलता ने बड़ी सावधानी से उस जल को बूँद बनने से रोक लिया। हरिकिशोरजी ने स्वर धीमा कर पूछा, "आपको यहाँ कोई परेशानी तो नहीं? दिन भर बच्चा की देखभाल करते थक जाती होंगी?"

"अरे भाई साहब! आपके भी पोते-पोती हैं। कभी उनके साथ खेलते दिन बिताकर देखिए। समय भी कटेगा और नई स्फूर्ति भी मिलेगी। ये तो भगवान् स्वरूप हैं। कौशल्या का रामलला, यशोदा के कान्हा—ये कहाँ थकने देते हैं। उलटे थकान हरते रहते हैं।"

हरिकिशोरजी खो ही गए थे अपने अतीत में। पिछले वर्ष जब बीमार पड़े थे, एक वैद्यजी ने उन्हें सलाह दी थी—"घर में पोते-पोती हैं न! उनके साथ खेला करो।" दवा की जगह खेलने का सुझाव हरिकिशोर सिंह को बड़ा अटपटा लगा था। पर आज कनकलता के चेहरे पर तिर आई लालिमा में उस

सुझाव का जीवंत स्वरूप देख अभिभूत हो रहे थे।

□

दिन बीतते गए। मुन्ना दादी को ही 'माँ' 'माँ' कहने लगा। उँगली पकड़कर चलने लगा। सहारे के बिना खड़ा होने, चलने की शुरुआत कर दी। कनकलता को अब अपनी खानदानी जमीन-जायदाद, पुश्तैनी भूमि पर बने घर की याद सताने लगी। उसने एक दिन अनिल से कहा, "बेटा, अब मैं गाँव लौटना चाहती हूँ। वहाँ भी सब देखना-भालना होगा न!"

"माँ, लेकिन वहाँ तुम अकेले कैसे…?"

"बेटा! गाँव में कोई अकेला नहीं होता। मेरे जाते ही आस-पड़ोस के लोग आ जाएँगे। और आदमी तो अकेला ही आया है, अकेला जाएगा, फिर घर में रहते हुए जाने की तैयारी भी करते रहना पड़ता है।"

अनिल ने कहा, "ऐसा करते हैं, एक महीने की छुट्टी लेकर हम सब गाँव चलते हैं। खेतीबारी, घर-द्वार की व्यवस्था करके सब यहीं लौट आएँगे। फिर मैं छह महीने पर गाँव जाया करूँगा। तुम्हें अब अकेले नहीं छोड़ूँगा।"

"नहीं रे! जिंदा रहने के लिए मुझे गाँव में कुछ दिन रहना ही पड़ेगा। मैं ही छह महीने में आ जाया करूँगी।"

"लेकिन मुन्ना के बिना तुम्हारा जी…?"

"जी लग जाएगा, बेटा! संसार में माया-मोह से कभी तो मुक्त होना ही होगा। वहाँ भी आसपास में बच्चे हैं। गरीब के हुए तो क्या, हैं तो भगवान् के रूप ही। वे सब दिन भर घेरे रहते हैं। चीनी या गुड़ की छोटी गोलियों से ही खुश। कहानी सुनने की गरज से छोटे हाथों से मेरे बड़े काम कर देते हैं। तुम्हारे यहाँ आने की बात बताती थी तो बेसब्री से पूछते थे—फिर कब आएँगी? मैंने उन्हें ढाढ़स बँधाया था—जल्दी लौटूँगी। तुम्हारे यहाँ जरूरत थी, आ गई। अब उन्हें मेरा इंतजार होगा। वहाँ जाने दो। मनुष्य वहीं जाए जहाँ उसकी जरूरत हो। तभी तक ठहरे जब तक ठहराव उपयोगी हो। वरना बोझ न बन जाए।"

अनिल निर्निमेष माँ के चेहरे की झुर्रियों से झरते ज्ञान में डूब रहा था,

जहाँ जीवन-दर्शन, गीता-दर्शन उतर आए थे। छठी-सातवीं तक पढ़ी उसकी माँ ने कभी गीता और उपनिषद् को हाथ भी न लगाया था। वह तो मात्र उन ग्रंथों के आदर्शों को जीती-भोगती रही है। बोला, "ठीक है, माँ, मैं अगले सप्ताह की छुट्टी ले लेता हूँ। मुझे भी गाँव गए बहुत दिन हो गए।"

कनकलता के मानस में अब गाँव-घर, पुश्तैनी खेत-खलिहान और बगीचे थे, जिसकी देखभाल और लालन-पालन में अपने बच्चों और मुन्ना की तुलना में उसने किसी माने में कोताही नहीं बरती थी। उसके जीवन में सवाल केवल समय की प्राथमिकता का था। जिंदगी के बीते दिनों के जोड़-घटाव, परिवारजनों के सहयोग के गुणनफल निकालता उसका मानस पति की निर्लिप्तता में आकर उलझ जाता था।

धूल-धूसरित पाँव लिये मुन्ना आकर गोद में बैठ गया। थोड़ी देर खेलती रही उससे। वह समझे, न समझे, उसे अपने गाँव जाने की बात सुनाती रही। उसे खिलौने में उलझाकर बाथरूम चली गई। मुन्ना सोफा से नीचे गिर गया था। चिल्लाने लगा। वह कैसे बाहर निकले। और कुछ ही क्षणों में मुन्ना का रोना बंद हो गया। उसे अचंभा और भय भी हुआ। दरवाजा खुला रह गया था। कहीं कोई बाहरी आकर··· ! झटपट बाहर निकल आई। मुन्ना वहाँ था ही नहीं। कहीं आया तो सब्जी लेकर नहीं लौट आई? 'मुन्ना' 'मुन्ना' चिल्लाती दो कमरे के घर का कोना-कोना छान डाला। बाहर निकल गई। सामने सड़क के पार, पार्क में एक पेड़ के नीचे गंदे-कुचैले गेरुआ वस्त्रधारी, जटाजूट बढ़ाए हुए कोई अनजान आदमी मुन्ना को उछाल रहा था। कनकलता दौड़ती-हाँफती उस तक पहुँची। उस व्यक्ति ने मुन्ना को ज्यों ही कलेजे से चिपकाया, पीछे से कनकलता झपट पड़ी—"कौन हो तुम? चोर-उचक्का··बच्चा चुराता···"

थम गई कनकलता। भाव थम गए। आँखें तो वही थीं। चिरपरिचित। भाव बदल गए थे। उन आँखों को थामे चेहरे का हुलिया बदल गया था। मोहन बाबू कनकलता से नजर न मिला पाए। पर उनकी आँखों की कोरों में छलक आए जल की गहराई मापने में कनकलता को एक क्षण का भी समय नहीं लगा। समय को बाँधने की व्यग्रता थी। उसके तीस वर्षों के प्रयास को

सार्थक बनाता समय! पत्नी से गुरु की गुरुता प्रदान करता समय। न शिकवा, न शिकायत। बिना किसी आग्रह के आगे बढ़ी कनकलता। मुन्ना को थामे हुए मोहन बाबू अनुगामी बन गए।

कनकलता पानी ले आई। हारे-थके मोहन बाबू को स्नान-ध्यान से भी पहले उन्हें कनकलता को अपनी सुनाने की पड़ी थी—''पहले सुनो तो···''

''नहीं, नहीं। मैं कुछ नहीं सुनूँगी। पहले नहा-धोकर कपड़े बदलो।''

कपड़े बदल गए थे। सफेद लंबी दाढ़ी बच गई थी। खाने की मेज पर खाना परोसकर बैठने से पूर्व कनकलता ने आया से कहा, ''थोड़ी देर के लिए मुन्ना को बाहर ले जाओ—ये खाना खा लें, फिर···''

''नहीं, नहीं। उसे भी यहीं बैठने दो।'' मोहन बाबू ने मुन्ना को भी अपनी थाली के सामने मेज पर बैठा दिया। और मुन्ना के मुँह में बाबा की बँधी उँगलियों तथा बाबा के मुँह में मुन्ना की बिखरी उँगलियों से अन्न के दाने गिरते रहे। मोहन बाबू ने पोते को सुनाना प्रारंभ किया—''अरे मुन्ना, क्या सुनाऊँ तुम्हें। एक वर्ष दर-दर भटकता रहा। मंदिर-मंदिर। आश्रम-आश्रम। जहाँ गया, मुझे नया समझा गया। मेरे नाज-नखरे, मेरी सही-गलत आदतों की किसी को चिंता नहीं। एक साधु ने कहा—ये अ अ अ! जाओ कुंभ से पानी ले आओ। दूसरे मठाधीश ने कहा—नए आए हो न! तुम्हें यहाँ की रीति नहीं मालूम। तो सुन लो, भोजन-कक्ष में रहना है। सबको भोजन कराके स्वयं करना है। फिर रात्रि को बड़े महात्माजी के पाँव दाबने हैं, सुबह जल्दी उठकर···''

''अब खाओ भी। आधा घंटा बीत गया।''

झटपट थाली साफ कर दी मोहन बाबू ने। ''थोड़ा और प्रसाद मिलेगा?'' हाथ में प्लेट उठाकर बोले थे मोहन बाबू। और फिर तो पूछ-पूछ, भर-भर खिलाया कनकलता ने। खाने और खिलानेवाले, दोनों के जी भर गए।

फिर कथावाचन। अपनी कथा सुनाते न थक रहे थे मोहन बाबू। शाम को लौटे बहू-बेटे की खुशी के क्या कहने! अनिल ने कहा, ''पिताजी! मैंने छुट्टी ले ली है। कल माँ को छोड़ने गाँव जा रहा हूँ। आप यहीं रुकिए।''

''न तुम, न तुम्हारी माँ? मैं जाऊँगा गाँव। खेत-खलिहान और बगीचे

की व्यवस्था कर वापस आ जाऊँगा। यहीं रहूँगा तुम लोगों के साथ। लेकिन दो-चार दिन खा-पी तो लेने दो। पोते के साथ खेल तो लेने दो।''

कनकलता ने पति के निर्णय में बहू-बेटा को जी भरकर आनंद लेने दिया। फिर बोली, ''नहीं, अभी हमारे हाथ-पैर चलते हैं। खेतीबारी के संग अपना और भी बहुत कुछ है गाँव में। हमजोलियों को कैसे छोड़ें? दो-चार महीने में हम ही आते रहेंगे। और जब हाथ-पैर थक जाएँ, फिर तो···।''

''माँ!'' अनिल फिर भीग गया था माँ के व्यावहारिक ज्ञानसागर में। मोहन बाबू का क्या, उन्हें तो बस अब वही करना है जो कनकलता कहेगी। और उसने कब मना किया है उन्हें घर में रहकर वैरागी बनने से।

□

जब-जब होहिं धरम कै हानि

एक वह भी दिन था, जब हरिपद शहर के आलीशान भवन को दूर से निहारा करता। अपने साहब की कोठी के दरवाजे-खिड़कियों पर स्नेहिल हथेली फेरता सुखद स्वप्नलोक की वीथियों में विचरण करने लगता। उस शहर में एक कमरे का सही, उसका भी घर होगा, जिसमें एक दरवाजा, एक खिड़की होगी। शाम को जब वह घर लौटने वाला होगा; दरवाजे को बंद किए, खिड़की पर बैठी सुनयना उसका इंतजार करती होगी। वह दूर से ही हाथ हिलाकर उसके इंतजार को सहला देगा। और फिर घर पहुँचकर सख्ती से दरवाजा बंद कर लेगा। रात तो अपनी होगी। दोनों मिलकर सपने सँजोएँगे। एक रात को देखे गए सपने दूसरी रात साकार होंगे। और फिर सपना और साकार के मध्य डोलती उसकी जिंदगी भी कटती जाएगी।

पर एक कमरे से कैसे चलेगा? बच्चे भी तो होंगे! माँ-बाप विहीन एकाकी जिंदगी की कड़वाहट उसकी जिह्वा पर यदा-कदा उतर आती थी। उसे जन्म देकर माँ स्वर्गवासी हो गई थी। किशोरावस्था तक पहुँचाकर पिता ने भी उँगली खींच ली थी। अपने दफ्तर की जागीरदारी छोड़ गया था। पिता के स्थान पर मिली हॉस्पिटल की नौकरी वसीयत ही तो थी। वह झोंपड़ी और सरकारी नौकरी, बस! कोमल कंधों पर जिंदगी की जिम्मेदारी पड़ गई। मात्र अठारह बरस तीन माह की तो वयस थी। संसार में अपना कोई नहीं। उसे अपने मित्र पतिराम का भरा-पूरा कुनबा बहुत सुहाता था। एक दर्जन सिर, दो छोटे कमरों में छिपने का अथक प्रयास करते हुए। गुँथे बैठे लोग।

आपसी लड़ाई-झगड़े के घर्षण से स्नेह-सरिता बहाता एक परिवार। अपनी सूनी झोंपड़ी उसे काटने दौड़ती थी। कोठी से ड्यूटी बजाकर रात्रि को लौटते हरिपद के पाँव उसे पतिराम के घर की ओर खींच ले जाते।

उसी कुनबे से एक अदद काया उठा लाया था अपनी मड़ैया में, जो घर बनकर जीवित हो उठी थी। मन में आशा का संचार होने लगा था। उसने उतावलेपन में सुनयना को कह ही दिया—"मुझे ढेर सारे बच्चे चाहिए।"

उस रात को सुनयना ने उसके प्रस्ताव को हेय दृष्टि से देखा भर था। पर धीरे-धीरे यह बात हरिपद के सामने खुल गई कि सुनयना अधिक बच्चा नहीं चाहती थी। उसने एक दिन साफ कर दिया—"एक से अधिक बच्चा चाहिए तो दूसरी शादी कर लेना। मैं तो एक ही बच्चा जनूँगी।"

हरिपद बेकार के झगड़े में पड़कर सुख के क्षण बरबाद नहीं करना चाहता था। बहुत दिन बाद एक से दो हुए थे। तीन भी हो जाएँगे, धीरे-धीरे सात भी। आठ भी। अभी नाहक सुनयना से क्यों बहस करना!

एक दिन सुनयना ने आखिर सुना ही दी खुशखबरी। हरिपद बाप बनने वाला था। वह अपने आनंद का अतिरेक रोक न पाया—"सुन्नी! मुझे एक साथ चार बच्चे चाहिए, चार!"

"चल हट। मुझे मरना है क्या! तुम्हें केवल बच्चे चाहिए, मैं नहीं।"

"नहीं रे! बच्चे भी और तुम भी। तुम्हारे बिना बच्चों का मैं क्या करूँगा?"

उससे रहा न गया। कोठी पहुँचते ही मेम साहब को सुनाया—"मेम साहब, मेरी घरवाली है न, वो क्या कहते हैं…गरभ-गरभ…"

मेम साहब भी हँस पड़ी थीं—"हाँ-हाँ, गर्भवती है। तो तू क्यों शरमा रहा है? उसे हस्पताल लाकर डॉक्टर से दिखा दो।"

हरिपद को कहाँ सब्र था। दूसरे दिन ले आया सुनयना को। सुनयना का गोरा-चिट्टा छरहरा बदन देख मेम साहब चकित रह गई थीं—"अरे, तुम्हारी पत्नी तो बहुत सुंदर है! कहाँ वह और कहाँ तू। काला-कलूटा। जैसे कौआ के मुँह में अनार की कली।" हरिपद जैसे विहँस उठा, जैसे उसकी सुंदरता

का पुल बाँध दिया गया हो। हॉस्पिटल में भी नर्स और डॉक्टर ने ऐसा ही कहा। घर लौटकर उसने सुनयना की नजर उतारी थी। सुनयना हँसते-हँसते लोटपोट हो रही थी। पर अचानक आहिस्ता-आहिस्ता कदम रखता उसके इर्द-गिर्द खुली खिड़की-दरवाजों को बंद करता, एक नन्हा सा भय दैत्याकार रूप धारण कर किधर से, कब, कैसे आ पसरा उसके शहर पर, उसकी समझ में कुछ नहीं आ रहा था। घर से कोठी, कोठी से हस्पताल और हस्पताल से घर का चक्कर लगाते हरिपद को समाज में व्याप्त आतंक की जड़ का पता नहीं चल पा रहा था। वह व्याकुल हो उठा। ऐसे समय के लिए ही उसका सहारा थे मास्टर साहब। दूध का दूध और पानी का पानी करनेवाले। देश-दुनिया की समझ के लिए उठे उसके मन के प्रश्नों का जवाब ढूँढ़नेवाले। हरिपद एक दिन भागकर उनके पास गया। दरवाजे पर दस्तक देने के लिए हाथ बढ़ाया ही था कि अंदर से आवाज आई—"तुम्हें शर्म नहीं आई! पचास वर्ष की आयु में नसबंदी करा आए। अब क्या तुम्हें बच्चा होनेवाला था। घर में बहू आ गई है। मुझे तो बोलते भी शर्म आ रही है।"

मास्टरजी का विलाप स्वर था—"मैंने कोई स्वेच्छा से यह सब किया है क्या? तुम तो घर में रहती हो, बाहर क्या हो रहा है, तुझे क्या पता? शिक्षकों, सरकारी कर्मचारियों पर कहर ढाया जा रहा है। नौकरी करनी है तो सब बरदाश्त करना होगा।" मास्टर साहब ने अपनी बेबसी रख दी थी। न उनकी पत्नी, न कान लगाए सुन रहे हरिपद की समझ में मास्टर साहब की बेबसी समाई। उसी के क्या, इलाके में वही सबके गुरु और गोविंद भी थे।

उसने आवाज दी—"मास्टर साहब!"

"कौन, हरिपद? अंदर आ जाओ।" हरिपद मन में उठे अपने आश्चर्य के सहारे ही दबे पाँव अंदर घुसा। दयालु हृदय मास्टर साहब की दयनीय स्थिति देख वह काँप उठा—"आपको क्या हुआ, मास्टर साहब? और मैं क्या देख-सुन रहा हूँ।"

"देखो और सुनो भर। बोलो मत। सरकारी आदेश है—छापो मत, पढ़ो मत, बोलो मत।"

"मैं कुछ नहीं समझा।"

"समझो मत।"

"लेकिन...लेकिन मास्टर साहब, ऐसा क्यों हो रहा है? ऐसा होना नहीं चाहिए। और आप...आप भी...।"

मास्टर साहब ने एक गहरी साँस खींचते हुए कहा, "किसी व्यक्ति के चाहत- अनचाहत का सवाल कहाँ उठता है? भोगते जाओ। पालन करते जाओ। स्वतंत्रता खतरे में है।"

हरिपद की समझ में कुछ तो नहीं आया; पर मास्टर साहब की स्थिति देख उसे काल की गंभीरता का अहसास अवश्य हुआ। मास्टर साहब की मजबूरी उसके मन को निचोड़ गई।

और घर लौटकर जो खबर सुनी, वह सन्न रह गया। थोड़े से पैसों के लालच में एक बच्चे के बाप पतिराम ने अपना ऑपरेशन करवा लिया था।

हरिपद ने उसकी पिटाई नहीं की, इतना ही क्या कम था। खूब खरी-खोटी सुनाई। और उस इकलौते बेटे के एकाकी भविष्य की सोच उसकी आँखें भर आईं। हस्पताल में जबरन नसबंदी कराते देख वह चिल्ला पड़ता था। बोले कैसे? सरकारी कर्मचारी जो था! चारों ओर दहशत फैली थी। आतंक।

उस दिन उसने हिम्मत बटोरकर मेम साहब के सामने अपनी व्यथा रखी—"मेम साहब, आप साहब को मना करिए न। जबरदस्ती लोगों को पकड़कर क्यों बधिया कराया जा रहा है? आखिर बाल-बच्चे पैदा करने का अधिकार..."

"चुप रहो! इन दिनों तुम्हारी जबान अधिक चलने लगी है। अधिकार की बातें करने लगे हो! तुमसे काम तो न हॉस्पिटल का होता, न कोठी का।"

हरिपद चुप हो गया था। उस रात्रि को सुनयना के आँचल में सिर छुपाकर सिसक उठा था। मानो आनेवाले बच्चों की राह पर बिछाए गए नुकीले पत्थर से उसका पाँव लहूलुहान हो गया हो। उसकी नजर में वह सरासर ज्यादती थी। पर वह अत्याचार को रोके कैसे? दिल्ली से चलकर

आए उस हुकुमनामे को नजरअंदाज करने की उसकी क्या बिसात? प्रतिदिन साहब की कोठी और दफ्तर में डॉक्टरों द्वारा रखे गए नसबंदी के बढ़ते आँकड़े देख-सुन साहब की बाँछें खिल उठती थीं। और उस हर्षोल्लास के परिवेश में भी हरिपद के हृदय में एक दर्द सा उठता। उसकी व्यथा बढ़ती गई। किस-किसको रोके? हृदय का वह दर्द हर्निया पर उतर आया। स्वयं मेम साहब उसे हस्पताल ले गईं। चाकू, कैंची, सूई का दर्द कम भी नहीं हुआ था कि उसी के एक साथी ने कान में आकर कहा, ''तुम्हारी भी नसबंदी कर दी गई।''

''नहीं''अ''अ''अ!'' उसके आर्तनाद से हॉस्पिटल की दीवारें हिल गईं; पर उन डॉक्टरों के कान में हवा की आहट भी नहीं पहुँची। उसके कंठ-स्वर में मानो वे सारी आहें समाहित हुई थीं, जिनपर साम, दाम, दंड, भेद अपनाकर जबरदस्ती की गई थी। यह बात भी दबे स्वर में सबके बीच पसर गई थी कि पतिराम ने ही अपना कोटा पूरा करने के लिए हरिपद का ऑपरेशन करवाया था। उसकी तनख्वाह जो रुकी पड़ी थी।

सुनयना की चीत्कार किसी माने में हरिपद से कम नहीं थी। दोनों मानो सामने ढेर हुए सैकड़ों बच्चों का मृत्युशोक मना रहे हों। उनका मानस एक प्रसव-पीड़ा में डूबा हो।

उसी गहन शोक मन में उपजा था प्रतिकार। हरिपद उस मनहूस हस्पताल का मुख देखने भी न गया। साहब द्वारा भेजे गए फलों को पाँव से कुचल-कुचलकर मिट्टी में मिला दिया। भागा था हरिपद। डॉक्टरों से घिरे बिहँसते सिविल सर्जन पर एक पत्थर मार आया। पकड़ो-पकड़ो की दौड़ में वह पकड़ा नहीं गया। खुदीराम बोस की काली बुत के पीछे एक और काली काया छिप गई। पुलिस की गाड़ी निकल गई। और उसके पाँव भी जुड़ गए थे हुकुमनामे के विरोधी पाँवों के साथ, जो अँधेरे में चलते थे।

पतिराम को जब खबर लगी, वह काँप उठा। पुलिस की पकड़ से बचने के लिए हरिपद ने घर छोड़ दिया। अकेली जिंदगी सुनयना से ढोई नहीं जा रही थी। सहारे के लिए भाई का दरवाजा खटखटाने गई। उसने साफ शब्दों

में कहा, "सुनयनी, तुम मेरे घर मत आया करो। हरिपद अब सरकार का विरोध कर रहा है। किसी दिन उन्हें पता चल गया तो मुझे भी जेल में डाल देंगे। तुम्हारा क्या, आगे था न पीछे पगहा। मेरा एक तो बेटा है। माँ-बाप भी हैं। मेरे पीछे कौन देखेगा उन्हें?"

सुनयना की चीख निकल पड़ी थी—"भैया···अ···अ! पड़ोसियों ने भी अपने दरवाजे बंद कर लिये। कम-से-कम तुम तो अ···अ···अ···"

पतिराम ने भी अपने दरवाजे बंद कर लिये। पतिराम की आशंका सत्य साबित हुई। पुलिस हरिपद के पीछे पड़ी थी। गिरफ्तारी का वारंट था।

कई-कई दिन बाद लुकता-छिपता अर्द्धरात्रि या भोर होते आता था हरिपद; सुनयना को दिलासा दिलाने भर के लिए। उसकी कोख में पल रहे अपने सपने को सहलाने भर के लिए। नेताओं की गिरफ्तारी, प्रदर्शन करते लोगों पर लाठी चार्ज की खबरें सुनयना के कानों तक पहुँचने लगी थीं। चारों ओर सन्नाटा सरसराता था। आपस में बात करने से भी लोग कतराने लगे। सुनयना ने सुबकते हुए उसे सुनाया था—"भाई ने भी अपने घर का दरवाजा बंद कर लिया। तुम भी भागते फिर रहे हो। अब मैं कहाँ जाऊँ?"

मौके की तलाश में था हरिपद। पंद्रह दिनों बाद उस रात्रि को जब सुनयना की कमर में दर्द उठा था, उसने हरिपद की नानी को बुला लिया। पुलिस हरिपद को खोजती-ढूँढ़ती पहुँची थी। हरिपद मिला नहीं। उसके घर के थोड़े से सामान उठा ले गई पुलिस। नानी ने शोर मचाया। कोई नहीं आया। नानी कोसती रही पुलिस को, सरकार को। गालियाँ बकती रही।

"चलो, मेरे घर चलो। यहाँ अब क्या रखा है?" नानी उठा ले गई सुनयना को। सुनयना चल नहीं पा रही थी। घर पहुँचते ही उसने बच्चे को जन्म दे दिया था। एक दर्द गया तो दूसरा समा गया। प्रसव-पीड़ा के घटते दर्द का स्थान वैसे मौके पर हरिपद की अनुपस्थिति के अहसास की व्यथा ने ले लिया। कराह उठी सुनयना।

नानी धीरज दिलाती रही। आपबीती के अनेक प्रसंग सुना गई। "ऐसे ही तो भागते-फिरते थे हरिपद के नाना। गोरों का राज था। गांधी बाबा के

साथ गोरों का जुर्म सहते रहे। एक गोरे पर बम फेंका था। जेल भेज दिया गया। उनके जेल में रहते ही हरिपद की माँ पैदा हुई थी। पर उन्होंने तो बच्ची का मुँह भी नहीं देखा।''

''क्यों नानी? क्या जेल से छूटे नहीं?'' सुनयना का दिल तेजी से धड़कने लगा। नानी अपने पति को फाँसी लगने की बात छुपा गई। बोली, ''धीरज रखो। छूट जाएगा हरिपद। अब गोरों का राज नहीं है। अब तो गांधी का ही राज है। छूट जाएगा हरिपद।''

उस रात्रि को पतिराम की खबर लेने जब हरिपद उसके घर पहुँचा, उसने एक खबर सुना दी—''तुम बाप बन गए हो। मेरी घरवाली कह रहीं थी। आज हाट में तुम्हारी पड़ोसिन मिल गई थी। उसी ने बताया। बेटा हुआ है।''

भागता-हाँफता हरिपद नानी के घर पहुँचा। पुलिस थाने के सामने से गुजरते हुए भी उसे गिरफ्तार होने के भय ने छुआ तक नहीं। सुनयना गहरी नींद में थी। निश्चिंतता की नींद। गोद में पड़ा था हरिपद के बृहत् स्वप्न का पॉकेट एडीशन।

मड़ैया के दरवाजे पर बैठी उसकी नानी ने रोका, ''तुम अंदर मत जाओ। जच्चा-बच्चा को अभी-अभी नींद आई है।''

उसे उस क्षण कोई शक्ति नहीं रोक सकती थी। हरिपद ने बच्चे को उठाकर गोद में भर लिया।

मात्र चौबीस घंटे की आयु थी उसकी। हरिपद ने पता नहीं कितने चुंबन जड़ दिए उसके नन्हे शरीर पर। सुई की नोक बराबर भी जगह नहीं छोड़ी।

पुलिस की गाड़ी का हॉर्न। दरवाजे पर ठहरी उस जीप के हेड लाइट की तेज रोशनी में पूरी मड़ैया डूब गई। सुनयना की नींद खुली। शायद वह स्वप्न में भी वही दृश्य देख रही थी। हरिपद की गोद में वह नन्हा और नन्हे की उपस्थिति से उत्पन्न आनंद सागर में गोते लगाता हरिपद, कितना सुःखद दृश्य था! सुनयना अपना दर्द-पीड़ा भूल गई। मानो कठिन श्रम की मथनी

बनाकर यातनाओं के मंथन से निकाला हो हरिपद के लिए अमृत। हरिपद को अमृतपान कराते हुए वह भी अघा रही थी कि मड़ैया के सामने खड़े दारोगा ने मड़ैया घेर लेने की आज्ञा दी। हरिपद के हाथों से वह अमृतघट फिसल गया। उन्हीं हाथों में बेड़ियाँ डाल दी गईं। सुनयना ने बच्चे को थामकर गोद में छिपा लिया।

"चलो हरिपद! ससुराल चलो।"

सुनयना की चीख-चिल्लाहट से आस-पड़ोस के लोग जग तो गए, पर पुलिस की गाड़ी देखकर सब अपने-अपने घरों में छुप गए। उन दिनों पुलिस का कुछ ऐसा ही आतंक था। जीप की पिछली सीट पर बैठे हरिपद की आँखों से मुहल्ले की ओर भागते पतिराम की काया छुप नहीं पाई थी। वह भुनभुनाया—"कैसा आफत काल आया। अपने भी पराए हो गए।" उसे समझते देर न लगी कि उस वक्त उसके घर आने की खबर पतिराम ने पुलिस को दी होगी। खुदीराम बोस के बुत के सामने से गुजरते हुए उसका मस्तक नत हुआ था।

जेल की यातनाएँ उसकी काया का कुछ नहीं बिगाड़ पातीं; पर सुनयना और उस दुधमुँहे की याद, उनके साथ हँसी-खुशी के दिन गुजारने की चाहत, उसके चहेते बन गए। हर पल टीसते रहते। अपने सहयोगों और साले पतिराम की करतूत के काँटों की चुभन पीड़ा को दुगुणित करती जाती। कर भी क्या सकता था बेबस हरिपद। औरों के साथ उसे भी विश्वास हो गया था कि पूरी जिंदगी उस जेल के सींखचों में ही कटने वाली थी। सूखकर काँटा हो गया हरिपद। साथ दे रही थी जेल-जीवन में मिली सहेलियाँ—अनेक बीमारियाँ।

सुनयना जब जेल में मिलने गई, अपने सामने खड़े हरिपद को पहचान नहीं पाई। पहचानती भी कैसे? खिचड़ी हुए बाल, बढ़ी हुई दाढ़ी, झुकी-झुकी कमर; मानो एक युग बीत गया हो। बच्चे की मृत्यु की खबर छुपा ली थी सुनयना ने। हरिपद के जिद करने पर बताया—"कैसे लाती उसे, नन्ही-सी जान है!"

छह महीने के उसके कठोरतम जेल-जीवन के बाद ही एक रोशनी उस काल कोठरी में भी पहुँची। सब लोग बाहर निकाले जा रहे थे। नेता, उपनेता, उनके संगी-साथी, हजारों की संख्या में बाहर निकल रहे थे। पर हरिपद की कोठरी तक वह रोशनी नहीं पहुँची। उसपर लगाई दफा बड़ी सख्त थी। अन्यों से भिन्न। बाहर चुनावी माहौल पसर आया था।

सुनयना की आँखें अब आग उगलने लगी थीं। उसके जर्जर शरीर को ढोते लहूलुहान कदम अनायास अप्रयास बढ़ चले थे प्रतिशोध के पथ पर। चुनाव प्रचार की टोली में अकसर उसे एक-दो कारावास-भोगी नौजवान मिल जाते। वह उन्हें पकड़कर पूछती—"कैसा है मेरा घरवाला? तुम लोग छूट गए, वह कब छूटेगा?"

"बस, नई सरकार बनने दो। हमें आततायी सरकार को हटाना है। थोड़ा और जोर लगाओ। एक भी घर न छूटे, औरतों के एक-एक वोट नई पार्टी को मिलने चाहिए।"

और भागती रही, दौड़ती रही सुनयना। सभी बड़े-छोटे चुनावी मंच पर उसे खड़ा कर उमड़ते जनसमूह से परिचय कराया जाता। आपातकालीन सरकारी जुल्मों की प्रतीक जो थी। सारा परिवेश सुनयना के दुःख में डूब जाता। अनेकों की सिसकियाँ न थमतीं। पर उसकी आँखों में एक बूँद आँसू नहीं। मानो पति व पति की पहली और अंतिम निशानी को धरती माँ की गोद में सुला आने पर रो-रोकर उसकी अश्रुग्रंथि ही रीत गई हो।

वोट डाले जा रहे थे। लंबी कतार। सुनयना से खड़ा नहीं हुआ जा रहा था। लड़खड़ाकर बैठ गई। उस इलाके में अब कौन नहीं पहचानता था उसे। दो कार्यकर्ता उठाकर आगे ले गए। मतपत्र और मुहर हाथ में पड़ते ही उसपर टूट पड़ी सुनयना। मानो पिछले अठारह महीने के जुल्मों का बदला लेने के लिए ऐसे ही कारगर हथियार का इंतजार था उसे। हन-हन के पचासों वार किए। सुनयना के हाथों में उतर आए उसकी यातनाओं का स्मृति ज्वार थामे नहीं थमे। उस ज्वार के आगे उस मतपत्र की क्या बिसात! टुकड़े-टुकड़े हो गए। चुनाव कर्मचारियों ने पकड़कर अलग हटाया। कार्यकर्ताओं की निगरानी

में सेवा-शुश्रूषा होने लगी।

पतिराम दौड़ता-भागता आया उसके पास। रोनी सूरत बनाकर बोला, ''सुनयनी! तूने अपनी कैसी दशा बना ली? हत्यारी सरकार का जुर्म सह नहीं सकी मेरी फूल-सी बहन। मेरा भानजा। हाय! मैंने उसका मुँह भी नहीं देखा। घर चलो। अब हरिपद भी छूटेगा। नई सरकार बनेगी।''

सुनयना के कानों में पतिराम की गुहार के एक-एक शब्द हथौड़े की चोट की भाँति प्रवेश कर रहे थे। वह चिल्लाई—''हट यहाँ से! मुझे हाथ मत लगाना! मर गई रे तुम्हारी बहन···मर गई···मर···गई।'' सुनयना बेहोशी में भी बड़बड़ाती रही।

निर्जीव सी पड़ी सुनयना को स्त्री-पुरुष-बच्चों की जमात ने घेर रखा था। उसकी आँखें खुलतीं, बंद हो जातीं। आज बंद आँखों की दुनिया ही उसे रास आ रही थी। हरिपद के सपने, सपने को रौंदती नसबंदी, बच्चा होने की खबर सुनकर अंधे को आँखें मिलने जैसी उसकी खुशी, उसकी गिरफ्तारी, बच्चा की मृत्यु, उसे अकेले गाड़ने जाना, फिर धीरे-धीरे लोगों का उसके पास आने लगना, भरी सभाओं में उसे मंच पर खड़ा करना, ये सब तो थे उसकी बंद आँखों के रंगमंच के दृश्य। थोड़ी सी जिंदगी की उसकी पूँजी। सुकून मिलने लगा था उसे उन्हीं यादों में घिरे रहने में।

किसी ने आकर सूचना दी—''हरिपद एक-दो दिनों में छूट जाएगा। मतगणना शुरू हो गई है। रिजल्ट ऐसे आ रहे हैं मानो नई सरकार ही बनेगी।''

उस अर्द्धरात्रि को न जाने कहाँ की शक्ति आ गई उसके शरीर में। घेरे पड़े लोगों को पाँवों से रौंदती भागती हुई वह चिल्लाई थी—''मैं आ रही हूँ। मुझे आने दो।''

पकड़ने के लिए उसके पीछे भागते लोग 'रुको-रुको' चिल्लाते रहे। वह रुकी। पर सिविल सर्जन की कोठी के पास। रोड पर पड़े पत्थर उठाकर पूरी शक्ति से उस बँगले के शीशों पर फेंकने लगी। खुदीराम बोस के बुत के पास बने उस बँगले की खिड़की-दरवाजों में लगे शीशे चूर-चूर हुए थे।

उनके टूटने के करुण आर्तनाद स्वर से दिल्ली के एक सफदरजंग की कोठी की नींव तक धराशायी हो गई। और पत्थर मारती-मारती सुनयना का सारा शरीर शून्य हो उठा। आँखें पथरा गईं। शिथिल पड़े सुनयना के शरीर को लोग उठा लाए थे घर में। नई सरकार बनने की खुशी में सारा शहर सराबोर हो गया था। सुनयना को घर में अकेली छोड़ अर्द्धरात्रि को सबके सब सड़कों पर उतर किलकारियाँ भरते, जश्न मनाने लगे।

दूसरे दिन नई सरकार बन गई। हरिपद के बैरक के सामने खड़ा सिपाही आवाज दे रहा था—''चलो, बाहर निकलो। सरकार ने तुम्हारी सजा माफ कर दी है।''

हरिपद के कर्णरंध्र ठंडे पड़ गए थे। वह जाता भी तो कहाँ! किसके लिए आता बाहर। उसके सपने तो कब के चूर हो चुके थे। डॉक्टर ने दोनों शवों का परीक्षण किया। उसका गणित शायद ठीक रहा हो—सुनयना के प्राण भी हरिपद के साथ ही छूटे थे। शायद फिर मिलें अगले जन्म में। देखेंगे सपने। साकार हों, न हों। सपने देखने पर कैसी आफत!

□

मुसाफिर काकी

दादी की वह कोई पहली यात्रा नहीं थी। वह तो पर्व-त्योहार पर गंगा-स्नान से लेकर मेला-ठेला घूमने-घुमाने में दक्ष हो गई थीं। अयोध्या, मथुरा, काशी, जनकपुर धाम के साथ चारों धामों की यात्रा समाप्त कर गंगासागर भी हो आई थीं। और इन तीर्थस्थलों की यात्रा कर-करके वे ऐसी यात्रा-नायिका बन गई थीं कि गाँव की महिलाओं का झुंड लेकर बिना किसी पुरुष की सहायता के निकल पड़ती थीं। कभी-कभी तो बिल्कुल अकेली। जिन अधवयसा अथवा नवोढ़ा को अपने घरवालों से तीर्थ जाने की अनुमति नहीं मिलती हो, वह अपना अंतिम अस्त्र अपनाती थीं—'मैं अकेले थोड़े जा रही हूँ, मुसाफिर काकी के साथ जा रही हूँ।'

फिर तो उनका यह अस्त्र अचूक बैठता था। जब मुसाफिर काकी संग-साथ हों तो अपने घरवालों से क्या पूछना! राघव काका की अम्माँ गाँव भर की काकी थीं। किसी की घूमनी काकी, किसी की दु:खहरनी काकी, किसी की मोहिनी काकी तो किसी की मुसाफिर काकी। मुसाफिर काकी ही प्रसिद्ध हो गईं। शायद तीन सौ पैंसठ दिनों का एक-चौथाई भाग वह गाँव से बाहर ही रहतीं। एक यात्रा से लौटकर आतीं तो गाँव भर में उनका यात्रा-वृत्तांत यात्रारत रहता, उनकी अगली यात्रा की तैयारी शुरू हो जाती। तैयारी भी कोई ऐसी-वैसी नहीं, हर यात्रा के दौरान उन्हें एक नया कड़वा मधु अनुभव होता। अनुभवों के अनुकूल यात्रा सतर्कता बरतने में कोई कोताही नहीं होने देतीं। मर्दानी कमीजनुमा ब्लाउज की जेब से जेबकतरे ने एक बार पैसा क्या निकाल लिया,

उन्होंने कमीज की डिजाइन ही बदल दी। रुपए रखने की जेब अंदर बन गई। बिल्कुल छाती के बीचोबीच। एक बार ट्रेन से उतरते वक्त उनकी चोटी फँस गई, फिर क्या था—दूसरी यात्रा पर जाने से पूर्व बाल ही कट गए। यात्रा में थैला का मुँह खुला था, कुछ सामान गिर गए; फिर तो जो थैले उनके साथ जाएँ, सबके मुँह सिले हुए। उनके सहयात्री महिला-पुरुष को उनकी आज्ञा के अनुसार ही साज-सामान लेकर चलना पड़ता था, वरना नंबर ही कट जाए।

किसी महिला ने यात्रा के दौरान उनके साथ कदम नहीं मिलाया, गंगा में डूब नहीं लगाई या अधिक डूब लगा ली या उनकी आज्ञा के बगैर किसी दूसरे मुसाफिर से बात कर ली, उसका नंबर फिर कभी न आया। किसी का नंबर आने के कई कारण होते थे। गाँव में कोई महिला बहुत दिनों से मैके नहीं गई तो मुसाफिर काकी का मन पिघल जाता। कहतीं—'बेचारी चार वर्ष से अपने आँगन में कैद है। उसको इस बार गंगा नहला लाऊँगी।'

किसी को बहू ने तंग किया हो, मुसाफिर काकी कहतीं—'चल-चल। इस बार तुम्हें गंगासागर ले चलती हूँ। फिर इसको पता चलेगा, सास के बिना कैसे गृह-कारज चलता है।'

गाँव की मुसाफिर काकी यानी मेरी दादी जब कभी तीरथ-धाम से लौटकर आतीं, घर भर के सदस्यों के लिए छोटी-मोटी चीजों से उनका एक थैला भरा होता। हम सब घेरकर बैठ जाते। माँ-चाची उनके लिए गरम पानी करतीं, उनके पैर-हाथ धोतीं, नहलातीं, खाना खिलातीं। कई दिनों तक गाँव भर की औरतों से उनकी खाट घिरी रहती। सब बारी-बारी से उनका शरीर दबातीं। तेल लगातीं और आशीर्वाद पातीं। सुहागन को सिंदूर लगाकर मिसरी की गोली देतीं। विधवाओं के लिए तुलसी की माला तो कोई भगवान् की छोटी पीतल-काँसे की मूर्ति। उपहार से भी अधिक लोगों की रुचि उनके यात्रा-वृत्तांत में होती।

एक बार तिरुपति जाते हुए उन्हें रास्ते में कई मुसाफिर मिल गए थे। उनकी भाषा काकी के पल्ले नहीं पड़ी। काकी सुनातीं—'अब क्या बताऊँ! दो छोंड़ा सीट पर जमकर बैठ गया। घिसके ही नहीं। हम नीचे बैठे हुए। हमने

खूब गाली दी। गाली सुनकर भी 'ही-ही-ही' करता रहा। एकदम थुथुर। तब हम सोचे कि ई प्यार से ही मानेगा। हम बोले, ये बबुआ, हम तोहर आजी हुई। हमरा आसपास हमार संगी-साथी हँसे लागल—ई कि बुझी आजी-उजी। दोसरा देस के हैं। अब का करें। परदेस में तो हित-मुहब्बत से चले के परेला। उ त आजी सुनते पिघल गया। बोला, 'आजी' और उठकर खड़ा हो गया। इशारे से अपनी जगह दे दीया। फिर तो रास्ते भर हमार खूब सेवा किया। पूछने पर बताया कि अंधरा परदेश का मुसाफिर था।'

यह वृत्तांत सुनकर मेरे पिताजी हँसते-हँसते लोट-पोट हो गए। लोगों के पूछने पर बोले, 'वे लड़के आंध्र प्रदेश के रहे होंगे। अब देखो ईआ को। उसे अंधरा परदेश कह रही है। और दादी को आजी कहना तो सार्वदेशिक शब्द है ही।' काकी भी हँस पड़ी—'अरे वही अंधरा परदेश। अब हम का करे। कभी करकट परदेश, कभी मदरसा, कभी कानपुर, नागपुर सब देश के लोग मिलते रहते हैं।'

□

काकी के लिए देश, परदेश और गाँव का भेद मिट चुका था। उनके लिए कानपुर, नागपुर, जयपुर, जालंधर सब परदेश थे। पर सब जगह के लोग एक। काकी कहतीं—'अलग-अलग बोली है तो का, सबसे हम ईशारा से बात कर लेली। हमार बोली सब समझेला।'

काकी तीर्थाटन करते-करते समाजसेवी भी हो गई थीं। गाँव की कई लड़कियों की शादी वे तीर्थस्थान पर ही तय कर आतीं। गाँव आकर उसके घरवालों को बतातीं। गाँववालों की क्या हिम्मत, जो मुसाफिर काकी की बात काट दें।

प्रवचन सुन-सुनकर सुजान हो गई थीं। इसलिए क्या मर्द क्या औरत, सबको रामायण-भागवत-सुखसागर का प्रसंग सुनाती रहतीं। किसी तीर्थस्थान पर किसी अच्छे साधु-महात्मा से भेंट हो गई, उसे न्योत लाती थीं—'आप हमारे गाँव में चलिए। ई सब कथा गाँव में सुनाओगे तो झगड़ा-झंझट कम हो जाएगा। सब घर स्वरग बन जाएगा।'

फिर तो गाँववालों की मदद से साधु के प्रवचन का आयोजन होता। काकी मगन हो जातीं—'ई हमार गाँव आज अयोध्या, मथुरा, काशी हो गईल।' गाँव लौटकर भी उनकी दिनचर्या साधु-संतों से धर्मस्थलों पर सुने नियमों के अनुकूल होती। उनके कारण वह अकेला गाँव था, जहाँ छुआछूत नहीं थी। कोई दबंग सास भी अपनी बहू को यातनाएँ नहीं देती। किसी पुरुष का अपनी पत्नी पर उठा हाथ थरथरा जाता काकी के भय से। पर उन्हें साधु-असाधु की खूब पहचान थी। गेरुआ वस्त्र में कोई ढोंगी उनसे टकरा जाए, फिर तो उसकी खैर नहीं। एक ऐसे ही असाधु के गेरुआ वस्त्र उतरवाकर उसे सादी धोती पहनवा दी थी—'निरलज्ज कहीं का! काम-धाम नहीं करेगा। भीख माँगेगा। ले यह कुदाल। मेरा खेत कोर, फिर भरपेट खाना खिलाऊँगी।' फिर तो चार दिनों तक उससे खेत कोड़वाती और भोजन करवाती रहीं।

ऐसे मौके पर गाँव के पुरुष भी उनका साथ देते। वे उनको कहतीं, 'अरे बचवा! तू लोग मेरा नाम मुसाफिर काकी रख दिया। मुसाफिर तो सब हैं। ई भवसागर में सब मुसाफिर ही तो हैं। देह त्यागने का समय आया तो समझो यात्रा खत्म। इसलिए कहती हूँ कि नेम-धरम से रहो। जहाँ से आए हो, वहीं जाना है।'

क्या बूढ़ा क्या जवान, क्या स्त्री क्या पुरुष, सब उनकी बात ध्यान से सुनते। कोई कहता—'अरे··· रे, यही सब बात तो बड़े महात्माजी बोले थे। यही हमारी काकी बोली हैं।'

दूसरा कहता—'तो हमारी काकी मुसाफिर काकी कौन महात्मा से कम हैं। देश-परदेश घूम-घूम महात्मा हो गईं।' हर यात्रा के उपरांत गाँववालों के लिए एक नया संदेश लेकर आतीं। इडली चखकर और अपनी दाल-भरी पूड़ी, चूड़ा चखाकर आतीं। कभी सरसों का साग और मक्की की रोटी के पंजाबी संस्करण का प्रचार अपने गाँव में करतीं तो कभी दालबाटी-चूरमा का मिलान अपनी लिट्टी से करती आतीं। इडली और डोसा में उनके लिए कोई नयापन नहीं था। उनके गाँव का वगेया और चावल की रोटी ही तो थी।

काकी गंगासागर गई थीं। लौटने पर लोगों ने आँखों में आँसू भरकर उनके

तोता की मृत्यु की खबर सुनाई। उन्हें अनुमान था कि अपने प्रिय तोता के लिए काकी रोएँगी, चिल्लाएँगी। काकी बोलीं, 'इतने ही दिन का साथ था उसका और मेरा। गंगासागर में एक साधु मिले। कह रहे थे—इस भवसागर में सब संबंध वैसे ही तो हैं, जैसे नदी के जल में बहती हुई लकड़ियों का टुकड़ा मिल जाए, फिर धार के मोड़ के साथ बिछड़ जाए।' लोग हतप्रभ होकर काकी के यात्रा अनुभव से झड़ते मोतियों को चुनते रहते। काकी एक अक्षर भी नहीं जानती थीं। पर धर्मस्थलों पर बँटे पर्चा-पत्रों को बड़े जतन से सहेजकर ले आतीं। गाँव के पढ़े-लिखे युवकों से पढ़वाकर सुनतीं और सुनातीं।

हरिद्वार में महाकुंभ लग रहा था। काकी की यात्रा की तैयारी शुरू। मैंने भी जिद ठान ली—'मैं भी जाऊँगी।' काकी ने इनकार कर दिया—'नहीं-नहीं, तुमको लेकर नहीं जाऊँगी।' मैंने शिकायत की—'क्यों, गाँव भर की औरतों को लेकर जाती हो। मुझे क्यों नहीं?'

बोलीं, 'बेटी! तुम्हारी उमर छोटी है। जमाना खराब हो गया। अब मैं तुम्हें सँभालूँगी कि अपने को। मैं भी तो बूढ़ी हो गई। न जाने कब कहाँ मेरी यात्रा खत्म हो जाए।' मैंने जिद ठान ली। मेरे जिद के आगे उन्हें झुकना पड़ा। हरिद्वार जाने से पूर्व वे गाँव भर में घूमती रहीं। एक भी घर नहीं छोड़ा। लोगों को आश्चर्य भी हुआ। गाँव भर के लोग उन्हें बिदा देने आए। मुसाफिर काकी के साथ स्त्री-पुरुषों की बड़ी जमात थी। कम उम्र की अकेली मैं। दादी ने गाड़ी में चढ़ने से पूर्व अपनी कमर में साड़ी का एक छोर कसकर बाँधा। दूसरा छोर मेरी कमर में बाँधने लगीं। मेरे एतराज करने पर कहने लगीं—'चुपचाप जैसा कहती हूँ वैसा ही कर।' पूरी यात्रा में उनसे बँधी रही। हरिद्वार पहुँचकर देखा तो टेंट-ही-टेंट। एक इंच जगह खाली नहीं। काकी के संगी-साथी बेचैन हो गए—'हमारा टेंट कहाँ लगेगा? पड़ाव कहाँ डालेंगे?' काकी ने सब इंतजाम कर दिया। शृंगेरी मठ के साधुओं ने बड़ी जगह ले रखी थी। उनमें से एक ने काकी को पहचान लिया—'आओ माताजी, यहीं रहो। बहुत दिन बाद मिलीं।'

'हम अकेले नहीं हैं।'

'तो क्या हुआ, आ जाओ। सब आ जाओ।' फिर तो जम गई काकी की

मंडली। सुबह-सुबह काकी गंगास्नान के लिए निकलतीं। मेरी कमर अपनी कमर से बाँधना नहीं भूलतीं। भजन गाती हुईं। टोली का आकार बढ़ता जाता। काकी ऊँचे स्वर में गातीं—'राम हे लक्ष्मण, वन के अहेरिया रे, सीता सुंदर डुमरी के हो फूलवा।' पीछे से सब लोग दुहराते चलते। काकी का एक और गीत सबको मनभावन लगता—

'अपना किशोरी ली के टहल बजबई,
हम मिथिला में रहबई। मिथिला में हई चारो धाम हे
मिथिला में रहबई।'

काकी के अंधरा परदेश के या करकट परदेश के साथी हों, सब समझते थे उनके गीत के भाव को। डूब जाते थे। दिन में शंकराचार्य का प्रवचन होता और रात्रि को काकी भाव-मग्न होकर गुनगुनाने लगतीं तो उसके सामने लोग माइक रख देते। फिर तो भीड़ जम जाती। वेद मंत्रों का मैथिली पद्य अनुवाद। सरस लगता लोगों को। एक दिन तो स्वयं शंकराचार्य झूम उठे। उनकी आँखों से अश्रुधार बह चली। सीता चरित का मैथिली में गायन कर रही थीं काकी। काकी गीतकार भी थीं। समयानुकूल गीतों की रचना कर लेती थीं। अपने करुण स्वर में जब समदावन (बेटी बिदाई के समय गाया जानेवाला गीत) गातीं, स्वयं रोती और सबको रुलातीं—'बाट रे बटोहिया कि तू हू मोर भैया, हमरो संदेश लेले जा। अम्मा से कहिह पत्थर होई बैठि हे हमहु बैठव हिया हार।' बिदा ली हुई बेटी का माँ के नाम संदेश। सब रो पड़ते। काकी दिन भर घूमतीं और सबको घुमाती रहतीं। साधु-संतों का प्रवचन सुनतीं। बीच में अपने लोगों से बिछुड़ी एक बुढ़िया मिल गई, कोई खोया हुआ बच्चा मिल जाए, ले आतीं अपने पास। दूसरे दिन उसके लोगों को ढूँढ़, उनके हवाले कर ही निश्ंचित होतीं।

दूसरे दिन मुख्य स्नान था। नागा साधुओं, शंकराचार्यों का स्नान होनेवाला था। काकी रात भर गाती रहीं—भोर होने पर चल पड़ीं गंगास्नान के लिए। भजन में गंगा मैया का वर्णन करती हुई।

दस-बीस से बढ़कर सौ-सैकड़ा, फिर हजारों की संख्या में लोग साथ

चलने लगे। फँस गई हमारी टोली। भीड़ आगे खिसकने का नाम न ले। दादी जोर से राम का नाम भजने लगीं। पता नहीं उन्हें क्या सूझी, उस जमी भीड़ में बड़ी मुश्किल से अपना हाथ अपनी कमर तक ला पाईं। कमर पर बँधी साड़ी का छोर खोल दिया। उनकी बाईं ओर पुलिसवालों का एक मंच बना रखा था। मुझे धक्का देकर कहा, 'चढ़ जा तू इसपर।'

'नहीं, दादी मैं···मैं तुम्हारे साथ रहूँगी।' मेरी रुआँसी आवाज। वह चिल्लाई 'चढ़ जा ऊपर। मैं कहती हूँ चढ़ जा।' एक पुलिसवाले को डाँटकर बोलीं, 'खींच इसे ऊपर। मेरी पोती है। सँभालकर रखना। अभी आकर ले जाऊँगी।' पुलिसवाले ने मुझे खींच लिया।

भीड़ का एक हुजूम पीछे से आया। काकी को बहा ले गया। उनके साथ और भी लोग। देखते-देखते आदमी आदमी के सिर पर तैरने लगे। मैं ऊपर से देख रही थी। चिल्लाई—'दादी अ अ दादी अ अ!' मेरी गलाफाड़ आवाज उन तक नहीं पहुँच पाई। और जब मुझे उन तक पहुँचाया गया, उनकी आवाज समाप्त हो गई थी। मैं दादी का शरीर पकड़ पुकारती रही। एक साधु ने मुझे उठाया—'बेटी! तुम्हारी दादी अब तुम्हारी पुकार नहीं सुनेंगी। स्वर्ग सिधार गईं। अब तुम्हें ही इनका संस्कार करना होगा।'

मैं कुछ नहीं समझी। हमारे साथ आए गाँव के एक बुजुर्ग ने कहा, 'ऐसा कैसे होगा? यह तो लड़की है।' साधु मुसकरा पड़े—'क्या फर्क है लड़की लड़का में? यह जो तुम्हारी मुसाफिर काकी थी, क्या नारी नहीं थी? तुम सबको सँभालती थी। है ऐसा कोई मर्द तुम्हारे गाँव में!'

मानो काकी आदेश दे रही हों—'ये सच्चा साधु है। इसकी बात मान लें।' गाँववालों ने साधु की बात मानकर मेरे हाथ से ही दादी को मुखाग्नि दिलवाई। साधु-महात्मा, अंधरा परदेश, करकट परदेश—देश के कोने-कोने से आए लोग काकी की अंतिम यात्रा में शरीक हुए। एक गंगा की तरह चलायमान मुसाफिर की यात्रा गंगा किनारे समाप्त हुई।

□

स्पर्श की तासीर

ऐसा नहीं कि राजकुमारीजी के जीवन में बीमारी का वह पहला कदम था। सत्तर के वयस पर कदम रखती अब तक अहर्निश स्वजन-परिजन की सेवा करती रही है। पराये शरीरों को स्पर्श करती या आत्मारूपी गेहों में घर बनाए बैठी बीमारियों को निकाल बाहर करवाने में डॉक्टरों, नर्सों और अन्य सेवकों की सेवा लेती राजकुमारीजी का अपना शरीर भी बीमार होता जा रहा है।

न वह डॉक्टर है, न नर्स, पर मरीजों को डॉक्टर तक और डॉक्टर के सुझावों को मरीजों तक पहुँचाते हुए उन्हें सैकड़ों बीमारियों के नाम कंठाग्र हो गए हैं। गाँव से आते बेवश बीमारों की पहली श्रोता वही होती हैं। बड़े सब्र से उन्हें सुनतीं, ढाढ़स बँधातीं और फोन उठाकर डॉक्टर से कहतीं—"मैं एक मरीज भेज रही हूँ। कृपया इनकी जाँच-पड़ताल अच्छी तरह कर दें। इन्हें मेरे घर का ही सदस्य समझें।"

उस डॉक्टर के पास राजकुमारीजी द्वारा अनुशंसित कोई पहला मरीज तो होता नहीं था। उस डॉक्टर को भी पता नहीं कितनी बार राजकुमारीजी ने फोन पर कहा होगा—"इन्हें मेरा अपना ही समझें।" और ऐसा ही कहा होगा अन्य विभागों के पचासों डॉक्टरों को। इतना ही नहीं, अपनी जिंदगी में सैकड़ों मरीजों को लेकर स्वयं अस्पताल जाती रही हैं। डॉक्टर के इलाज और राजकुमारीजी के स्नेहिल शब्दों के स्पर्श से बीमार ठीक हो जाता, उन्हें दिल से धन्यवाद और उनके बाल-बच्चों के लिए दुआएँ देता हुआ अपने घर को वापस जाता रहा है।

इसलिए जब कभी उनके मित्र या संबंधी राजकुमारीजी के पास बातें करने

के लिए होते थे, उनके पास होता था मरीज और उसकी बीमारी से लड़ने में मदद करने वाले डॉक्टरों के किस्से-कहानी व संस्मरण के खजाने। छोटी-मोटी बीमारियाँ कब उनके अपने शरीर में आईं, फिर बोरिया-बिस्तर बाँधकर निकल गईं, उन्हें अहसास भी नहीं हुआ। कुछ ने तो स्थायी निवास बना लिया है। राजकुमारीजी क्या करें? उन्होंने भी उन्हें अपनी जीवनसंगिनी बना रखा है। पर इस बार बीमारी का रुतबा ही कुछ और था।

उस दिन जब उन्हें फोन लगाया, राजकुमारीजी की आवाज धीमी थी। कमजोर आवाज को सुनकर मैंने पूछा, "क्या हुआ?"

पहले से भी पतली आवाज—"मैं तो बीमार हूँ। दो महीने हो गए।"

"अरे! मुझे पता भी न चला।" मन-ही-मन बुदबुदाती, अपने पर झल्लाती, मैंने फोन रख दिया। भला फोन पर क्या पूछती। फोन भी मैंने किसी बीमार के इलाज के लिए ही किया था। बिहार से आए उस बीमार ने कहा था—"आप राजकुमारीजी को फोन कर दें। मेरे पिताजी के इलाज में उन्होंने बड़ी मदद की थी?" तभी मैंने रिसीवर उठा लिया था। बड़ी बेदिल है यह दिल्ली। इसकी उलझनें। व्यस्तता। हर आदमी भागता नजर आता है। अपने भी बेगाने बन जाते हैं। जब तक कोई आवश्यक कार्य न हो, दूरभाष से भी दूरी मिटाने की कोशिश नहीं होती। दूरभाष रखते हुए मैंने उस बीमार से कहा, "राजकुमारीजी स्वयं बीमार हैं। मैं अभी जाती हूँ उन्हें देखने। थोड़ी भी तबीयत ठीक लगी, मैं तुम्हारे लिए बात करूँगी।" वह बीमार भी राजकुमारीजी के लिए ईश्वर से प्रार्थना करने लगा।

राजकुमारीजी के पास पहुँचकर देखा। उनकी हालत खराब थी। डॉक्टर बैठे हुए थे और दो-तीन रिश्तेदार महिला भी। मैं एक ओर बैठ गई। डॉक्टरों के जाने के बाद उन्होंने पास बुलाया। पूछा, "क्यों फोन किया था? किसी को मेडिकल इंस्टीट्यूट में दिखाना है क्या? क्या बीमारी है? आप कहें तो…" गिरती-उठती आवाज। मानो छत के टैंक में पानी कम हो और रुक-रुककर टेप से पानी निकल रहा हो।

"नहीं-नहीं, कोई बीमार नहीं है। मैंने तो यों ही…"

उन्हें भी पता था कि मैं उन्हें यों ही फोन नहीं करती। अपने पर घिर आई

शर्मिंदगी से मैं स्वयं अस्वस्थ होने लगी। उनकी बीमारी के बारे में विस्तार से पूछताछ करना भी उचित नहीं समझा। मेरी ओर से इतनी ही सेवा क्या कम थी। क्या करती मैं उनकी बीमारी के बारे में जानकर। कोई डॉक्टर तो थी नहीं। बीमार से मिलने आनेवाले उनके हितैषी बीमारी पूछ-पूछकर नाहक बीमार को तंग करते हैं।

मैंने इतना ही पूछा, "गोनू कहाँ है?"

"आज ही स्कूल गई है। मेरी बीमारी में वह भी परेशान हो गई। दो महीने रात-रात भर जागती रही है। आज मैंने..."

मैंने देखा वे इतना भी बोल नहीं पा रही थीं। मैं उन्हें अपनी सेवा अर्पित करती बोली, "आपको आराम की जरूरत है। मैं अभी जाती हूँ। फिर आती रहूँगी।"

उन्होंने फिर बोलने की कोशिश की—"आज नंदिता आनेवाली है।"

"अच्छा किया उसे बुला लिया। आखिर बाल-बच्चे होते किस दिन के लिए हैं। गोनू को भी राहत मिलेगी और आपको भी। सबसे ज्यादा तो नंदिता को। फोन पर आपकी हालत सुन-सुनकर नाहक परेशान होती होगी। बेटी जो ठहरी। माँ की पीड़ा बेटी से सहन नहीं होती।"

"डॉक्टर है न। अमेरिका में भी मरीजों से घिरी रहती है। बहुत चाहते हैं उसे उसके मरीज।"

मैं उनका इशारा समझ गई थी। अनुमान लगाया था कि नंदिता अपने बीमारों का इलाज केवल दवा से नहीं करती होगी। उसके बात-व्यवहार से भी मरीज अपनी बीमारी भूल जाते होंगे। यदि डॉक्टर की वाणी में मिठास हो, सुनने की शक्ति हो, तो आधी बीमारी वैसे ही ठीक हो जाती है। मेरे लाख मना करने पर भी अपना दर्द दबाए कब राजकुमारीजी अपनी डॉक्टर बिटिया नंदिता द्वारा बीमारों पर किए गए मानवीय और चिकित्सीय करिश्मों की चर्चा करती रहीं। बिटिया को याद करके ही उनके मुरझाए चेहरे पर थोड़ी सी ताजगी छा जाती थी। मानो बाग में गिरे सूखे पत्तों पर अचानक बादल का एक टुकड़ा बरस गया हो। मैं उन्हें उस फुहार में भीगती छोड़ आई।

फिर वही दिन, वही रातें। बीतती गईं। अपनी व्यस्तता व दूरी को जबरन कम कर मैं राजकुमारीजी के घर दूसरे-तीसरे दिन जाती, थोड़ी देर उनके पास बैठकर चली आती। उस दिन नंदिता सूप ले आई थी। माँ को पिलाने लगी। राजकुमारीजी ने कहा, "तुम रहने दो। गोनू को पुकार। वह पिला देगी। तब तक तुम डॉक्टर चावला को फोन कर लो।"

उनकी डॉक्टर बिटिया का सधा हुआ हाथ अचानक थरथरा गया था। सूप गिर पड़ा राजकुमारीजी के ऊपर। मुझे भी आश्चर्य हुआ। इतने सधे डॉक्टर के हाथ से ऐसी भूल कैसे हो गई। नंदिता ने अपने हाथ से माँ के कपड़े पर गिरे सूप की सफाई की। दूसरा सूप लेकर गोनू को भेज दिया। राजकुमारीजी चिंता व्यक्त करने लगीं—"गोनू! दीदी को क्या हुआ है? इन दिनों न जाने किस सोच में डूबी···?"

एक दिन और ऐसा ही कुछ हुआ। नंदिता ने कहा, "माँ! मैं आपका स्पंज कर दूँ।" राजकुमारीजी मेरी ओर मुखातिब हो बोलीं, "अब देखिए, मैं इतनी बड़ी डॉक्टर से स्पंज करवाऊँ?"

डॉक्टर के प्रस्ताव को नकारती हुई—"तू रहने दे। आया है न! या फिर गोनू स्कूल से आकर···।"

नंदिता ने उनकी पूरी बात कहाँ सुनी। उसकी उँगलियों की पकड़ ढीली हो गई। थर्मामीटर नीचे गिर गया। बिना कुछ बोले नंदिता टूटे हुए शीशे के टुकड़े उठाने लगी। "तू रहने दे न! ये छोटे-छोटे काम तुम्हारी उँगलियों को शोभा नहीं देते।"

मैंने भी हाँ में हाँ मिलाई—"हाँ बेटी! यह अमेरिका नहीं है। यहाँ क्या कमी है दाई-नौकरों की।"

नंदिता मुसकराई। सारगर्भित मुसकान थी उसकी। बोली, "आंटी, अब आपका देश भी अमेरिकन पैटर्न पर ही चल पड़ा है। देखना, थोड़े दिनों में ही···।"

मैंने भी हाल ही में मंथन किया अपना ज्ञान उड़ेल दिया—"हाँ बेटा, हम वहाँ की मशीनें, वहाँ की टेक्नोलॉजी भले ही आयात कर लें, वहाँ के मानवीय संबंध अपने घनिष्ठ रिश्तों के प्रति टूटे संबंध भाव नहीं आयात कर सकते। अब

देखो न! यह भारतीय परंपरा के अनुकूल ही है न कि तुम अपना काम-धाम छोड़कर माँ की सेवा के लिए भारत आई हो। यहाँ पड़ी-पड़ी तुम्हारी माँ तुम्हारी डॉक्टरी की सफलता बखानती नहीं अघातीं। माँ-बेटी का यह रिश्ता दब-धँस गया है वहाँ की अट्टालिकाओं की नींव तले। वहाँ तो सारे पारिवारिक रिश्ते बिखर गए। तभी तो-अ-अ-अ-अ-अ।''

मानो नंदिता ने मेरे संभाषण की समीक्षा की हो—''काश-अ-अ!''

मैं उसी से उसकी समीक्षा की व्याख्या करवाऊँ, डॉ. चावला आ गए थे। वे दोनों डॉक्टर आपस में चिकित्सीय सूत्रों को सुलझाने में लग गए। मैंने भी आज्ञा माँग ली।

उस दिन जब मैंने गेट के अंदर प्रवेश किया, नंदिता और गोनू अपनी माँ को दोनों ओर से पकड़े लॉन में ही टहला रही थीं। मुझे देखते ही गोनू ने कहा, ''आंटी, इधर ही आ जाइए।'' बेटियों ने माँ को भी कुरसी पर बैठा दिया।

मैं उनके नजदीक गई। राजकुमारीजी को नमस्कार किया। ''अरे, आज तो आप बिल्कुल ठीक लग रही हैं। कर दिया न नंदिता ने आपका इलाज। बस आपकी बीमारी को भी इसी डॉक्टर का इंतजार था।'' मैं उनके पास की कुरसी पर बैठती हुई बोली।

''आंटी-ई-ई-ई!'' गोनू की शिकायत थी।

''मैंने ऐसा कहाँ कहा? तुमने तो खूब सेवा की है माँ की। बेटी हो तो ऐसी और डॉक्टर हो तो ऐसी।'' मैंने दोनों के सिर पर हाथ रख दिए।''

आंटी-ई-ई-ई!'' नंदिता की शिकायत मुखरित हुई। राजकुमारीजी के पाँवों तले बैठी उनसे चिपकी दोनों बेटियाँ मानो दो बच्चों वाली नहीं, दो-दो साल की हों।

''सेवा तो दोनों ने की है। पर नंदिता डॉक्टर है न। इसके डॉक्टरी ज्ञान पर मुझे पूरा भरोसा है। तभी तो…।'' इतना कहकर नंदिता के चेहरे पर आँखें गड़ा दीं। मानो माँ द्वारा अपनी प्रशंसा सुनकर नंदिता की गहराई, प्रसन्नता भाँप रही हों। पर वहाँ उभरे भाव देखकर एक क्षण के लिए सहम गई।

तभी नंदिता फूट पड़ी—''प्लीज-अ-अ-अ! बस करो। बस-अ-अ-

अ!'' नंदिता अचानक चीख पड़ी। कानों पर दोनों हाथ रखे। हम सब चकित हो उसे देखने लगे।

''डॉक्टर संबोधन सुन-सुनकर मैं थक चुकी हूँ। मेरी सास, मेरा पति, मेरा बच्चा···सब मुझे डॉक्टर की नजर से देखते हैं। अपनी बीमारी में उन्हें भी मेरे स्पर्श से ही तसल्ली मिलती है। मेरी सेवा उनके लिए रामबाण होती है। पर मैं तो सिर्फ एक डॉक्टर की हैसियत से सेवा नहीं करती। माँ! मैं वहाँ बेचैन थी कि कोई मेरी सेवा को बहू की सेवा, पत्नी की सेवा, माँ की सेवा के रूप में तो स्वीकार करे। माँ, कम-से-कम तुम तो अपनी बेटी की सेवा स्वीकार कर लो, अमेरिका से आई एक डॉक्टर की नहीं। डॉक्टर-डॉक्टर सुन-सुनकर मैं···अ···अ···अ।'' नन्ही, एक नन्ही बिटिया के स्वर में फूट पड़ी।

और अपनी बिटिया नंदिता की हथेलियों के स्पर्श की तासीर से झंकृत हो उठा राजकुमारीजी का शरीर। लंबी बीमारी के बाद स्वस्थ हुई धमनियों में बहते नए खून की तासीर से गरम हो उठा। घुटने टेके उनके पाँवों पर सिर थामे बैठी नंदिता नन्हीं के सिर पर हाथ फेरती उसका पूरा चेहरा अपनी हथेलियों में भरते हुए बोलीं, ''हाँ, मेरी बिटिया! मेरी नन्ही। तुम्हारा चेहरा तो एक डॉक्टर के रूप में ही मेरे सामने उभरता था। मैं भूल ही गई थी कि तू मेरी जाया भी है। मेरी बेटी, मेरी लाडली, मुझे माफ कर दे।''

गोनू से भला कैसे बरदाश्त होता! ''माँ-अ-अ-अ।'' कहती हुई उसने भी उन हथेलियों के बीच अपना चेहरा समा लिया। छह नयनों से एक साथ धारें बह चलीं। गंगा, यमुना, सरस्वती की धाराएँ। माँ-बेटी-मिलन के उस दृश्य को अपनी आँखों में भरती मैं क्यों पीछे रहती। छलक आई थीं मेरी आँखें भी। पर आँसुओं से भरे धुँधले दृश्य के आगे भी नंदिता के हाथ से सूप का गिरना, थर्मामीटर फूटना···और मेरे संभाषण की समीक्षा···सबके अर्थ साफ दिख रहे थे।

□

शीशा फुआ

राधा के सिर से उसके पति का हाथ उठ जाने की सनसनीखेज खबर उस गाँव के एक-एक घर में पहुँचकर पूरे परिवेश को एक बार फिर गम में डुबो गई। जिसने जहाँ सुना, वहीं से राधा के घर की ओर भाग चला। उसके घर, आँगन, दरवाजे पर स्त्री-पुरुष, बच्चों की भीड़ जम गई।

राधा के दरवाजे से लेकर आँगन तक सबके सब निःशब्द। किंकर्तव्यविमूढ़! सांत्वना के शब्द जैसे रीत गए हों।

राधा के हृदयविदारक क्रंदन को द्विगुणित कर रही थी उसकी माँ। महिलाएँ भी उनके सुर में सुर मिलाती हुई।

तभी दरवाजे की ओर से भागता हुआ आकर एक लड़का भीड़ में एक संदेश उड़ा गया—''शीशा फुआ आई है!''

और उस नाम को सुनते ही सबके सब स्वर जहाँ थे वहीं थम गए। जैसे शीशा फुआ के आगे रोना एक गुनाह हो। सबकी सब महिलाएँ व बच्चे फुआ को देखने दरवाजे की ओर खिसकने लगे। भीड़ को चीरती एक सख्त आवाज गूँजी—''कहाँ है रधिया? कहाँ है उसकी माँ?'' राधा और उसकी माँ को ढूँढ़ती शीशा फुआ वहाँ पहुँची, जहाँ दोनों औंधे मुँह पड़ी थीं। फुआ की आवाज फिर गूँजी—''अँधेरे में क्यों पड़ी है?''

फुआ दोनों को खींचकर बाहर ले आईं। हाथ-मुँह धुलाया। थमे हुए वक्त में गति आने लगी। शीशा फुआ का व्यक्तित्व ही कुछ ऐसा था। उन्हें रुकना, थकना पसंद नहीं था। शीशे की तरह साफ। पारदर्शी। गाँव के लोगों

पर किसी भी प्रकार की आई विपत्ति के समय शीशा फुआ आ धमकतीं और फिर किसी प्रकार की शाब्दिक सांत्वना, धैर्य की आवश्यकता न रहती। वे स्वयं धैर्य की जीती-जागती मूर्ति थीं।

राधा ने भी एक बार उस शीशे में अपना चेहरा देखा और मुँह बंद कर लिया। अंदर से एक अदृश्य शक्ति ने उसे गतिमान होने के लिए मजबूर कर दिया।

शीशा फुआ के गरवीले परिचय से उस गाँव का बच्चा-बच्चा वाकिफ है—"मैं नौ भाइयों की बहन हूँ, नौ भाइयों की।"

निश्चय ही लोक-कथाओं में वर्णित सात भाइयों के बीच एक बहन के नसीब से भी अपने भाग्य को ऊँचा दरशाने के अहसास से भरा हुआ उनका पुनरावृत परिचय।

फुआ के पिताजी के दो लड़के, दो लड़कियाँ। उनके अन्य तीन भाइयों के लड़के ही लड़के। नौ भाइयों के बीच दो बहन। शीशा फुआ ने न जाने क्यों अपनी बहन के अस्तित्व को कभी स्वीकारा ही नहीं। बचपन से ही क्या अपने बड़े भाइयों से लाड़-प्यार प्राप्त कर छोटों पर उड़ेलती रहीं। छोटे भाइयों को गोद में उठाए दिन भर मुहल्ले-टोले में भागती फिरतीं। चाचियाँ भी खुश।

'बड़का चाचा मेरे ही हाथों खाना लेते थे।'

'छोटका काका को मैं ही हुक्का भरकर देती थी।'

'मझला काका को मेरे साथ खाए बिना स्वाद नहीं मिलता था।'

अपना बचपन बखानते हुए फुआ घर के एक-एक सदस्य से स्वयं का उपयोगी संबंध जोड़े बिना न रहतीं। हम छोटी-छोटी बहनें—मैं, नारायणी, विधा, शांति, उषा, गीता—उन्हें घेरकर बैठ जातीं। फुआ अपने भाग्य की सराहना करते-करते अनायास लंबी छलाँग लगा हमारी निस्सारता पर उतर आतीं—'मैं तो अकेली थी अकेली। तुम लोगों की तरह एक दर्जन नहीं। एक टिड्डी दल भाइयों के आँगन में उतर आई हो। तभी तो तुम बहनों का मान-दान नहीं होता।'

उनके भाग्य की सराहना में फूली बैठी हम बहनों को भला अपनी निस्सारता कैसे कबूल होती? हम सब एक साथ साथ को छेड़ बैठतीं—

'फुआ, अब आपको कौन पूछता है? आपके बाप, चाचा का जमाना लद गया। अब तो हमारा मौका है। हमारी पूछ है। आप तो पुरानी पड़ गई हैं।'

फुआ को पुरानेपन से सख्त चिढ़ थी। वह तमक उठतीं—'कौन पुराना? देखती हो, मेरे भाइयों को मेरे बिना चैन नहीं। बड़े-छोटे मौके पर सब बुलाते हैं। बड़का भैया से लेकर सुमंगल तक। चल, चलके पुछवा दूँ।'

और फिर तो हम कितना भी ना-नुकर करें, दरवाजा चढ़ अपने बढ़का भैया (मेरे पिताजी) से पुछवाकर ही दम लेतीं।

फुआ ने अपने कथन की पुष्टि के लिए जाने कितने प्रसंग कंठाग्र कर रखे थे। हमारी बहुमत की भैंस भी उनकी बुलंद आवाज की लाठी से पिटकर रह जाती।

फुआ के परोक्ष में काकी सुनाया करती थी—'बाप, चाचाओं एवं नौ भाइयों की दुलारी बहन की शादी में संयुक्त परिवारवालों ने एक न उठा रखी।'

सामर्थ्य से अधिक ले-देकर संपन्न घर, सुंदर वर खोजकर शादी की। और गाँव-जवार में उस ऐतिहासिक शादी के वर-कन्या तथा बारात से लेकर एक-एक घटना की सामाजिक चर्चा पसरकर बासी भी नहीं हुई थी कि ठीक एक वर्ष बाद बेनीपुर से संवाद लेकर एक नाई आया। कुशल पूछते बड़का बाबा का पैर पकड़कर नाई बिफर पड़ा—'मालिक...मालिक...'

और उस भयानक खबर का अंदाजा लगते ही बाबा को काठ मार गया। कई दिनों तक चारों चूल्हे न जले। घर का बच्चा-बच्चा तक खटान पैटान दिए पड़ा रहा। शीशा फुआ की खोज-खबर लेने जाने की किसी में हिम्मत नहीं। डोली जो ससुराल के लिए उठी तो लौटी भी नहीं थी। गाँव-जवार के प्रसिद्ध रामायणी मझले काका ने पाँव पकड़े ससुराल के लिए बिदा माँगती लाड़ली को भीगे स्वर में आशीर्वाद दिया था—

"अचल रहे अहिवास तुम्हारा।
जब लगि गंग जमुन जलधारा॥"

उसी रामायणी काका की आँखों में उतर आई गंगा-जमुना की धारा

रुकने-थमने का नाम न ले। सारे समाज की आँखों की अविरल धाराओं को बाँधने का संदेशा ले आई एक डोली के दरवाजे पर रुकते ही औंधे पड़े परिवेश में सनसनी फैल गई। आश्चर्यमिश्रित अटकलें लगने लगीं—कौन आया? किसी को तो बुलावा नहीं गया। घर की सब बहुएँ तो घर में ही थीं। खानदान की एक ही बेटी शीशा, जिसे बुलावा भेजने की किसी में हिम्मत नहीं थी और डोली में तो लाल-लाल ओहार लगा था। शीशा तो…

तभी ओहार उठा डोली से गुलाबी फरदी साड़ी में लिपटी एक आकृति उतरने लगी। शरीर के ढाँचे से दरवाजे पर बैठे बड़का काका ने अपने खानदान का इकलौती को पहचान लिया। उनका कलेजा फटने को आया। काकी मुँह पर आँचल कसकर बाँधे बेटी को डोली से उतार लाई। पिछले पंद्रह दिनों से आँसुओं में डूबे घर-परिवार के जैसे आँसू चुक गए। स्वयं फूआ हँसते-हँसते सबसे गले मिल रही थीं। कोई रोता कैसे?

तब से लेकर आज तक कोई उनके सामने उनके फूटे भाग्य की खातिर नहीं रोया। उनकी माँ भी नहीं। कुआ की आँख बचाकर जो जितना बिलख ले। उनकी शादी के बाद ही चार भाइयों के बेटों-पोतों से भरा परिवार चार चूल्हों में बँट गया था। अब भी फुआ के लिए चारों एक ही थे। उनकी इच्छा जब जहाँ खाने-सोने को हो, वहीं खाती-सोतीं। कोई रोक नहीं।

गाँव की कोई स्त्री कभी उनके भाग्य पर नहीं रोई—'हाय! क्या हो गया इसके भाग्य को?' दरअसल फुआ अराने भाग्य की सराहना करती नहीं अघातीं। नौ भाइयों के प्रेम-प्रसंगों में डूबती-उतराती पूरे परिवेश को भी प्रेममय बना देतीं। और उनकी हाँ-में-हाँ मिलाती औरतें भूल जातीं कि शीशा फुआ का ब्याह भी कभी हुआ था। वही कुँआरेपन से भरी चंचलता, चपलता, अल्हड़ वार्त्तालाप, कानों में लटकते लंबे कर्णफूल, गले में सोने की हँसुली, कलाइयों पर चौड़ी कटाईदार पहुँची। मात्र माँग ही तो सूनी थी। अपनी बातों से अपना स्थान सर्वोपरि रखनेवाली फुआ के भव्य व्यक्तित्व पर कभी वैधव्य की छाया तक नहीं पड़ी। बुआ ने स्वयं वैधव्य स्वीकार नहीं किया तो थोपने की हिम्मत किसमें होती?

फुआ की कोख में पल रही पति की निशानी की बात जब आँगन की स्त्रियों के बीच फैली तो सबकी सब भगवान् से प्रार्थना कर उठीं—'भगवान्! इस अभागिन को एक लड़का दे देना। जीवन का सहारा हो जाएगा।'

शीशा फुआ की गोद जब एक नवजात कन्या ने भर दी तो उनके चेहरे पर शिकन तक नहीं। नाना-नानियों के दुलार में पल रही बच्ची के अस्तित्व को बुआ ने निर्विकार भाव से लिया। दो वर्ष की पुत्री को उसके दादा-दादी के घर ले जाने की बात स्वयं फुआ ने ही उठाई—'काका! अब बच्ची को इसके दादा के पास ले जाऊँ?'

दरवाजे पर बैठे चारों बुजुर्ग अपनी बेटी की व्यवहार-कुशलता की बात पर हतप्रभ रह गए।

फुआ पर ससुरालवालों ने भी कोई बंधन नहीं लगाए। जब उन्हें मैके जाना हो, जाएँ; जब आना चाहतीं, स्वागत करते। ससुराल भी चार भाइयों का परिवार था। एक स्वर से सबके सब फुआ का सम्मान करते। फुआ ने अपने मैके की गौरव-गाथा सुना-सुना देवरों को मोह रखा था। तीनों देवर जी-हुजूरी के लिए तत्पर। अपनी भाभी के मुँह से निकली गालियाँ भी उन्हें फूल समान लगतीं।

फुआ अपने सगे-संबंधियों के प्रति अपने कर्तव्यों से सचेत थीं तो अपने अधिकारों के प्रति सजग भी। ससुर से कहकर उन्होंने जमीन के बँटवारे में अपना हिस्सा निकलवा लिया था। उनकी खेती भी देवर लोग ही करवाते। उनके देवरों की जमीन भले कभी किसी कारण परती रह जाए, फुआ की जमीन परती रहे तो देवरों की खैर नहीं।

दिन बीतते देर न लगी। देखते-देखते उनकी बेटी जवान हो चली। उनके देवर परेशान। घर-वर ढूँढ़ना आसान न था। कोई कोर-कसर छोड़ी कि बुआ उनका एक न उठा रखतीं। बीच आँगन में खटिया डाले बैठी फुआ बेटी-दामाद को देने के लिए सामग्रियों की फरमाइश करती रहीं। सबके सब देवर-देवरानियाँ एक पाँव पर खड़े हुक्म बजाते रहे। बेटी विदा करते हुए फुआ आम लोगों की अपेक्षा कम ही रोई थीं।

अब तो साल में उनके दो महीने तीर्थाटन में ही बीतते। घर एवं आस-पड़ोस की बीमार महिलाओं को शहर ले जाकर डॉक्टर को दिखाना, नौजवान लड़कों को नौकरी दिलाने हेतु अफसर से बात करने जाना, शादी-ब्याह के अवसर पर सोने-चाँदी से लेकर हींग-हल्दी तक की खरीदारी करना, यही सब बुआ की दिनचर्या थी।

अंतिम बार फुआ मेरी भतीजी की शादी में आईं। आते ही पूरे परिवेश पर छा गईं। महिलाओं के व्यवहार की बातें ही क्यों, पुरुष भी रस्म-अदायगी में फुआ से राय-विचार लिया करते। मंजु को देने के लिए अपने साथ लाई साड़ी-ब्लाउज-पेटीकोट सबको दिखाती रहीं। भैया की मदद के लिए चावल, चूड़ा, दाल, दही भी लाई थीं। अपने ब्लाउज में बने पॉकेट में नोटों की गड्डियाँ दिखाकर भैया की हिम्मत बढ़ा गईं—'बेटी की शादी में पैसे की कमी पड़े तो संकोच नहीं करना, बबुआ! तेरी बुआ अभी जिंदा है।'

भैया की आँखें गीली हो आईं। मेरे किसी भाई ने दूर से ही फुआ को छेड़ा—'फुआ के घर अन्न नहीं है, तभी तो भोज खाने आ गई हैं।'

फुआ तपाक से बोलीं, 'क्या बोला? तुम्हीं मेरी जिंदगी कटा रहा है? चल दिखा दूँ। मेरा घर तो अन्न से भरा है।' और फिर तो पिछले पाँच साल में कितना अन्न हुआ, अन्न बेचकर कितने रुपए हुए, कौन-कौन तीर्थ गईं, देवर की किस बेटी की शादी में कितनी मदद की, मैके में आयोजित विभिन्न अवसरों पर कितना खर्च किया, सारा जमा-खर्च सुनाती गईं।

किसी ने फिर छेड़ा—'लेकिन फुआ के देवर नहीं पूछते।'

फुआ ससुराल में मैकेवालों की शिकायत नहीं सुन सकतीं। मैके में ससुरालवालों की भी नहीं। बोलीं, 'जा-जा! मेरे देवरों के पैर की धूल के बराबर भी तुम लोग नहीं।'

फुआ के चेहरे पर जीवन और जगत् से लड़ाई से उत्पन्न चिह्न दिखने लगे थे। मैंने कहा, 'फुआ, अब आप थकी लग रही हैं।'

'ना बेटा! थके मेरा दुश्मन। अभी पशुपतिनाथ से आई हूँ। अगले महीने रामेश्वरम् जा रही हूँ।'

फुआ क्या बूढ़ा, क्या जवान, बच्चों तक को सुनती और अपनी सुनाती रहीं। उनसे बातें करते हुए एक-एक स्त्री-पुरुष अपने व्यावहारिक जीवन की कठिनाइयाँ भूल गया। किसी की बेटी की शादी, बेटे की नौकरी, पति की बीमारी, घर-जमीन-जायदाद के बँटवारे जैसे रोजमर्रा के व्यक्तिगत झंझटों को फुआ का सान्निध्य मात्र सहला जाता है। फुआ के सामने भला पति, पुत्र, नाती, पोतेवाली स्त्री क्यों रोएँ? फुआ कभी नहीं रोईं। कभी किसी के आगे हाथ नहीं पसारा। सबको दिया। माँ, भाई, भतीजे, अड़ोस-पड़ोस को देती रहीं। पैसा, कौड़ी, अनाज, वस्त्र और इससे भी बढ़कर तसल्ली, हिम्मत, जीवन से लड़ने की प्रेरणा।

मंजु की विदाई के बाद उन्हें घर लौटना था। भाभी रोने-धोने में ही लगी थीं। फुआ ने डाँट लगाई—'चुप कर बहू! क्यों रोती हो। अब मुझे झटपट बिदा करो। कुछ मिठाई है तो बाँध दो।'

मैंने मजाक किया—'फुआ! बड़ी लोभी हो। भाभी से बिना मिठाई लिये नहीं जाओगी! तुमारे घर में कोई खानेवाला भी तो नहीं।'

जबान से बात छिटककर कहीं मेरे दिल में ही चुभ गई। मैं जब तक अफसोस जाहिर करूँ, फुआ संयत स्वर में मुझे दुनियादारी समझाने लगीं—'मैं तो मिठाई खाती भी नहीं। घर में बहुत बच्चे सब हैं न। मैके से खाली हाथ जाऊँ तो ससुराल में मैके की हँसाई कराऊँ। यहाँ लौटते वक्त कई बार तो बस स्टैंड से कुछ मिठाई-बताशा खरीद लेती हूँ। पहुँचते ही बच्चे सब दौड़ पड़ते हैं, सबको बाँट देती हूँ।'

मैंने फिर पूछा, 'फुआ! आपके हिस्से की जमीन आपके ही नाम है न?'

फुआ की व्यावहारिक बुद्धि बोल पड़ी—'और क्या! अपनी जिंदगी भर किसी के नाम न लिखूँगी। भला इसके बाद कौन पूछेगा!'

'जिंदगी के बाद के लिए तो बेटी के नाम लिख जाएँगी न?' मेरी दृढ़ धारणा मुखर हुई थी।

फुआ के मन में उत्तर जैसे पक चुका था। तपाक से बोलीं, 'नहीं, उसे जो देना था, हाथ उठाकर बहुत दिया। जमीन तो देवरों के नाम कर जाऊँगी।

उन लोगों ने मेरी बहुत सेवा की है। अपने पति-बेटों से भी बढ़कर। कभी तुम्हारे फूफा की कमी महसूस नहीं होने दी। मैं उनके प्रति बेइनसाफी नहीं बरत सकती। आखिर ऊपरवाला भी पूछेगा न, क्या जवाब दूँगी?'

और एकाएक जैसे उन्हें जीवंतता का अहसास हो आया, बोलीं, 'मैं जल्दी मरनेवाली नहीं। मुझे दुनिया में जीना अच्छा लगता है, मरना नहीं।'

सत्तर वर्ष की वयस वाली फुआ को मरना कबूल नहीं। मर-मरकर जीना भी नहीं। निश्चय ही उनका जीवंत व्यक्तित्व जीवन से हार मानने के क्षणों में स्त्री-पुरुषों के लिए अमृत की बूँद बनता रहेगा।

राधा को भी वह बूँद मिल गई थी। राधा ने अपने आँसू पोंछ लिये। जीवन और जगत् से लड़ते अपने दोनों कुल के नर-नारियों के लिए आदर्श बनी शीशा फुआ को भी अंतकाल ने डस ही लिया।

खटिया पर पड़ी यमदेवता का इंतजार करती फुआ की दुर्दशा का वृत्तांत भी भाभी ने सुनाया। मुझे अपने कानों पर ही विश्वास नहीं। उनके रहते परिवार का बंधन बिखरने लगा। उनका शरीर गिर गया था। शरीर के दो प्रमुख यंत्रों—आँख और कान के सहारे उन्हें सब दिख-सुन रहा था। सब भाई, यहाँ तक कि उनकी बेटी भी फुआ के अंतकाल से पहले जमीन अपने नाम कराने की आपाधापी में लग गई। जिसने सबकी सेवा की, उसकी सेवा में कोई तत्पर नहीं। फुआ का कंठस्वर अवरुद्ध हो गया था। इसीलिए जब उनकी बेटी जमीन का कागज बनवाकर उनके अँगूठा में स्याही लगाने लगी, फुआ की भृकुटि तन गई। उस परास्त भृकुटि में तब भी इतना दम-खम था कि बेटी के हाथ से स्याही गिर गई। देवरों ने भी यही किया। फुआ पहली बार गिड़गिड़ाई यमदेवता के आगे—'जल्दी आओ, जल्दी करो।' और उनकी पुकार सुन ही ली यमदेवता ने। फुआ चली गईं ऊपरवाले को जवाब देने। नीचेवालों को उनके जाते ही छूट मिल गई। उनके परित्यक्त चोले को पकड़कर रोने-चिल्लाने, फुआ की सँजोई संपत्ति का बंदर-बाँट करने की।

□

दत्तक पिता

एक माह पूर्व ही हरिद्वार स्थित एक वृद्धाश्रम से उसके नाम पत्र आया था। उसके पिता महेंद्र सिंह के बीमार होने की सूचना थी। मेज पर पड़े उस पत्र को जब-तब उलट-पुलटकर देखता, एक-एक शब्द से पिता की स्थिति का अनुमान लगाता बेचैन हो उठता था सिद्धार्थ। चैन भी उसी पत्र से मिलता था।

अम्माँ नहीं रहीं। अतिम समय भी वह उन्हें अपना मुँह नहीं दिखा सका। ऐसी क्या व्यस्तता थी? और क्या अम्माँ की सेवा उसकी कार्य-सूची में नहीं आनी चाहिए थी?

मानो कागज के उस पन्ने चित्रित हों—वह छोटा सा आँगन, चूल्हे के सामने बैठी अम्माँ, खटिया पर अम्माँ के साथ गुँथी बैठी तीनों बहनें। बच्चों की धमाचौकड़ी से खटिया की एक रस्सी क्या खुलती, बाबूजी की स्थिति ऐसी मानो उनके हृदय का कोई तार खुल जाता था। ये सारे दृश्य उसकी आँखों के आगे रूढ़ हो गए।

'सिद्धू—कितना बार कहा, खटिया पर मत कूदो। यह भी टूट गई तो क्या जमीन पर सोएगा?'

सख्त हाथों से बेटे का हाथ पकड़ खटिया से उतारना और अपनी मुलायम हथेली से मूँज की रस्सी को सहलाते जाना, यह क्रम चलता रहता था।

अपनी मास्टरी की छोटी कमाई, बड़ी मुश्किल से बचाई रकम से खरीदी साइकिल के एक-एक पार्ट-पुर्जे का भी उन्हें उतना ही ध्यान रहता, जितना अपने बच्चों का।

सारी स्मृतियाँ सजीव हो उठी थीं। सिद्धार्थ ने बचपन में पढ़ा था—'सुख में दुःख की स्मृतियाँ फूल, दुःख में सुख की स्मृतियाँ शूल।' पर इन दिनों सिद्धार्थ के मन-मंथन में उन पंक्तियों की अर्थवत्ता गड्डमड्ड होने लगी थी।

अगले दो महीने बाद ही तो सिद्धार्थ की साठवीं वर्षगाँठ आने वाली थी। अचानक आगत की कल्पना उतनी सुखद नहीं लग रही थी, जितनी विगत जिंदगी के शुरुआती तीस वर्षों की स्मृति में खो जाना। अपनी जमीन व अपनों से सात समंदर दूर होकर उसकी झोली में आई थीं उपलब्धियाँ ही उपलब्धियाँ। अमेरिका के अर्थ-जगत् में हर आनेवाला साल उसके लिए नया कीर्तिमान लानेवाला रहा था। तभी तो वह आगे और आगे देखता रहा। पीछे मुड़कर देखने में रुकना जो पड़ता, समय देना पड़ता। सिद्धार्थ के पास रुकने-थमने का समय कहाँ था। आगे देखने में उसके न कदम रुके, न दृष्टि।

पर अचानक साठ के पास पहुँचते-पहुँचते क्या हो गया उसे। न्यूयॉर्क में बिताए रेस के अव्वल घोड़े के तीस वर्षीय जिंदगीनामे से कतराता, पीछे के उतने ही समय के हर मोड़ पर पाँव रखता, उसके जोड़-घटाव में उलझता गया सिद्धार्थ। अब जल्दी भी क्या थी। धन, वैभव और शोहरत तो इतना कमा लिया कि आने वाली सात पीढ़ियाँ बैठकर खाएँ तो भी समाप्त न हो। इसीलिए तो उस जमीन से जुड़े लोगों को उससे ईर्ष्या होने लगी थी। पर कहाँ हैं आने वाली पीढ़ियाँ? बेटा, बेटी, नाती-पोते। कोई तो नहीं है उसके साथ, आस-पास। उनके लिए अलग-अलग आलीशान बँगले सिद्धार्थ ने ही बनवाकर दिए। सब अपने-अपने में व्यस्त। शायद इसीलिए उसे तीस वर्ष पीछे छूटे स्वजनों के सान्निध्य और स्पर्श की स्मृतियाँ सुखद लगने लगी थीं।

सुनीता, श्यामला और सुजाता, एक बड़ी और दो छोटी बहनों के साथ लड़ना-झगड़ना, रूठना-मनाना, अम्माँ के आँचल में छुपकर बैठना, एक ही रजाई में पिताजी के संपूर्ण परिवार का समा जाना, ये स्मृतियाँ सहलाने अवश्य लगी थीं, पर सुकून तो पिता के कंधों पर या उँगली पकड़ चलने की याद में ही मिलने लगा था। अथाह आनंद! अनजाने-अनचाहे स्वआर्जित समृद्धियों के नीचे दबे अपने को ढूँढ़ निकालने की धुन सवार हो गई। वह कौन है,

किसका है? किसने जन्म दिया? किसने दिया नाम? उसके बढ़ते कद-काठी व कदमों के साथ किसकी कामनाएँ बलवती होती रहीं? उसका खानदान कौन है? दादा, परदादा, कौन थे वे लोग?

उसकी उस दुनिया को कहाँ फर्क पड़ा। उसके दादा अपने इलाके के बड़े धर्मात्मा थे। इलाके के कुख्यात डाकू ही होते तो क्या? किसी ने कभी पूछा नहीं, जाना नहीं। वहाँ तो सिद्धार्थ नाथ सिंह भी नहीं, मात्र एस.एन. सिंह की पहचान बनी। स्वयं मि. सिंह ने बनाई। वह पहचान, उनकी अर्जित संपत्ति। स्वयं उसे ही कहाँ अपनी खबर रही। पच्चीस से पचास वर्ष, गधे की उम्र, ढोता रहा बोझ। आयु के छठे दशक में जोड़-घटाव में उलझा है।

पैतृक परंपरा व नाम के संपत्ति स्वाद के लिए उसकी जिह्वा तरसने लगी। अपने भुजबल और बुद्धिबल पर कभी उसे गर्व अवश्य होता था। पर इन दिनों वह उन हथेलियों को उनकी कच्ची अवस्था में सहलाने वाली उँगलियों में डालकर थोड़ी देर ही सही सुस्ताना चाहता था और उसके अंदर यह चाहत इतनी उत्कट व बलवती हो उठी कि उसने अचानक भारत के लिए प्लेन टिकट मँगवा लिया। सरला को भी नहीं बताया। वैसे भी सरला अपनी दुनिया में मस्त थी। तभी तो अकेला, बिल्कुल अकेला हो गया था सिद्धार्थ।

और पिता का दर्शन करने, अंतिम बार सही, उनके स्पर्श से अपने को तर करने के उद्‌देश्य से ही भारत के लिए चल पड़ा था। न्यूयॉर्क से तेरह घंटे की यात्रा। तेरह सेकंड में पिता के पास पहुँचने को आतुर सिद्धार्थ को यात्रा के दौरान एक युग बीतने का अहसास हो रहा था।

अंतरराष्ट्रीय हवाई अड्‌डे पर बाहर खड़े सैकड़ों लोगों की इंतजार करती निगाहें शीशे से अपने स्वजनों को हेर रही थीं। और नयन मिल जाने पर दोनों ओर से आनंदातिरेक के इशारे हो जा रहे थे। उनमें किन्हीं दो नयनों का निशाना सिद्धार्थ नहीं था। उसकी आँखें नम हो आईं। झटके से बाहर निकल धरती से एक चुटकी मिट्‌टी उठाकर सिर से क्या लगाई, मानो गंगा के जल में डुबकी लगा ली हो। शरीर और मन शांत हो उठा। चारों ओर नजरें फेरीं। पंद्रह वर्षों में कितना कुछ बदल गया था एयरपोर्ट पर।

टैक्सी बुक करवाई और एयरपोर्ट से सीधा हरिद्वार के लिए रवाना हो गया। रास्ते में दिल्ली का विस्तार, फिर हरिद्वार पहुँचते-पहुँचते अपने देश के बदलते हुए दृश्य देख आनंदित होता रहा। आश्रम पहुँचकर भी व्यवस्थापक के कमरे में इंतजार करने का सब्र कहाँ था उसे। खोजता-ढूँढ़ता वह उसी कमरे की चौखट पर खड़ा हुआ, जिसके बाहर श्री महेंद्रसिंह, उम्र 80, ग्राम बीसलपुर का नामपट्ट टँगा था। अप्रयास उसकी हथेली उस नामपट्ट पर फिसल गई।

अंदर खाट पर पड़ी काया का निरीक्षण कर रहे डॉक्टर और व्यवस्थापक की उपस्थिति की परवाह किए बगैर वह पुकार बैठा—"बाबूजी!"

सधा हुआ बाण, मानो प्रतिदिन धनुष से निकल, लक्ष्यभेदन का अभ्यास रहा हो।

"सि···सि"

चिकित्सक और व्यवस्थापक हतप्रभ रह गए। पंद्रह दिनों से खटिया पर पड़े वृद्ध ने दो दिनों से मौन साध रखा था। अन्न-जल ग्रहण करना तो छोड़ ही चुके थे। उन्हें समझा-बुझाकर सामान्य करने में उन दोनों के सारे प्रयत्न व्यर्थ चले गए थे।

"मैं हूँ सिद्धार्थ। आपका बेटा। बाबूजी, मैं हूँ। आपका सिद्धू। मैं आ गया बाबूजी।" बेताब सिद्धार्थ ने पिता को अपने अंक में भरकर कान के पास मुँह ले जाकर आवाज दी। और जैसे पिछले दो सप्ताह से बेजान पड़ी उस काया में चिकित्सक ने कोई पावरफुल इंजेक्शन लगाया हो—"कहाँ हो सिद्धू, आ गए···ए···तुम···बड़ी देर···।"

बेटे को अपने पाश में लपेटने के लिए छटपटाती बाँहों को थाम उन पर सिर रगड़ता फफक पड़ा सिद्धार्थ। बेजान पड़ी हथेलियों को अपने सारे अंगों पर फेरने लगा। दृश्य को अपने में भरती आँखें भर आईं। उन नयनों को भी भरते-झरते रहने की लत सी पड़ गई थी। उस आश्रम में पड़े वृद्ध जन उन्हें रीतने कहाँ देते थे। उस क्षण उनमें छलक आए आँसू में आनंद के अनगिनत कण थे।

"सिद्धू···!" सिर पर लंबे बाल, लंबी सफेद दाढ़ी, बढ़ी हुए बेतरतीब

मूँछों के बीच छुपे पोपले मुख से निकली पुकार की अनुगूँज से आश्रम का प्रागंण गुंजायमान हो गया। सर्वत्र वही चर्चा पसर गई! सुनते-सुनाते वृद्धों को लग रहा था, जैसे उनकी अपनी कोई संतान उनसे मिलने आ गई हो।

दोनों एक-दूसरे के स्पर्श से स्वस्थ होते गए। बहुत दिनों बाद उस संस्था में आनंद का मौसम उतरा था।

पाँच वर्ष पूर्व सुजाता की अंतिम चिट्ठी अमेरिका पहुँची थी। उसने लिखा था—'भैया! अम्मा नहीं रहीं। तुम्हारा नाम रटती-रटती चल बसीं। अब पिताजी अकेले रह गए। उन्हें अपने पास रखने के लिए हम तीनों बहनों में होड़ लगी है। पर तुम तो जानते हो, वे कैसे हठी हैं। बेटियों के घर जाना उन्हें किसी कीमत पर मंजूर नहीं। अब हम क्या करें! तुम एक बार तो आ जाओ।'

कहाँ आ पाया था सिद्धार्थ। न चिट्ठी, न पत्री, न डॉलर, कुछ भी तो नहीं भेज पाया था।

"सरला कैसी है? वह क्यों नहीं आई?"

"सोनू और मोनू कैसे है?"

"कैसी है मोनू की जर्मन बीबी?"

कितने सवाल। और उन सवालों के उत्तर में प्रतीक्षित निगाहें मानो चिर-प्रतीक्षारत रही हों। तभी तो सिद्धार्थ के उत्तर सुन पुलक उठती थीं। सिद्धार्थ भी ऋण-मुक्त होना चाहता था। बचपन में हजारों सवाल पूछे थे अपने बाबूजी से। आश्रमवासियों के देखते-देखते वृद्ध की स्वेच्छा मृत्यु वरण का संकल्प शनैः-शनैः समाप्त हो गया। उन अस्सी वर्षीय नजरों में जीने की आस के साथ एक नई शक्ति का पुनर्जन्म हो गया।

सिद्धार्थ को उनके मुख से अपनी बाल-क्रीड़ा के वर्णन सुन अथाह आनंद की प्राप्ति हो रही थी। उन प्रसंगों के वर्णन में डुबकी लगाते उसे अपने विशाल कद के लघुतम होने की कोई परवाह भी नहीं थी। आश्रम की सूखी रोटी, दाल और बिना मिर्च-मसाले वाले सब्जी के रस में डूबे रहना, जमीन पर बैठना, तख्त पर लेटना, गरमी की तपिश कुछ भी तो अटपटा नहीं लग

रहा था। अमेरिका में बिताए लंबे समय में कठिनतम श्रम से भी उसके बदन पर कभी एक बूँद पसीना नहीं निकला। मई मास में पसीने से तरबतर उसका शरीर मानो वर्षों बाद सावन की फुहार से भीगा हो। तीस वर्षीय जीवन की शान-शौकत, अति आरामदेह रहन-सहन, आत्मीयता बटोरने और आत्मसात् करने में कहीं से भी आड़े नहीं आ रहा था।

अपने पिता की स्मरणशक्ति पर उसे अवश्य आश्चर्य हो रहा था। वह भी तो बाप बना हुआ है। उसे कहाँ याद है, अपने पुत्र का बचपन! कदाचित् इसलिए भी कि बच्चे उसके कंधों और गोद में नहीं पले।

हर की पौड़ी पर पिता को बैठाकर स्वयं गंगा में डुबकी लगा रहा था सिद्धार्थ। पिता अपलक उसे निहार रहे थे। पानी में उतरे बिना ही मन तर हो रहा था उनका। सिद्धार्थ को पानी के अंदर कुछ क्षण बीत गए। वे चिल्लाए— ''कोई है, निकालो मेरे बच्चे को। मेरा बेटा। मेरा बच्चाए!''

गंगा में खड़े लोग अपने हाथ-पैर फेंककर किसी डूबते बच्चे को ढूँढ़ने लगे। गंगा का निर्मल तीव्र जल-प्रवाह एक क्षण के लिए भयग्रस्त हो रुक गया। थम गया। तभी सिद्धार्थ का सिर बाहर आया।

''मिल गया मेरा बेटा। वह रहा। हे गंगा मैया! तेरा लाख-लाख शुक्रिया। चल इधर आ।'' सफेद बालों वाले वृद्ध 'बच्चा' को देख स्नार्थियों की हँसी फूट गई। एक नजर वृद्ध पिता के विहँसते मुख पर डाल सबके सब गंगा में डुबकी लगाने लगे।

कुछ पल तो बीते थे। सिद्धार्थ के पिता ने न जाने कितनी मनौतियाँ मान लीं। सिद्धार्थ उनके पास आकर बैठ गया। उसके सिर पर हाथ फेरते हुए पिता ने कहा, ''अब मुझे यों डराया मत कर।'' पुत्र के सिर का पानी पोंछते हुए पिता का हाथ पीठ पर आ गया। बाईं ओर एक छोटा-सा गड्ढा। हाथ रुक गया।

''याद है तुम्हें। तुम्हारी पीठ पर एक बड़ा सा घाव हो गया था। दर्द से कितना रोते-चिल्लाते थे तुम। छह महीने तक डॉक्टर-वैद्य-हकीमों का इलाज चला। घाव ठीक ही न हो। तुम्हारी माँ तुम्हें हरिद्वार ले आई। गंगा में डुबकी लगवाकर मनौती मानी। एक महीने बाद ही घाव भर गया था। तुम जब

डुबकी लगाकर बाहर नहीं निकले, मैं घबरा ही गया। मुझे पता नहीं, तुम्हारी माँ ने मनौती उतारी या नहीं। मुझे डर लग रहा था कि यदि उसने मनौती न उतारी होगी तो कहीं गंगा मैया...'' उनकी थकी नजरों से धार बह चली।

''बाबूजी! यह क्या? आखिर गंगा तो माँ है न, अपने बच्चों की भूल को क्षमा कर ही देती होगी। गंगा में डुबकी लगाकर मुझे भी माँ के स्पर्श का अहसास होता है। तभी तो पंद्रह दिनों में सुबह-शाम यहाँ आता हूँ। डूबकर बैठा रहता हूँ, मानो माँ के आँचल में...।''

पिता के कंधे पर सिर रखकर फफक पड़ा था सिद्धार्थ।

''बहुत याद करती थी तुम्हारी माँ। मरने से पूर्व एक बार तुम्हारे शरीर पर हाथ फेरने की तमन्ना साथ लेती चली गई। तुम्हारी माँ भी गंगा की तरह निश्छल व पवित्र थी।''

सामने प्रवाहमय उस निश्छल धारा में अपना शरीर डुबोने के लिए कूद पड़ा सिद्धार्थ। प्रतिदिन दोनों पहर गंगा में डुबकी लगाना नियम सा हो गया था उसका। जब से उसके पिता थोड़ा-बहुत चलने लगे, उन्हें भी कभी-कभी ले आता।

उस दिन मंदिर के प्रांगण में संस्था के सब लोग बैठे थे। उचित अवसर पाकर उसने अपनी चाहत की चादर पसार दी—''मैं बाबूजी को अपने साथ ले जाऊँगा।''

अकस्मात् एक चुप्पी पसर आई। ऐसा भी नहीं कि उस संस्था में आकर कोई वृद्ध अपने घर वापस नहीं लौटा हो। संस्था की बीस वर्षीय जिंदगी में ऐसे लोगों की सखा भले ही एक-दो ही रही, पर थी तो। उन्हें ले जानेवाले उनके बच्चे या सगे-संबंधी रहे थे। पर सिद्धार्थ का क्या रिश्ता था उस वृद्ध से?

उन्हें विश्वास हो गया कि संस्था वाले उन्हें सिद्धार्थ के साथ नहीं जाने देंगे। आधी रात तक करवटें बदलते रहे। सिद्धार्थ ने पूछा, ''क्या हुआ बाबूजी? तबीयत तो ठीक है?''

स्थितप्रज्ञ हरिकिशोर सिंह का पाँच वर्ष पुराना अतीत लौट आया था,

"मैं तुम्हारा बाप नहीं हूँ।" बिना लाग-लपेट के बोल गए।

सिद्धार्थ एक अपराधी बालक की भाँति थर्रा गया। "क्यों? मुझसे अब क्या भूल हो गई, बाबूजी? दरअसल मैं अब आपसे अलग होना नहीं चाहता और मेरा अमेरिका लौटना भी जरूरी होगा। मैं आपको अपना अर्जित नाम-धाम भी दिखाना चाहता हूँ। पर आप न जाना चाहें तो मैं...।"

हरिकिशोर सिंह भी कहाँ फँसे आकर। एक फक्कड़ की जिंदगी, अंत समय में रिश्तों के जाल में फँसकर रह गए। उनके साथ पूत के पाँव पालने में दीखते हैं, कहावत चरितार्थ हुई थी। बचपन से ही माँ-बाप, भाई-बहन किसी से लगाव नहीं।

पुत्र के लक्षण-करम देखकर पंद्रह-सोलह वर्ष की अवस्था में ही पिता ने शादी के बंधन में बाँधना चाहा था। जिस घोड़े पर दूल्हा बनकर बैठाया गया, घोड़े की रास दूसरी ओर मोड़कर चाबुक मारी। घोड़े ने दुल्हन के दरवाजे पर जाने की दिशा क्या बदली, हरिकिशोरजी के भी जीवन की दिशा बदल गई। आज यहाँ, कल वहाँ। लुकते-छुपते। भागते-दौड़ते। भारत माँ को बंधनहीन कराने का जुनून। उनके जैसे हजारों पुत्रों के त्याग-बलिदान से भारत माँ स्वतंत्र हुई। अनेक संस्थाएँ देश, समाज की रचना में लग गईं। हरिकिशोर सिंह भी एक राष्ट्रवादी संस्था के सदस्य बन गए। पारिवारिक मोह-माया से दूर, बहुत दूर। आसक्ति का स्वाद ही नहीं चखा। प्रौढ़ावस्था भी कट गई। यौवन, प्रौढ़ावस्था तो बिना सहारे के भी कट जाते हैं। बचपन और बुढ़ापे को सहारे की आवश्यकता होती है और ये दोनों अवस्थाएँ ही एक-दूसरे का सहारा होती हैं।

जब उन्हें सहारे की आवश्यकता पड़ी, इस समाज में भी एक नई संस्कृति ने जन्म ले लिया था। वृद्धाश्रमों की संख्या इस देश में भी बढ़ने लगी। भागते-दौड़ते थक चुके थे हरिकिशोर सिंह। पचहत्तर की आयु में उनके शरीर को मात्र सुस्ताने की आवश्यकता पड़ी थी। परंतु वे तो उस संस्था में आकर अपने कमरे के साथी महेंद्रसिंह द्वारा बहाई माया-मोह की सरिता में डूबने-उतराने लगे। सुरसरि के किनारे बैठकर लौकिक जीवन में डूबते गए। महेंद्रसिंह

अपने पुत्र-मोह में ऐसे जकड़े थे कि सारा वातावरण मोहपाश में बँध गया था। दिन-रात अपने मित्र को सुनते-सुनते हरिकिशोरजी को आसक्ति के स्वाद का चस्का क्या लगा, डूब ही गए। इतना कि दोनों में कोई अंतर ही नहीं रहा।

दोनों के कद-काठी, रूप-रंग की साम्यता देखकर संस्था वाले कहा करते थे—'दोनों जुड़वाँ भाई ही लगते हैं। क्या पता, हिंदी फिल्मों की तरह बचपन में बिछुड़कर बुढ़ापे में मिले हों।' महेंद्रसिंह की मृत्यु के बाद इसका अंदाजा लोगों को लगा। दोनों के हृदय और प्राण भी एक हो गए थे, ठीक जुड़वाँ भाई की तरह, एक के बीमार होने पर दूसरा भी बीमार होता है। हरिकिशोरजी ने भी मृत्यु को वरण करने की ठान ली। सिद्धार्थ के आने पर भी उसका मोहभंग नहीं होने दिया। जहाँ सिद्धार्थ को अपने पिता के सान्निध्य से तृप्ति मिल रही थी, वहीं हरिकिशोर सिंह भी चलते-चलते ही सही, पुत्र-सान्निध्य का स्वाद चख लेना चाहते थे। तृप्त हो रहे थे दोनों। एक जाने, दूसरा अनजाने।

अपने सिरहाने से एक डायरी निकालकर सिद्धार्थ को देते हुए उन्होंने सख्त शब्दों में कहा, "यह है तुम्हारे पिता की डायरी। इसके हर पन्ने पर तुम अंकित हो। यह डायरी मेरे लिए गीता है, रामायण भी। तुम्हारे पिता ही कृष्ण और दशरथ हो गए मेरे लिए। तो पकड़ो। पढ़ो। उलटो तो''। मेरी ओर क्या टकटकी लगाए देख रहे हो। तुम्हारे पिता उस डायरी में हैं, मेरे चेहरे में नहीं।"

अपनेपन में भीगी झिड़की। एक आज्ञाकारी पुत्र की भूमिका निभाता सिद्धार्थ डायरी के पन्ने पलटने लगा।

उस जर्जर, निष्प्राण काया को सहारा देकर उठाते-बैठाते, सेवा-शुश्रूषा से उसमें जान फूँकते, एक बार भी सिद्धार्थ को बाप बदल जाने का शक नहीं हुआ था। पूरी डायरी पढ़ लेने के बाद तो और भी निश्चित लग रहा था कि उस दैनंदिनी को जीने-भोगने वाला उसके सामने बैठा व्यक्ति ही तो था।

सच है कि बालक-वृद्ध एक समान हो जाते हैं। दो नवजात शिशुओं का

भी अंतर कहाँ दृष्टिगोचर होता है। क्षौरगृह में बदले बच्चे को भी जच्चा अपनी कोख का जाया समझ, हृदय से लगाती है, स्तनपान कराती है, उसके क्रंदन पर भी उसकी छाती में दर्द उठता ही है। पिता के अंतरंग को ही अपना असली बाप समझ, एक प्रसूति माँ की भूमिका निभाते सिद्धार्थ को आश्रम के व्यवस्थापक ने भी कहाँ छेड़ा, कहाँ रोका। उस आश्रम के एक सदस्य की जान, बिना दवा-दारू के जो लौट आई थी।

संस्था वालों को पता था कि पाँच वर्षों से हरिकिशोरजी और महेंद्रसिंहजी साथ रहते-रहते एकाकार हो गए थे। मात्र पंद्रह दिन पूर्व हुई महेंद्रसिंहजी की मृत्यु के उपरांत हरिकिशोरजी ने इच्छा-मृत्यु को वरण करने का निश्चय कर लिया था। अन्न-जल छोड़ चुके थे। सिद्धार्थ ने कुछ दिन देर की होती तो शायद हरिकिशोरजी के शरीर में अपने पिता की आत्मा का दर्शन और स्पर्श नहीं कर पाता। भारत आकर भी प्यासा ही लौटना पड़ता उसे। हरिकिशोर सिंह का विनीत वात्सल्य उभर पड़ा—"सिद्धार्थ! अपने पुत्रजन्म और उसके लालन-पालन के समय भी तुझे पिता की याद नहीं आई? अकसर ऐसा होता नहीं है। स्वयं बाप बनकर हर नौजवान अपने पिता को अवश्य याद करता है। पर तुम्हें, तुम्हें···। मैं क्या बताऊँ, कितना तड़पता था तुम्हारा बाप तुम्हारे लिए।"

सिद्धार्थ के पिता की तड़प जीवंत हो आई थी हरिकिशोरजी की वाणी में। सिद्धार्थ को सिर रखकर रोने के लिए जाँघ मिल गई थी। बिलख-बिलखकर रोया था सिद्धार्थ। स्वयं परित्यक्त बाप जो था। मृत बाप की याद में घुल-मिल गया था बेटा से विलगाव का दर्द।

पंद्रह वर्ष पूर्व उसने पिता को देखा था। सुजाता की शादी में अंतिम बार वह भारत आया था। तब उसने अम्माँ-बाबूजी से अमेरिका चलने का बड़ा आग्रह किया था। वे नहीं माने थे। बीसलपुर के दो कमरे के घर और उस खानदानी जगह के लोगों का मोह वे नहीं त्याग पाए थे। पाँच वर्ष पूर्व तक कभी पिताजी, श्यामला, सुनीता तो कभी सुजाता की चिट्ठी पहुँचती रही थी।

शायद पत्रों का निर्यात करते-करते स्वजन भी थक गए थे। रिश्ते तो

आदान-प्रदान से जीवित रहते हैं।

महीना भर संग-साथ रहकर भी उसकी प्यास बुझी नहीं थी। बढ़ती गई थी। तभी तो उसने पिता को अपने साथ ले जाने का प्रस्ताव रखा था। प्रस्ताव के उपरांत संस्था वालों के लिए वे फिर से हरिकिशोर सिंह थे, महेंद्रसिंह नहीं। सिद्धार्थ की चाहत इतनी प्रबल और स्वाभाविक थी कि किसी से अस्वीकार करते बन नहीं रहा था। उस पर अविश्वास का भी सवाल कहाँ था। सवाल मात्र परंपरा का था। परंपरा से जुड़े कानूनी प्रावधान का था। शायद अब तक किसी को ऐसी आवश्यकता नहीं पड़ी थी। सिद्धार्थ की आवश्यकता पर अस्सी वर्षीय हरिकिशोरजी को उन्हें सौंपने की चर्चा चल पड़ी थी। कानून का अध्ययन किया गया। अंत में जीत सिद्धार्थ की चाहत की हुई। उसने एक नई संस्कृति का प्रथम बीज डाला था।

आश्रम से विदा देते हुए अस्सी हारे-थके स्त्री-पुरुष समवेत मूक स्वर में सिद्धार्थ को आशीष दे रहे थे। आकांक्षा दफन की उस श्मशान भूमि में अचानक एक ख्वाहिश अंकुरित हुई थी—'काश! हमें भी कोई यहाँ से ले जाता। अंतिम साँस लेने के लिए बच्चों की किलकारियों से गूँजता आँगन होता। कानों में पड़ते गीता के श्लोक स्वजनों के रुदन-स्वर में सराबोर होते। अंतिम यात्रा के लिए अपने हाथों पले-पुसे कंधे होते।'

इधर और भी न जाने क्या-क्या माँग रहा था वह आकांक्षा-अंकुर। उधर न्यूयॉर्क के लिए उड़ान भरते हवाई जहाज की गति के साथ हरिकिशोरजी की बची हुई जिंदगी में भी एक नया उफान आया। उन्हें आकाश मिला तो सिद्धार्थ को जमीन। दत्तक ही सही, पिता तो मिला। चंद पल ही सही, नन्हे पड़ाव पर छाँव तो मिलेगी।

□

अनावरण

मुख्य द्वार के पास ही वह प्रस्तर धवल मूर्ति सफेद कपड़े से ढकी थी। मंच पर जाने से पूर्व कपड़ा हटाकर मूर्ति को अनावृत करना था। एक दिन पूर्व दिल्ली में अपने हाथों संपन्न एक पुस्तक लोकार्पण का दृश्य स्मरण हो आया। मन में विचार आया—"क्या फर्क है पुस्तक लोकार्पण और मूर्ति अनावरण में?"

उत्तर भी अपने ही अंदर से निकला। एक कागज और दूसरी पत्थर की है—दोनों निर्जीव। पर पत्थर मूर्ति में ढलकर और कागज अपने ऊपर अक्षर उकेरकर जीवंत हो जाता है। इसलिए अक्षरों को अपने अंक में समेटे कागज और मूर्ति में ढले पत्थर में पाँव लगाना वर्जित है। दोनों पूजनीय हैं। पुस्तक और मूर्ति, दोनों लोक को ही समर्पित होती हैं। इसलिए मूर्ति के लिए भी लोकार्पण शब्द का प्रयोग कर सकते हैं।

मन इन विवेचनों में उलझा था, पाँव मूर्ति तक पहुँच गए। चप्पल खोलकर उस चबूतरे पर पाँव रखे, जिसके ऊपर धवल मूर्ति विराजमान थी। ऊँचाई होगी पाँच फीट। मूर्ति पर से कपड़ा हटाकर उसे लोकार्पित करते हुए उस स्व. महिला की प्रस्तर आँखों पर दृष्टि थम गई। अचानक मेरी आँखें भर आईं। बरसने वाली थीं कि मैंने उन्हें छुपा लिया। वहाँ तो तालियाँ बज रही थीं। प्रभाती और उसके देवर-देवरानियाँ भी खुश। उस बीच मेरी आँखें क्यों भींगी? हृदय भी विदीर्ण हुआ। मंच पर आसन ग्रहण करने के बाद पुनः मन की शल्य चिकित्सा की। प्रभाती की सास की मूर्ति का अनावरण किया

था। पर स्मृति में अपनी स्वर्गवासिनी सास उतर आई थीं। और वे दो बूँद प्रभाती की सास स्व. सत्यवती देवी को नहीं, अपनी सास स्व. बनारसी देवी के लिए अश्रु-अंजलि स्वरूप थे।

भाषण के लिए विषय तो मिल ही गया था। एक घरेलू महिला सत्यवती देवी के बारे में कम जानती थी। परंतु मरणोपरांत भी अपनी संतानों द्वारा पूजित महिला के सौभाग्य के साथ योग्य तथा कृतज्ञ बच्चों के ऊपर बहुत कुछ बोला जा सकता था। आज इन्हीं विषयों के बारे में बोलने की जरूरत और सुनने की अपेक्षा भी होती है। बच्चे माँ-बाप को जीते जी नहीं देखते। मरणोपरांत श्राद्धकर्म में भी जल्दीबाजी रहती है। दरअसल लोगों के पास उनके लिए रोने का भी समय कहाँ है। इसी आशय का भाषण भी दे गई। सुन-सुनकर वैसा ही कुछ कर रहे लोगों की आँखें भरीं। सामने ही प्रभाती का घर था। हम वहाँ थोड़ी देर रुके। चाय पी। वहाँ की विशेष मिठाई भी चखी। हम कोणार्क के पास ही थे। रात्रि के नौ बज गए थे। इसलिए सीधे जगन्नाथ पुरी के दर्शन के लिए रवाना हुए। 1962 से आज तक कितनी बार पुरी जा चुकी हूँ। परंतु हर बार मंदिर की मूर्तियों के बारे में कोई-न-कोई नई दंत या शास्त्रीय कथा सुनने को मिलती है। इस बार एक मंदिर में स्थापित हनुमानजी के बड़े कान दिखाकर पंडाजी ने कहा, ''समुद्र के बिल्कुल पास होने के कारण यहाँ समुद्र का गर्जन-तर्जन सुनाई पड़ता था। जगन्नाथ भगवान् ने इस पर चिंता जताई। विचार-विमर्श के बाद यह निश्चित हुआ कि समुद्र के शोर नियंत्रण की व्यवस्था हनुमान ही कर सकते हैं। इसलिए वहाँ हनुमान सोए हुए हैं। उनका लंबा कान उस ओर है जिधर समुद्र है। उन्होंने सारा शोर रोक लिया। अब मंदिर परिसर से बाहर निकलने पर समुद्र का गर्जन-तर्जन सुनाई पड़ता है, अंदर नहीं।''

इसी प्रकार वहाँ बन रहे विशेष प्रसाद के बारे में भी चर्चाएँ सुनीं। बलराम और कृष्ण के बीच सुभद्रा की मूर्ति देख हृदय अनुराग से भर गया था। अर्थपूर्ण समाज में अब भाई-बहन के प्रेम रंग भी फीके पड़ रहे हैं। तीनों मूर्तियों का दर्शन बिल्कुल पास से हुआ। मन प्रसन्न हो गया।

गेस्ट हाऊस पहुँचते-पहुँचते रात्रि के ग्यारह बज गए थे। बिस्तर पर सोने जाते हुए बारह। मेरी बगल के पलंग पर प्रभाती लेटी थी। उसने कहा, "मेरी सास बहुत बड़ी थीं। वे सदा बहुओं का पक्ष लेती थीं, बेटों का नहीं।"

उसने कुछ और संस्मरण सुनाए। मेरी आँखें खुल गईं। नींद जाती रही। आँखों के सामने प्रभाती की सास सत्यवती देवी की अनावृत प्रस्तर प्रतिमा थी। उसमें नींद कहाँ समाती। मैं अपने बिस्तर पर बैठ सुनने की मुद्रा में आ गई। प्रभाती भी कुछ सुनाने की स्थिति में। उसने कहा, "बी.ए. पास करने के बाद मेरे घरवाले (ससुर और पति) मुझे वकालत पढ़ने देने के लिए राजी नहीं थे। मेरी सास अड़ गईं। उन्होंने कहा—प्रभाती वकील बनेगी।" उनके बारे में सब जानते थे। यदि वे कुछ ठान लेती थीं तो करके दिखाती थीं। उन्होंने मुझे पढ़ाया। मेरी बेटी को स्वयं पालती थीं। मैं विद्यार्थी माँ जो थी। एक बार अपनी बड़ी बेटी ऐश्वर्या के लिए मैं गुड़िया खरीद लाई। थोड़ी देर के लिए कमरे के अंदर गई। बाहर निकलकर देखा तो गुड़िया गायब। मैं ढूँढ़ रही थी। मन में अह्लाद पसर आया—मेरी गुड़िया गुड़िया से खेलेगी, मैं देखूँगी। यह गुड़िया भी माँ की भूमिका में आ जाएगी। पर अबोलता गुड़िया गई कहाँ? मैं चिंतित हो गई। मैंने माँ से पूछा, "आपने गुड़िया देखी है?"

"हाँ, यह तो है गुड़िया।" उन्होंने अपनी गोद में बैठी मेरी बेटी को दिखाकर कहा। मेरी हँसी फूट गई। मैंने कहा, "यह नहीं! मैं खिलौने वाली लाई थी। वह गुड़िया।"

गुड़िया ढूँढ़ने का मेरा प्रयास जारी था। वे दृढ़ता से बोलीं, "मेरी पोती गुड़िया से नहीं खेलेगी। वे सब खिलौने खरीद लाओ, जिनसे खेलकर यह डॉक्टर बन सके। इसे डॉक्टर बनाना है। मेरे गाँव में बहुत सी महिलाएँ डॉक्टर के अभाव में मर गईं।"

उसी शाम मैं वे खिलौने ले आई थी, जो डॉक्टर के उपकरण और औजार होते हैं। मेरी सास बहुत खुश हुईं। उन खिलौनों से ऐश्वर्या को खेलातीं। उस समय उनकी आँखों में सपने तैरते मैंने देखे थे। ऐश्वर्या के

पाँच वर्ष होने तक दोनों उन उपकरणों से खेलतीं। वे हमेशा मरीज बनती थीं। ऐश्वर्या उन्हें सूई लगाती, आला लगाकर जाँचती। आँख, नाक, कान और जिह्वा का निरीक्षण करती। दवा लिखती। एक दिन नन्हीं ऐश्वर्या जिद्द कर बैठी—"मैं मरीज बनूँगी, आप डॉक्टर।" वह लेट भी गई। उसकी दादी ने उसे झट से उठाकर कलेजे से लगा लिया। बोलीं, "नहीं मेरी बच्ची मरीज नहीं बनेगी। तुझे तो डॉक्टर ही बनना है।"

मेरी सास की मृत्यु के पाँच वर्ष हो गए। इस वर्ष मेरी बेटी ने मेडिकल की एंट्रेंस परीक्षा पास कर ली है। कल ही परीक्षाफल घोषित हुआ है। पता नहीं क्यों, इन दिनों मुझे अनुभूति हो रही है कि मेरी सास मेरे साथ हैं।

प्रभाती की सास के बारे में सुनने में मेरी रुचि बढ़ती जा रही थी। मैंने पूछा—"वे तुमसे घर का काम भी करवाती थीं?"

प्रभाती ने कहा, "ससुराल जाने से पूर्व मुझे मालूम था कि वहाँ खाना बनाना पड़ेगा। माँ ने भी विवाह निश्चित होने के बाद खाना पकाना सिखाया था। थोड़ा बहुत सीख पाई थी। माँ ने कहा था—अब आगे सास सिखाएगी। इसीलिए तो वह भी माँ ही होती है न!"

पर मेरी सास ने मुझे कभी चौके में जाने नहीं दिया। वे मेरी पढ़ाई-लिखाई की बात ही पूछती थीं। मेरी जिद पर मेरी सास ने एक दिन मुझे चौके में जाने दिया। शाम को बोलीं, "तुमने दाल में तड़का ठीक नहीं लगाया। भात भी गीला हो गया। सब्जी बेस्वाद। मैं तुमसे स्वादिष्ट भोजन बनाती हूँ।" मैं डर गई थी। उन्होंने कहा, "इसमें अधिक सोचने की कोई बात नहीं। मैं आठ वर्ष की आयु से भोजन बना रही हूँ। कभी भात कच्चा रहा, कभी दाल जली, कभी तरकारी बेनमक बनी। ढंग की रोटी तो कभी बनी ही नहीं। मेरी माँ और फिर सास डाँटती-सिखाती रहीं। अब तो खाने वाले कहते हैं कि मैं अच्छा खाना बना लेती हूँ। अँधेरे में भी दाल में तड़का लगाऊँ या कड़ाही में तरकारी छौंकूँ तो जीरा, मिर्च और घी न जले। पचास वर्ष बीत गए एक ही काम में।"

मैं और घबरा उठी। वैसी कुशल गृहिणी सास की बहू बनना भी आसान

नहीं। उन्होंने मेरा मन भाँप लिया। बोलीं, ''मैं बी.ए. पास बहू लाई हूँ। गाँव में किसी के घर ऐसी बहू नहीं आई। मुझे मालूम था कि तुम्हें भोजन बनाने का प्रशिक्षण नहीं मिला होगा। तुम कलम चलाती रही, मैं कलछी। इसलिए आज के बाद भोजन बनाने की कोशिश मत करना। आगे पढ़ना। ऑफिसर बनना या वकील बनना।''

मैं अंदाजा नहीं लगा पा रही थी कि मेरी सास अपने मन का उद्‌गार व्यक्त कर रही थीं कि भोजन बनाने की कला में मेरी अल्पज्ञता पर व्यंग्य। थोड़े ही दिनों में स्थिति स्पष्ट हो गई। वे मुझे किसी दफ्तर में कुरसी पर बैठे फाईल पर कुछ लिखते देखना चाहती थीं। पर उनके मन में वकील का काम ही बड़ा काम था। उन्होंने कहा, ''एम.ए. पास करवा दिया। अब तुम वकालत पढ़ो। मेरे गाँव में कितनी महिलाएँ हैं, जिन्हें अपना हक नहीं मालूम। कानून नहीं मालूम। पिस रही हैं अंधकार में। उनका केस भी कोई नहीं लड़ता।''

मुझे उन्होंने वकालत पढ़वाई और कहा, ''तुम कटक में रहोगी। वहाँ वकालत करोगी।'' वे मेरे साथ रहने कटक आ गईं। मेरी दोनों बेटियों ऐश्वर्या और प्राचुर्या की देख-रेख करती थीं। मुझे काला कोट पहनकर बाहर निकलते देख वे बहुत प्रसन्न होती थीं। उन्हें अक्षर का ज्ञान नहीं था। पर मेरी मोटी-मोटी किताबें उलटती-पलटती घंटों बैठी रहतीं। बीच-बीच में उनकी हँसी फूट पड़ती।

एक दिन उन्होंने कहा, ''प्रभाती! मेरा जीवन खाना बनाने में बीता है। पचास वर्षों से मैं सुबह-शाम खाना बनाती रही। परिवार और कभी-कभी मेहमान भी खाते रहे। कभी स्वादिष्ट कभी बेस्वाद भोजन बना। आज तुम्हें नहीं दिखा या चखा सकती कि कब कैसा खाना बनाया। मेरे परिश्रम और मनोयोग से बनाए भोजन की हाँड़ी पंद्रह मिनट में खाली हो जाती रही। पर पढ़े-लिखे लोग जो कागज पर लिख देते हैं, वह नहीं मिटता। तुम्हारा लिखा हुआ तुम्हारी नाती-नातिन भी पढ़ेंगे। हमारा काम अच्छा है, पर तुम्हारा काम हमसे अच्छा।'' मैं स्तब्ध होकर उनकी बातें सुनती। कितनी गहरी सोच थी उनकी।

मैंने बीच में ही प्रभाती से पूछ दिया—''तुम्हारे ससुरजी कहाँ थे?

तुम्हारी सास की चर्चा में ससुरजी नदारद हैं।''

प्रभाती बोली, ''मेरे ससुरजी गाँव में ही थे। वे पोस्ट ऑफिस की नौकरी करते थे।''

मैंने पूछा, ''तुम्हारी पढ़ाई-लिखाई में उनकी क्या भूमिका थी? वे अपनी पत्नी से सहमत थे कि नहीं।''

प्रभाती ने कहा, ''इस बारे में मेरी सास का बड़ा ही स्पष्ट मत था। वे पति की देखरेख और सेवा-सम्मान भी करती थीं। पर उनका कहना था—देखो, तुम्हारे ससुर जी अकेले थे। मेरे आने के बाद ही परिवार बना। बच्चों का पालन-पोषण भी मैंने ही किया। वे पोस्ट-ऑफिस का काम करते रहे। उन्होंने दफ्तर के काम में कभी मेरी राय नहीं ली। इसलिए मैं समझती हूँ कि बच्चों की बातों में मैं भी उनकी राय क्यों लूँ। मैं जो भी निर्णय लेती हूँ, वे समर्थन करते हैं। वे मेरे काम में दखल नहीं करते, महीने की दूसरी तारीख को अपनी पूरी तनख्वाह देने के सिवा। पर मैं खेती-बाड़ी भी सँभालती थी। अन्न बेचती। कभी तुम्हारे ससुरजी ने मुझसे खेती की आमदनी नहीं माँगी। खेती के लिए खर्चा भी नहीं दिया।''

नए जमाने की नई बातें भी उनके कानों में पड़ती ही रहती थीं। मेरे दफ्तर (घर के) में पति-पत्नी के झगड़े के मामले भी आते। मैं उनके मुकदमे लड़ती थी। वे अकसर दूसरे कमरे में बैठी सुनती रहतीं। मेरे अंदर जाते ही प्रारंभ हो जातीं—''प्रभाती! आज जो कमला आई थी न, वह अपने पति के बारे में झूठ बोल रही थी। ऐसा भी कहीं हुआ है। मुझे लगता है कि कमला में ही कोई दोष है। ताली दोनों हाथों से बजती है। मेरा मन कहता है कि उसका पति निर्दोष है।''

''माँजी! मुझे अभी कोर्ट जाना है। मैं कमला की वकील हूँ। आप उसके पति की वकालत कर रही हैं। आपकी बात सुनूँ तो कोर्ट में गड़बड़ हो जाएगी।''

वे स्वर दाबकर कहतीं—''पर दूध-का-दूध और पानी-का-पानी तो करना चाहिए न!''

"माँजी ऽ ऽ।" मैंने नाश्ता करते हुए कहा। मुझे कोर्ट के लिए बाहर आकर विदा करती हुई बोलीं, "प्रभाती! तुम कमला से फीस मत लेना।"

मैं जल्दी में थी। पर माँजी के द्वारा कहा अंतिम वाक्य कोर्ट में बहस के दौरान भी कानों में गूँजता रहा। शायद ठीक से मैं कमला का पक्ष नहीं रख पाई। और केस हार गई। उस मामले में हारकर भी मुझे जीत की खुशी मिली थी। बाद में बहुतों ने मुझे बधाई देते हुए कहा, "अच्छा किया आपने। सच तो यह है कि कमला का पति हरि ही शोषित और प्रताड़ित है, कमला नहीं।"

मैंने कोई उत्तर नहीं दिया। पेशे के अनुसार मुझे केस जीतना चाहिए था। हार पर मिली बधाइयाँ स्वीकारते भी अजीब लग रहा था।

कोर्ट में दूध-का-दूध और पानी-का-पानी भले न हो, हमारी माँजी तो घर में दूध को दूध और पानी को पानी ही कहती और करती थीं। बेटे को बहुत प्यार करती थीं। पर मेरी दूसरी बेटी के जन्म पर बेटे की एक नहीं सुनी। मेरे पति की इच्छा थी कि मैं दो बच्चों के बाद ऑपरेशन नहीं करवाऊँ। तीसरा बच्चा पैदा करूँ। पर मेरी माँजी अड़ गईं—"क्या कहा, तीसरा बच्चा? क्यों? इसलिए कि ये दोनों बेटियाँ हैं। क्या बेटी, क्या बेटा। प्रभाती भी तो बेटी ही है। अब क्या अंतर है। हमारे समय में अंतर था। बेटा बाहर के लिए, बेटी अंदर के लिए थी। अब तो दोनों बाहर भीतर कर रहे हैं। फिर बेटी क्या और बेटा क्या? और बच्चा पैदा करना क्या आसान है? कोर्ट में बहस करने जाने वाली बहू और कितने बच्चे पैदा करे?"

अस्पताल के उस कमरे में भीड़ जमा हो गई थी। बेटी के पक्ष में मेरी सास के लंबे भाषण के बाद लोगों ने तालियाँ बजाईं। मेरा ऑपरेशन करवा दिया। उसी अस्पताल में उस समय चार अन्य जच्चाओं का भी ऑपरेशन कराने का मन बन गया। नेता बन गई थीं माँजी।

पर मेरा राजनीति में जाना उन्हें नहीं रुचा। राजनीतिक कार्यों में मेरी थोड़ी-बहुत रुचि और व्यस्तता देखकर बोलीं, "क्यों करती हो यह काम? वकालत का काम अच्छा नहीं है क्या?"

"है न! पर मैं दोनों काम करूँगी। इसमें हर्ज ही क्या है?"

"नहीं! तुम्हारा वकालत छूट जाएगा। तुम राजनीति में ही ज्यादा समय देने लगी हो।"

उनका मन नहीं था कि मैं राजनीति में जाऊँ। मैं उनका मन भी नहीं दुखाना चाहती थी। वे मुझसे पूछतीं—"यह जो तुम कर रही हो, इससे क्या फायदा मिलेगा?" पद-प्रतिष्ठा की बात नहीं, पर लालबत्ती की गाड़ी उनके मन में बैठ गई। उन्होंने समझौता कर लिया। बीमार पड़ीं। कहने लगीं-- "प्रभाती! तुम भी लालबत्ती वाली गाड़ी पर चढ़ोगी। पर ध्यान रखना, गाँव की गरीब महिलाओं का मुकदमा लड़ना मत छोड़ना। उन्हें भी पढ़ाना-लिखाना। इसीलिए तुम्हें पढ़ाया था। इसीलिए बी.ए. पास बहू लाई थी।"

प्रभाती ने मेरी ओर देखा। पूछा, "मेरी सास बहुत बड़ी महिला थीं न दीदी?"

उसकी आँखें भरी थीं। मैं तो दूसरी बार अनावृत सत्यवती देवी के विशाल व्यक्तित्व के सागर में डुबकी लगा रही थी। मैंने कहा, "प्रभाती! सायंकाल जिस प्रतिमा का अनावरण हुआ, वह तो प्रस्तर थी। अभी रात्रि के चार घंटे लगाकर जो अनावरण तुमने किया है, वह स्व. सत्यवती देवी की विशाल प्रतिमा तुम्हारे अंदर समाई है, समाई रहेगी। यह जीवंत प्रतिमा है। अनावृत नहीं है तो क्या! उसका अनावरण तो तबतक होता रहेगा, जबतक तुम हो। तुम्हारी बेटियाँ भी अनावरण करती रहेंगी, उनकी संतानें भी। ऐसे ही अनावरणों से तो पीढ़ियाँ सँवरती हैं। व्यक्ति सात पीढ़ियाँ आगे भी जिंदा रहता है।"

उसने कहा, "ठीक कहती हैं दीदी! मेरी सास तो मेरी बेटी में भी जीवित हैं। ऐश्वर्या कहती है—'मेरी बड़ी माँ (दादी) मेरी आदर्श हैं। कस्तूरबा गांधी, महादेवी वर्मा, इंदिरा गांधी जैसी महिलाओं को न जाने कितने लोगों ने सिखाया। अवसर दिया। मेरी बड़ी माँ तो बिना विशेष अवसर मिले विशाल दिलवाली थीं। पढ़ी-लिखी से भी बढ़कर। मेरी बड़ी माँ सचमुच बहुत बड़ी थीं। डॉक्टर बनकर मैं उनकी इच्छा पूरी करूँगी।'"

"ठीक कह रही हो। तुम्हारी बेटी में प्रवाहित रहेगी तुम्हारी सास। वह अपनी संतान को भी बड़ी माँ की विशेषताएँ बताएगी। शायद वे भी बोलें, "वाह! हम एक बड़ी महिला की संतानें हैं।"

बाहर कौआ बोलने लगा था। सुबह होने का संकेत। तो पाँच घंटे लगे सत्यवती देवी के व्यक्तित्व के अनावरण में। लंबा समय लम्हों की अनुभूति देकर बीता था। भोर होने की अनुभूति के साथ अचानक मेरी हथेलियाँ पसर आईं। मेरे मुख से उच्चरित हुआ—"कराग्रे वसति लक्ष्मी, करमध्ये सरस्वती, करमूले तु गोविन्दम् प्रभाते कर दर्शनम्।" सीता, सावित्री, अहल्या, तारा, मंदोदरी"तक गई। वे पंचकन्याएँ थी। इस धरती पर उनका ही तो पुनर्जन्म होता रहा है। पुनरावरण भी। एक पुनरावरण सत्यवती देवी का भी। परस्तर प्रतिमा और जीवंत व्यक्तित्व का। मैं दूसरे अनावरण के भावों में आकंठ डूब गई थी।

□

औलाद के निकाह पर

साइदा के निकाह के तीन दशक बीते हैं। उसकी दो बेटियों का भी निकाह हो गया। नाती-नातिन वाली है साइदा। पिछले बरस से तीसरी बेटी के निकाह की तैयारी हो रही है। अब तीसरे नंबर की बेटी सकीना ही घर का सारा काम सँभालती है। वैसे भी सात छोटे-बड़े सदस्यों के बीच दो हजार रुपए की आमदनी वाले घर में काम ही कितना होगा। दो जून की रोटी बनाना, बस। एक साथ सब्जी और दाल बनना भी त्योहार ही होता है। एम.एल.ए. फ्लैट की छत पर टीन की छत और पुराने फटे कपड़ों की दीवारों वाली एक झोंपड़ी में झाड़ू-पोंछा लगाने लायक जगह ही नहीं है। सर्दी, गरमी और बरसात की तासीर झेल लेते हैं सब सदस्य। ग्राहकों के कपड़े धोते, सँभालते, लोहा करते, कभी-कभी उनके रंग, छींट और डिजाइन निहारते, अपने घर के सदस्यों के बदन पर न के बराबर कपड़े का अहसास ही नहीं होता। एक महीने उपरांत ही होनेवाले निकाह के बाद सकीना ससुराल चली जाएगी। मैंने पूछा, "फिर तो खाना-पीना तुम्हें ही बनाना पड़ेगा?"

"अब क्या करूँ? वो क्या कहते हैं—'बेटी की माई रानी, बुढ़ापा में भरे पानी'।"

"पर तुम तो अभी बूढ़ी नहीं हुई हो। शहरों में तुम्हारी उम्र की कई महिलाएँ कुँआरी ही मिलती हैं।" सकीना यह सुनकर शरमा जाती है। मैंने पूछा, "सकीना का पति उसे कलकत्ता ले जाएगा?"

"नहीं! कभी-कभी घुमाने-फिराने कलकत्ता ले जाएगा। वह गाँव में

ही गाँव वालों के कपड़े धोएगी। बड़ा गाँव है। खाते-पीते लोग हैं। एक ही धोबी का घर है। बहुत कपड़े धोने पड़ेंगे। धोबिन की बेटी को न नैहर सुख, न ससुरा सुख।''

''पर तुम तो गाँव में नहीं रहीं। तुम्हारा पति शहर ले आया।'' मानो मैंने उसके मियाँ की प्रशंसा कर दी हो।

साइदा अपने आँचल से बत्तीसी ढककर मुझे देखने लगी। उसी स्थिति में बोली, ''तभी तो मेरी सास बेटा से खफा रहती थी। कहती थी—देखनउक (देखने लायक) रहती तो और क्या करता। चानी (सिर) पर लेकर पटना घुमाता। निर्लज्ज कहीं का। लाज न शरम। घरवाली को बाजार में लेकर घुमाता है। सिनेमा दिखाता है।''

''तुम देखनउक क्यों नहीं हो?'' मैं समझकर भी नासमझ बनती हुई बोली।

साइदा ने अपने दोनों हाथ पसारकर कहा, ''करिया लुआठ है मेरा शरीर। चूल्हे पर चढ़ते-चढ़ते काली हुई हाँड़ी की पेंदी जैसा। इसलिए सास ऐसा कहती थी।''

साइदा की दूध जैसी बत्तीसी, पतले-दुबले होंठों के बोझ से दबाए दब नहीं रही थी। इतना तो साफ था कि उसे अपने कालेपन से कोई गिला न रह गया है। वह अपने गुमान की चादर फैलाती कहने लगी—''तभी तो बार-बार सेठजी को कहती हूँ—हमारे जैसे करिया औरत को देखकर भी निकाह क्यों किए?''

साइदा शरमा जाती है। उसके चेहरे पर पसरा लाज का गुलाबीपन दिखता नहीं। त्वचा काली जो है। चेहरा अवश्य खिल उठता है। बोली, ''मेरी खाला ने उनसे मेरी शादी की बात चलाई थी। मेरी खाला उनकी ममानी, मेरे गाँव में ही रहती थीं। वे ममानी के घर जाकर बोले, 'लड़की दिखा दो।' उनकी ममानी खुरपी और टोकरी लिये घास गढ़ने के बहाने घर से निकलीं। नदी के पास जाकर अपने तो खेत में घास छीलने लगी। इनको इशारे से बताकर कहा, 'वही लड़की है। नदी किनारे कपड़े धो रही है। देखकर आओ।'

"ई मेरे पास आए। बोले, 'मेरा एक पैंट धो देगी?' मैं वहाँ अकेली थी। मेरी मतारी मुझे कई बार हिदायत दे चुकी थी—'घाट पर कपड़े धोते समय कोई अनजान बात करे तो जवाब मत देना। कोई मर्द हो तब तो आँख उठाकर भी नहीं देखना।' अम्मी की सीख मन पर जमी थी। मैंने आँखें नीची किए हुए ही कहा—'पूरे घाट पर धोबी के कितने पटहे हैं। और किसी के पास नहीं गए। मेरे पास क्यों आए हो, नहीं धोऊँगी पैंट। जाओ किसी और से धुलवा लो।' वे वहीं अड़ रहे। मैंने नजर उठाकर उनकी ओर देखा भी नहीं। वे बोले, 'मुझे तुम ही से धुलवानी है पैंट। तुम ही धो दो न।'

"मैंने कहा, 'नहीं धोऊँगी। मेरा क्या कर लोगे? मुझे मारो-पीटोगे, फिर भी नहीं धोऊँगी। मेरे गदहे को चींटी चढ़ा दोगे, फिर भी नहीं। मेरे पटहा को मिट्टी में गाड़ दोगे, फिर भी नहीं धोऊँगी। मुझे कपड़े धोने दो। मेरा समय खराब नहीं करो। मेरी अम्मी आती होगी। कपड़े नहीं धुलेंगे तो अपना सिर धुनेगी। ऊपर से तुमसे बातें करते देख मेरी धुलाई कर देगी।'

वे चले गए। किसी दूसरे धोबी के घाट पर नहीं गए। मैं पटहे पर कपड़ा पीटती उन्हें जाते देख रही थी। पीछे मुड़-मुड़कर वे मुझे देख रहे थे। तब तो पक्का विश्वास हो गया कि कोई बदमाश ही था। यह बात तो बाद में पता चली कि वे अपनी माँ से जाकर बोले कि वे मुझसे निकाह करने के लिए राजी थे। उनकी माँ ने तब भी कहा था, "निर्लज्ज कहीं का। निकल जा। उससे निकाह करने के लिए किसने कहा। तुम्हें तो उसे देख आने के लिए भेजा था।" थोड़ा थमकर फिर बोलीं, "ठीक है, ठीक है। बोल, कैसी लगी लड़की?"

"अच्छी है अम्मी। थोड़ी कड़क है। मेरे कपड़े धोने से एक बार मना कर गई तो अड़ी रही। नहीं तो, नहीं। आखिर कपड़े धोने के लिए राजी नहीं हुई।"

माँ ने पूछा, "देखने-सुनने में कैसी है रे? मेरी तरह काली-कलूटी तो नहीं।"

"बस ठीक है, नाक-नक्श ठीक हैं। दुबली-पतली है। शहर में उसे

कोई नुमाइश में नहीं न रखना है। घरवाली रहेगी। रोटी पकाएगी। कपड़े धुलाई और लोहा करने में थोड़ा-बहुत मदद करेगी और क्या?''

''ई हमें पसंद कर लिये। निकाह हो गया।'' साइदा के मुख पर अपनी उपलब्धि के भाव थे। स्वर में जीत का उल्लास। उसकी वह जीत तीन दशक पुरानी थी। पर टहसास बासी नहीं हुआ था।

''तब तुम्हारी उम्र क्या थी?'' मैंने पूछा।

उसी जीत के अनुराग भाव में डूबती-उतरती बोली, ''क्या पता क्या उमर थी। पर छाती भी नहीं उठी थी।'' अपने सीने से आँचल हटाती वह बोली, ''छाती तो अब भी उठी नहीं लग रही है। मानो छह बच्चों ने चूस-चूसकर पके आम में गुठली भी नहीं रहने दी हो।'' मेरी हँसी छूट गई। अपनी सीधी सपाट छाती आँचल से ढकती वह भी मेरे साथ हँसने लगी। दांपत्य की सुखद अनुभूति का भरा घट छलकने लगा था। बोली, ''दीदी! एक और बात बताऊँ। निकाह के बाद तो मैं अपने गाँव में ही रह गई। ससुराल नहीं आई। ई पटना चले आए। हमको निकाह का मतलब समझ में नहीं आया था। मैं सामने रखे नए कपड़े और सामान देख हुलस रही थी। मेरी अम्मी, फूफी और खाला जान ने कहा, ''बोल! कबूल है।'' मैं हँसती हुई तीन बार बोली, ''कबूल है।'' और हो गया निकाह। उस दिन मुझे नए कपड़े, कुछ जेवर और भरपेट स्वादिष्ट खाना मिला। मेरी खुशी के लिए इतना क्या कम था? पर ई तो निकाह के समय सयाने थे। कुछ रुपया पैसा कमाकर गाँव गए। अपनी माँ से बोले कि ससुराल जाएँगे। उनकी अम्मी बोली, ''अरे निर्लज्ज! बिना गौना के बीबी से मिलने जाएगा? गाँव-जबार के लोग क्या कहेंगे?''

ये अपनी जिद्द पर अड़ रहे। दो दिनों तक खाना-पीना भी नहीं खाए। फिर तो उनकी अम्मी ने कहा, ''जा, नामुराद जा। पर सीधे ससुराल मत चला जइओ। पहले ममानी के घर जा। वहाँ से खबर भेजिओ। सास बुलाए तो जइओ, नाहीं तो अपना मुँह लिये लौट अइओ। जा, तेरी तो जुआनी बेलगाम हो रही है।''

इन्होंने ऐसा ही किया। एक हाँड़ी में रसगुल्ला लेकर ममानी के घर आए। उसके बेटे को रसगुल्ला के साथ मेरे घर संदेशा भेजा। हम माँ-बेटी कपड़े धोने जा रही थीं। उसने मेरे घर आकर उनके आने की खबर सुनाई। मेरी अम्माँ आगबबूला हो गई। खिसिआई हुई बोली, "हमारे जमाई को इतना भी खयाल नहीं कि गौना के पहले बीबी से नहीं मिला जाता। ऐसी भी क्या बेताबी है। और उसकी अम्मा कैसी है। भेज दिया अपनी औलाद को मुँह उठाए। सब ब्याहे लड़के ऐसा ही करते हैं? अम्मा का काम है उन्हें रोकना। समझा-बुझाकर रखना चाहिए था। मेरी जगहँसाई करा दी।"

थोड़ा थमकर बोली, "जा, कह देना मेरे जमाई को। गौना कराकर ले जाए घरवाली को। फिर तो जी भरकर निहारता रहे जोड़ू को।"

मेरी खाला का बेटा वापस लौट गया।

मैंने पूछा, "फिर तो तुम्हें बहुत बुरा लगा होगा। तुम्हारे मियाँ को लौटा दिया माँ ने। मिलने तक नहीं दिया।"

साइदा मुँह बिचकाकर बोली, "ऊँह! कैसा मियाँ, कैसी बीबी! उससे मेरा कोई संबंध नहीं जुड़ा था। मुझे क्यों बुरा लगता। जबतक अम्मा अपना गुस्सा निकाल रही थी, मैं चार-पाँच रसगुल्ले खा चुकी थी। वह मेरी ओर मुड़ी। रसगुल्ले खाने के लिए मुझे दो-चार चपत लगा दीं। मैं दो रसगुल्ले मुँह में ठूँसकर नदी किनारे भाग खड़ी हुई। सोचा—शाम तक सारे कपड़े धो दूँगी। अम्मा खुश हो जाएगी।

कुछ कपड़े धोए थे कि एक आदमी आकर सामने खड़ा हुआ। कहने लगा—"मेरी शर्ट धो दोगी?" मुझे एक वर्ष पूर्व का वाकया याद आया। मैंने सिर नीचा किए ही कहा, "नहीं।"

वह बोला, "अब तो धोना ही होगा। उस दिन वाली बात नहीं है। अब तो तुम मेरी बीबी हो।" मैं वहाँ से भागना चाह रही थी। चारों ओर देखा, कोई नहीं। दुपहरिया बीत चुकी थी। मैं तो कुसमय कपड़े धोने चली गई थी।"

वह मेरे पास आने लगा। मैं डर गई। मैं भागने के लिए मुड़ी। मेरे

सामने वह जमीन पर खड़ा था। मैं पानी में। इसलिए मैं पानी में ही दो-चार कदम पीछे भागी। पानी में घुसकर उसने मेरी कलाई पकड़ ली। बड़ी सख्त पकड़ थी। निकाह के समय मैंने उसे देखा नहीं था। मन में भय उठा—शायद कोई और बदमाश हो। पर उसकी पैंट धोने से इनकार करनेवाली बात से आश्वस्त हो गई। मेरा मियाँ ही था। अचानक मुझे उससे बात करने का मन कर आया। कम-से-कम अम्मा के व्यवहार के लिए माफी तो माँग लूँ। पर नहीं माँगी माफी। उससे बात करने में समय लगाती। अम्मा आ जाती। फिर तो उसी के सामने मेरी धुलाई हो जाती।

मैंने कहा, "भाग जाओ। अम्मा आ रही होगी। मेरे साथ तुम्हें भी मार लगेगी।"

थोड़ी देर रुका। जाते-जाते पीछे मुड़-मुड़कर देखता था। मुझे उस पर रहम आ गई। दरअसल रहम की डोर से ही उससे जुड़ी। मैं उसे जाते देखती रही। उसने मुझे दस रुपए दिए। मुझे कभी किसी ने दस रुपए नहीं दिए थे। दस रुपए के नोट ने भी उससे मेरी डोर जोड़ दी। उससे मिलना मुझे अच्छा लगा। पर वह भी कोई मुलाकात थी। मुझे उसकी याद के साथ रसगुल्ले की हाँड़ी की याद आ गई। मुँह में पानी भर आया।

घर पहुँचकर और रसगुल्ले खाने थे। पर मेरी झोंपड़ी के बाहर ही वह नई हाँड़ी फूटी पड़ी थी। मैंने उसे उलट-पलटकर देखा। शायद अम्मी ने गुस्से में रसगुल्ले सहित हाँड़ी बाहर फेंक दी हो। फूटी हाँड़ी के टुकड़ों को टटोला। उनमें रसगुल्ले नहीं थे। पाँच भाई-बहनों ने मिलकर खा लिये होंगे। किसी एक को नहीं मिला होगा। उसने रसगुल्ले का रस पीकर गुस्से में हाँड़ी फोड़ी होगी। वरना माँ नई हाँड़ी फोड़ने वाली नहीं थी। वह तो न जाने कितनी चीजें उस हाँड़ी में रखती। कुछ भी हो। मुझे गुस्सा आया। ये लोग रसगुल्ले क्यों खाए?

पता नहीं क्यों मुझे वह रसगुल्ले की हाँड़ी, हाँड़ी के रसगुल्ले, रसगुल्ले भेजने वाला, सब अपना लगा था। दस रुपए का नोट देकर किसी ने मुझे पहली बार अपना बनाया था। घरवालों से अलग भी कोई एक था, जो अपना

हो गया था। मेरा अपना। वरना उस घर में आए सारे सामान और व्यक्ति साझा ही होते थे। अम्मी और अब्बू भी तो साझे थे।

मैं साँस रोके साइदा के प्रेमरस में डूब रही थी। अचानक उसके ब्रेक लगाने पर पूछा, ''फिर क्या हुआ?''

फिर क्या होता। मेरा उससे मिलने का मन करता रहा। छह महीने में दस रुपए भी खर्च कर लिये। रसगुल्ले का स्वाद जब-तब जिह्वा पर तिर आता। कपड़े धोते हुए मैं इधर-उधर देखती। उसका इंतजार करने लगी। कहीं वह आ जाए। कहे—'मेरी पैंट धो दोगी।' फिर तो मैंने सोच लिया था—'उसके कपड़े धो दूँगी।' और यह सोचकर शरमा जाती।

एक वर्ष बाद मेरा गौना हुआ। मैं ससुराल गई। मेरी सास कड़े स्वभाव की थी। हर वक्त मुझे डाँटती। ताना देना नहीं भूलती—''तुम्हारी अम्मी ने मेरे बेटे को लौटा दिया। उसी की बीबी से मिलने तक नहीं दिया। इतनी सुंदर थी न तुम। गोरी चिट्टी। दूध सी सफेद। मेम साहब। मेरा बेटा छू लेता तो जिस्म मैला हो जाता। रंडी कहीं की। जैसी मतारी, वैसी बेटी।''

''तुम सास का अत्याचार क्यों बरदाश्त करती थी?''

साइदा ने फिर बत्तीसी दिखाई। बोली, 'सेठजी कहे थे—''अम्मा कुछ भी कहे तो जवाब मत देना। उनके द्वारा काली-कलूटी कहे जाने से क्या फर्क पड़ेगा। मेरे लिए तो तुम गोरी-चिट्टी ही हो। तभी तो पसंद किया था। पसंद करता रहूँगा। पटना ले चलूँगा। मुँह-कान बंद करके थोड़े दिन गाँव में निकाल लो।''

''बस तुम्हें बहला लिया और तुम बहल गई।'' मैंने उसे छेड़ा।

वह गंभीर हो गई। बोली, ''नहीं मामीजी। वे मुझे बहलाते नहीं थे। मन से बोलते थे। अपने साथ पटना ले आए। किसी मंत्री के सर्वेंट क्वाटर में रख दिया। अपने आप कपड़े धोते। कोठी में पहुँचाते। फिर बाहर काम पर जाते। शाम को मेरे लिए जलेबी, पकौड़ी या लड्डू कुछ-न-कुछ लेकर आते। वे इतना दुलार करने लगे कि मैं पीहर ही भूल गई। गाँव ले जाते भी तो अपने साथ। फिर साथ ही वापस ले आते। फिर तो अम्मी भी कुछ नहीं कहती।

जिसका मियाँ दुलारे, उसे कौन फटकारे।''

''तब की बात और थी। लगातार चार बेटियों के जन्म होने पर तो जरूर नाराज होता होगा। तुम्हें भला-बुरा भी कहता होगा।'' मैंने कहा। मेरा खोजी मन उसके मियाँ के अंदर खोट निकालने में रमा था।

साइदा दोनों कान पकड़कर कहने लगी—''तौबा-तौबा! झूठ बोलूँगी तो पाप लगेगा। मेरे शौहर किसी और मिट्टी के बने हैं। उनकी बात ही जुदा है। वे दूसरे मरदों की तरह नहीं हैं।' मेरी चौथी बेटी के जन्म पर भी वे बोले—'अल्लाह ताला की देन है। इसका अपमान मत करना। रोना-धोना भी नहीं।' शिवजी के मंदिर वाले पंडितजी कहते हैं—'बेटी लक्ष्मी होती है।'

वह कुछ पल सोच की मुद्रा में रही। फिर बोली, ''मेरी कोख से लक्ष्मियाँ तो चार आ गईं, पर मेरे घर में धन नहीं आया। सेठजी की बात सुनकर बेटी जन्म का सब दरद-पीड़ा भुला जाती थी। फिर तो अल्लाह ने दो बेटे भी दिए हैं। सेठजी ने ही कहा, 'अब ऑपरेशन करवा लो। शरीर को ज्यादा कष्ट नहीं देना।' मैं बच्चादानी के ऑपरेशन से बहुत डरती थी। सेठजी ने ही अपनी नसबंदी करवा ली है।''

''इसका मतलब तुम सेठजी की दुलारी बीबी हो।'' मैंने फिर छेड़ा उसे।

वह गंभीर हुई। बोली, ''हाँ मामीजी! ऐसा ही समझिए। सेठजी मेरा मुख मलिन होते नहीं देखना चाहते हैं। उन्हीं के कारण मैं सुबह-सुबह उठ पाती हूँ। वरना खटिया पर पड़ी रहती।''

''वह कैसे?''

''मेरी कमर में बड़ा दर्द रहता है। जवानी में ही सिनेमा देखकर लौटते समय रिक्शा से गड्ढे में गिर गई थी। आज तक वह दर्द नहीं गया। हर सुबह सेठजी मेरी कमर की मालिश करते हैं। तभी मैं उठ पाती हूँ।'' साइदा ने अपनी शर्म छुपाने के लिए मुख आँचल से ढक लिया।

''वाह! बहुत खूब! फिर तो तुम बड़ी नसीब वाली हो।''

''वह तो हूँ मामीजी। आप लोगों की दुआ सलामत रहे। ऊ कहते हैं कि सकीना विदा हो जाएगी तो क्या, हम तो हैं। हम ही खाना बना देंगे। चिंता मत करो। मियाँ-बीबी के जीवन में औलाद तो बरखा-बाढ़ की तरह आती है, जाती है। मियाँ-बीबी से गृहस्थी शुरू होती है, मियाँ-बीबी पर ही रुक जाती है। रोना मत। सकीना के रूखसत पर भी नहीं।''

उनका सब कहा मानती हूँ। पर यह कैसे मानूँगी। भला सकीना के रूखसत पर रोऊँगी कैसे नहीं। अम्मी हूँ न। अपनी कोख से जन्माया है। निकाह के बाद रूखसत करते समय कलेजा फटेगा ही। लुक-छिपकर रो लूँगी। सकीना के बाबा को अपना रोता चेहरा नहीं दिखाऊँगी। वे कहते हैं—''हरदम हँसती रहो। कम पैसा कमाता हूँ तो क्या! तुम्हारा शौहर हूँ। तुम्हें सुख से तो रखता हूँ।'' यह तो ठीक है। खालिश पैसे से सुख नहीं मिलता। पर पैसा तो चाहिए ही मामीजी।

मेरे लिए तो वे खुदा ही हैं। मेरी सास मेरा रंग-रूप देखकर इनकी दूसरी शादी करवाना चाहती थी। ये नहीं माने। मेरी तीन बेटियों के जन्म के बाद भी इनकी दूसरी शादी के लिए सास ने एक लड़की देख ली। ये नहीं माने। बोले, ''औरत हो या मरद। निकाह तो एक बार ही होता है।'' उस लड़की से मेरी सास ने अपने भाई की तीसरी शादी करवा दी। तब से अपने मामा के घर जाना ही छोड़ दिया इन्होंने। अब ऐसे इनसान के आगे मैं आँसू कैसे बहाऊँ। पर सकीना के लिए आँसू तो अभी से बहने लगे हैं।

उसकी आँखें भरी ही नहीं, छलक भी गईं। मेरी वाली दोनों के भी चारों कोर भर गए। वह अपने आँचल से आँसू पोंछती बोली, ''उनके आगे छुपा लूँगी अपने आँसू। मामीजी! मेरे मियाँ हैं न खुदा जैसे। खुदा के बंदे। एक अच्छा इनसान! मामीजी! हैं न! आप बोलती क्यों नहीं! क्या सोचने लगीं?''

मेरी तंद्रा भंग हुई। मेरी आँखों में आँसू देखकर साइदा बोली, ''आप क्यों रोईं। सकीना के लिए?''

''नहीं। मैं सकीना के लिए नहीं रो रही। सकीना का निकाह होना और दोनों के दांपत्य का फूलना-फलना तो अभी बाकी है। ईश्वर करे तुम्हारे

मियाँ जैसा ही उसका मियाँ हो। मेरी आँखों के ये आँसू खुशी के आँसू हैं। सोचती हूँ, सभी साइदाओं के नसीब तुम्हारी तरह ही होते। सबको ऐसे ही शौहर मिलते। बड़ी भाग्यशालिनी हो साइदा तुम! तुम्हारा सुहाग बना रहे।'' मेरे मुख से आशीष रिसने लगे।

वह बोली, ''हाँ मामीजी! तभी तो मैं भी तीज व्रत करती हूँ। शिव-पार्वती का पर्व हुआ तो क्या। है तो सुहाग का ही व्रत। सात जनम तक वही शौहर मिले, इसके लिए ही तो है व्रत।''

''तुम तो सिंदूर भी लगाती हो। तुम्हारे में तो सिंदूरदान नहीं होता। सुहागिनें सिंदूर भी नहीं लगातीं। बुरका पहनती हैं। तुम तो वह भी नहीं पहनती।''

''मामीजी, अब तो जमाना बदला है। तो सब बदले हैं। क्या हिंदू क्या मुसलमान। साथ-साथ ही तो सब रहते हैं। इसलिए एक-दूसरे को देखकर सीखते ही रहते हैं।''

''सकीना की माँग में भी सिंदूर डालेगा दूल्हा?''

''नहीं! पर निकाह पढ़ाने के बाद कोई सुहागन सिंदूर लगा देगी। सिंदूर तो माँग की शोभा है। सुहाग भी।'' उसके कान खड़े हो गए। बोली, ''अब मैं चलूँ। सकीना के अब्बू बुला रहे हैं। कपड़ों पर लोहा करना है। लोहा तो वही करते हैं। मैं कपड़ा सहेजकर देती भर हूँ। पर मामीजी! यह सब उनका बहाना है। सच बात तो यह है कि उनको हर वक्त मेरा साथ चाहिए।''

वह स्वर दाबकर बोली, ''एक बात कहूँ, ई मरद लोग ज्यादा ही कमजोर होते हैं। हमारे संग-साथ के बिना उनका नहीं चलता। हम तो अकेले भी रह लें। वे हर घड़ी हाँक देंगे—'सकीना की अम्मी, सकीना की अम्मी!' मैं तो कह देती हूँ—''अकेले में डर लगता है क्या? आप ही सोचिए न! एक घंटे आपसे बातचीत हुई। इस बीच मामाजी तीन बार दिल्ली से फोन कर चुके। उनको भी आपके बिना डर लगता है न!'' हम दोनों हँस पड़े।

मेरी सोच के लिए कई बिंदु देकर वह हँसती हुई अपने शौहर की पुकार सुन छत पर चली गई थी। उसके सौभाग्य, समझदारी और साहस पर

मुग्ध हुए बिना कहाँ रहा जा सकता था।

किस्सा खत्म, पैसा हजम नहीं। मेरे लिए तो किस्सा प्रारंभ हुआ था। साइदा के किस्से को घर-घर सुनाना। साइदा के सुखद दांपत्य की कहानी समाज में फैलाना। कहने-सुननेवाले, दोनों के मन भर आएँ। पढ़नेवालों के भी।

बात तो सकीना के निकाह की होनी थी। साइदा के वैवाहिक जीवन के पड़ाव इतने मनभावन थे कि तबसे वहीं अटकी हूँ, जब से उन पड़ावों पर साइदा ने विलमाया। हर दंपति को अपनी औलाद की शादी पर अपना निकाह स्मरण हो आता है। साइदा जैसा दांपत्य हो तो दुआएँ रिसती हैं—"मेरे जैसा ही तेरा भी सुहाग हो।"

□

बेनाम रिश्ता

चित्राजी निमंत्रण-पत्र के साथ हाथ से लिखे मनुहार-पत्र के हर अक्षर को अपनी नजरों से आँकती उनमें अंतर्निहित भावों को सहलाने लगीं। कई बार पढ़े पत्र। सोचा, विवाह में इकट्‍ठे लोग पूछेंगे—मैं कौन हूँ? क्या रिश्ता है शालीग्रामजी से मेरा? क्या जबाव दूँगी मैं? क्या जबाव देंगे शालीग्रामजी? दोनों के बीच बने संबंध को मैंने कभी मानस पर उतारा भी नहीं। नाम देना तो दूर की बात थी। बार-बार फटकारने के बाद भी वह अनजान, अबोल और बेनाम रिश्ता चित्राजी को जाना-पहचाना और बेहद आत्मीय लगने लगा था। कभी-कभी उसके बड़बोलेपन से भयभीत अवश्य हो जाती थीं। और तब उस रिश्ते के नामकरण के लिए मानो अपने शब्द-भंडार में इकट्‍ठे हजारों शब्दों को खँगाल जातीं। नहीं मिला था नाम। और जब नाम ही नहीं मिला तो पुकारे कैसे?

इसलिए सच तो यही था कि उन्होंने कभी उस रिश्ते को आवाज नहीं दी। रिश्ते के जन्म और अपनी जिंदगी के रुक जाने के समय पर भी नहीं। जिंदगी के पुनः चालित होकर उसकी भाग-दौड़ में भी नहीं। शालीग्रामजी को कभी स्मरण नहीं किया। शालीग्रामजी ने ही बेनाम रिश्ते को याद रखने की पहल की थी।

बहुत सोच-विचार करने के बाद चित्राजी ने भोपाल जाना तय कर लिया। बहुत दूर जाना था। बस और फिर ट्रेन की यात्रा। वह भी गरमी में।

शालीग्रामजी ने दूरभाष पर ही विश्वास दिलाया था—''आपको कोई दिक्कत नहीं होगी। मेहमानों को ठहराने की व्यवस्था करते समय भी हमने मौसम का ध्यान रखा है। मैं समझता हूँ, हमारे मेहमानों को कोई कष्ट नहीं होगा। और आप तो खास मेहमान हैं।''

चित्राजी कुछ नहीं बोलीं। उन्होंने जब जाने का निश्चय ही कर लिया था तो कष्ट और आराम का क्या? शिमला बस स्टैंड पर वोल्के बस में बैठ गई थीं। इनकी मोबाइल की घंटी बजी। शालीग्रामजी का फोन था। उन्होंने कहा, ''आपकी बस के दिल्ली बस अड्डे पर रुकते ही हमारा एक आदमी मिलेगा। उसका नाम राकेश है। उसके पास आपकी रेल टिकट होगी।''

चित्राजी ने कुछ नहीं कहा। इतना भी नहीं कि उन्होंने टिकट ले रखी थी। और वैसा ही हुआ। उनकी बस के विराम लेते ही एक व्यक्ति अंदर घुसा। उसकी खोजी नजर ने चित्राजी को पहचान लिया। उनकी अटैची नीचे उतारकर बोला, ''आपके पास यदि कोई टिकट है तो मुझे दे दीजिए। मैं उसे कैंसिल करवा दूँ। एसी द्वितीय श्रेणी की यह टिकट रख लीजिए। ट्रेन शाम को निजामुद्दीन स्टेशन से जाती है। मैं आपको लेने आ जाऊँगा। मैं भी आपके साथ चल रहा हूँ।''

चित्राजी ने उस व्यक्ति को स्लीपर क्लास की टिकट निकालकर दे दी। वे थ्री व्हीलर में बैठकर गोल मार्किट स्थित अपनी एक सहेली के क्वार्टर में चली गईं। शाम को सबकुछ वैसे ही घटा, जैसा राकेश ने बताया था।

सुबह-सुबह गाड़ी के भोपाल जंक्शन पर रुकते ही एक नौजवान उनकी सीट तक आ गया। उनने पैर छूकर बोला, ''मैं दीपक हूँ। मेरे पिता का नाम शालीग्राम कश्यप है।''

चित्राजी ने खुश रहने का आशीष दिया और उसके पीछे चल पड़ीं। गाड़ी आगे बढ़ रही थी। रोड पर भीड़ के कारण कभी-कभी उसका हॉर्न बजता। अंदर पूरी शांति बनी रही। कोई कुछ नहीं बोला। चित्राजी उस नौजवान से बातें करना चाहती थीं। पर शुरुआत कैसे करें।

उस घर की चौहद्दी, आबादी, संस्कार और स्थितियाँ, कुछ भी तो नहीं

जानती थीं। भोपाल शहर के बारे में पूछने ही जा रही थीं कि दीपक बोल पड़ा—"मैं आपको आंटी कहूँ?"

"हूँ!"

"तो आंटी, बारात तो आज शाम को आ रही है, लोकल बारात है। इसलिए समय से ही आ जाएगी। मैंने सुना कि आप कल ही लौट रही हैं। आपके पास समय बहुत कम है। पिताजी ने कहा है कि आप भोपाल शहर पहली बार आ रही हैं, इसलिए भोपाल भी तो देखना चाहेंगी। बड़ा सुंदर शहर है हमारा। आप जल्दी से तैयार हो जाएँ। आपको मेरा मौसेरा भाई घुमाने ले जाएगा।"

"ठीक है।" इतना ही बोल पाईं चित्राजी। मन तो उस व्यक्ति के प्रति आभार प्रगट करने को बन आया था। उनकी इतनी चिंता करनेवाले नौजवान को शाबाशी भी दी जा सकती थी। पर वे कुछ नहीं बोलीं। दीपक बोला, "मेरे पिताजी आपकी बहुत प्रशंसा करते हैं। कहते हैं, आप साक्षात् देवी की अवतार हैं। पर पता नहीं क्यों, न आप कभी भोपाल आईं, न हमें शिमला बुलाया। कुछ देर पहले ही आपके बारे में बताया। आपसे मिलने की चाहत पनप आई। इसलिए कई काम छोड़कर स्वयं स्टेशन आ गया।"

चित्राजी कुछ बोलने के लिए जिह्वा पर शब्द सजाने लगीं कि ड्राइवर ने गाड़ी में ब्रेक लगा दिया था। गाड़ी किसी गेस्ट हाउस के सामने रुकी। डिक्की से उनका सामान निकालकर दीपक आगे बढ़ा। वे पीछे-पीछे। उन्हें अंदर तक पहुँचाकर बोला, "आंटी! आप यहाँ नहा-धो लें। नाश्ता घर पर ही करना है। फिर आप भोपाल दर्शन के लिए निकलेंगी। दोपहर का भोजन भी घर पर ही है। भोजन के बाद फिर यहाँ आराम करिएगा। शाम को तो शादी ही है।"

चित्राजी कुछ नहीं बोलीं। दीपक के कमरे से निकलने पर अवश्य उसके पीछे गईं। आँखों की पहुँच से उसकी काया ओझल हो जाने पर पीछे लौट कमरे की सिटकिनी बंद कर बिस्तर पर बैठ गईं। सोचने लगीं—दीपक कितना लायक लड़का है। उन्नीस-बीस वर्ष का होगा। इतना जिम्मेदार और

पितृभक्त। समाज नाहक परेशान है कि युवा पीढ़ी बिगड़ गई। मेरे साथ थोड़ी देर गुजारकर इस युवा ने मेरे मन में जगह बना ली। पर श्रेय तो इसके पिता को ही जाता है। शालीग्रामजी को। उनका ध्यान आते ही चित्राजी उठ बैठीं। अपना ध्यान बँटाने के लिए तैयार होने लगीं।

चित्राजी के नहा-धोकर तैयार होते ही नरेश आ गया था। उन्हें नाश्ते के लिए ले जाते हुए पूछा, "आप दीपक की बुआजी हैं? उसकी दो बुआओं से मिल चुका हूँ। आपसे पहली बार मिला। दीपक का मैं मित्र हूँ।"

शालीग्रामजी शीघ्रता से गेट पर पहुँचे। उन्होंने चित्राजी का अभिवादन किया। नरेश ने कहा, "घुमा लाया आंटी को भोपाल। इन्हें तीनों ताल अच्छे लगे।"

नरेश इतना नहीं कहता तो शायद चित्राजी सामने खड़े व्यक्ति को पहचान भी नहीं पातीं। कुछ दरक गया था चित्राजी के अंदर। उन्होंने अपने को सँभाला। हाथ जोड़कर उनके अभिवादन का उत्तर देते हुए चेहरे पर भी मुसकान थी। नाश्ते का इंतजाम फ्लैट के बाहर वाले हिस्से में ही किया गया था। कुछ लोग नाश्ता समाप्त कर चुके थे, कुछ का जारी था, कुछ आनेवाले थे। शालीग्रामजी को चित्राजी को लेकर नाश्ते के स्थान पर पहुँचने में दो मिनट भी नहीं लगे होंगे, पर वहाँ उपस्थित नाश्ता कर रहे मेहमानों के प्लेट में पड़े स्वादिष्ट व्यंजनों में मानो एक विशेष व्यंजन आ टपका।

"ये कौन हैं?" प्रश्न पसरा।

"इन्हें तो पहले कभी नहीं देखा।" स्वाद लेने लगे लोग।

आपस में प्रश्नों का आदान-प्रदान हो रहा था। उत्तर किसी के पास नहीं था। शालीग्रामजी की पत्नी माला भी आ गईं। रिश्तेदारों से नाश्ते का स्वाद पूछती, कुछ और लेने का आग्रह करती आगे बढ़ रही थीं। किसी ने पूछ ही लिया—"वे कौन हैं? कोटा की साड़ी में वे सुंदर सी महिला?"

माला ने इधर-उधर आँखें दौड़ाईं। दूसरी ने स्वर दाबकर ही कहा, "वही, जो शालीग्रामजी के साथ हैं। उन्हें शालीग्रामजी ने स्वयं अपने हाथों से प्लेट लगा कर दिया है। देखिए!"

"यह सब ठीक है। मेरी आठवीं कक्षा में गोष्ठी का विषय था—'कलम बड़ी या तलवार'। मैं कलम के पक्ष में बोला था। तुलसीदास, कबीर, रहीम से लेकर सभी कवियों का उदाहरण दिया था। पर अब नहीं, समाज के दुर्जनों को पहचानकर अब तलवार उठाने का ही समय आ गया है। सर, आप कड़े में कलम वाला छिद्र बड़ा करके पिस्तौल लगा दीजिए।"

"हटो, भागो यहाँ से। लाओ, वह कड़ा लौटा दो। न ब्रश, न चम्मच, न कलम। तुम्हें किसी की जरूरत नहीं। मरो-मारो। अब आई बात समझ में। भगवान् ने तुम्हारे अंदर छुपे इसी भाव के कारण दोनों हाथ ले लिये। मैंने ही गलती की।" डॉ. की आवाज इतनी ऊँची थी कि उनका अपना पूरा परिवार ही नहीं, अगल-बगल के फ्लैटों की बालकनियाँ भी स्त्री-पुरुष बच्चों से भर गई थीं। मंगल थर-थर काँपने लगा। उसने डॉक्टर के इस रूप की कल्पना भी नहीं की थी। डॉक्टर के पाँव पर गिरा—"मुझे माफ कर दीजिए डॉ. साहब! मुझसे भूल हो गई। चंदन और भुजंग वाला दोहा भी मैं भूल ही गया था। अभी स्मरण हो आया—'जो रहिम उत्तम प्रकृति का करि सकत कुसंग, चंदन विष व्याप्त नहीं, लपटे रहत भुजंग'।"

डॉ. आलोक उसकी ओर बिना देखे सीढ़ियाँ चढ़ने लगे। बालकनी में खड़ी डॉ. रेखा ने कहा, "उसकी पूरी बात तो सुन लो।" पत्नी की बात मान ली आलोक ने। सीढ़ियों पर रुके। मंगल की ओर देखा। आँखें कह रही थीं—"कलम में बड़ी ताकत है। इसे थामे रखो।"

मंगल ने आँखों से बहती धार से अपने भगवान् के भाव को पखार दिया था।

□

स्मृतियों में जीवित था सब दृश्य। कभी-कभी जीवंत हो जाता। पर चित्राजी ने दृढ़ निश्चय कर उन यादों को नजर के सामने से हटा दिया था। शुभ-शुभ का अवसर था। 'जो बीत गई, वह बात गई' कविता वे क्लास में पढ़ाती आई हैं। जिस लड़की का विवाह है, उसके लिए शुभ सोचना है। अवसर और समय की वही माँग थी।

बारात दरवाजे लगी। स्वागत में खड़े स्त्री-पुरुष तिरछी नजरों से चित्राजी की ओर अवश्य देखते रहे। प्रश्न वही—"कौन है यह? क्या रिश्ता है शालीग्रामजी से?"

शालीग्रामजी ने द्वार पर ही अपने समधी से चित्राजी का परिचय कराया था। उनकी दो सालियाँ अपने पतियों के साथ वहीं खड़ी थीं। उनका परिचय नहीं करवाया। और यह खबर उस भीड़ भरे स्थल पर भी आसानी से यात्रा कर गई। सबको मिल आई।

बाराती और घराती के भोजनापरांत विवाह के रस्म पूरे किए जाने लगे। शालीग्रामजी को पंडितजी द्वारा मंडप पर कन्यादान के लिए बुलाया गया। मंडप पर बैठने के पूर्व उन्होंने चारों ओर निगाहें घुमाईं। उनकी दृष्टि के सम्मुख वह चेहरा नहीं आया, जिसकी उन्हें खोज थी। उनके आसपास मंडप पर बैठी उनकी बहनों और सालियों ने भाँप लिया था। दो-तीन एक साथ बोल पड़ीं—"वहाँ हैं आपकी मेहमान।"

देखा माला ने भी। मानो खीझकर बोली, "अब बैठ जाइए। मनचित्त लगाकर कन्यादान करिए। इसी काम के लिए मेहमान और सारा इंतजाम है, बैठिए!"

शालीग्रामजी ने ऊँची आवाज में कहा, "चित्राजी! आप इधर आइए। मंडप पर बैठिए। मेरी बेटी को आपका विशेष आशीर्वाद चाहिए।"

चित्राजी अंदर से हिल गईं। ऊपर से उपस्थित जनों की निगाहों के तीरों से बिंध गईं। वे परेशान तो थी हीं। अपने स्थान पर खड़ी होकर बोलीं, "आप लोग शुभ कार्य के लिए वहाँ उपस्थित हुए हैं। बेटी का कन्यादान करिए। मुझे यहीं बैठना है। मैं विधवा हूँ। मेरा सुहाग नहीं है। समाज ऐसी

महिला को किसी सौभाग्याकांक्षिणी को सुहाग देने की मनाही करता है। मैं दिल से आपकी बेटी का शुभ चाहती हूँ। इसलिए दूर बैठी हूँ। आप अपना पुनीत काम पूरा करें। मेरी चिंता छोड़ दें।'' वे बैठ गईं।

''मैं नहीं मानता ऐसे समाज के विधान को। मेरे परिवार के लिए, मेरी बेटी के लिए आपसे बढ़कर कोई शुभ नहीं हो सकता। आपकी कृपा के बिना तो न मैं होता न मेरी बेटी। आइए, आप मेरी प्रार्थना मानकर मेरी बेटी का कन्यादान करिए।'' फिर तो पंडितजी भी परेशान हो गए। बोले, ''शालीग्रामजी! आपकी मेहमान महिला ठीक कह रही हैं। आप कन्यादान करिए। अपनी पत्नी को साथ बैठाइए। मंडप पर बैठी सभी महिलाएँ सुहागिन ही हैं।''

शालीग्रामजी बिफर पड़े—''आप सब आज सुबह से चित्राजी का परिचय जानने के लिए परेशान हैं। आपके बीच तरह-तरह की अटकलें लग रही हैं। कार्य व्यस्तता में भी मैं आपके प्रश्नों के बाण से बिंधता रहा। जबतक मैं उनका परिचय न दे दूँ, आप सबों का ध्यान भी विवाह के रस्म-रिवाजों पर केंद्रित नहीं होगा। तो सुनिए!''

और जो कुछ शालीग्रामजी ने सुनाया, सुनकर वहाँ बैठे उपस्थित लोगों के प्रश्न तो चुके ही, वे सब चित्राजी के प्रति नतमस्तक हो गए। वे अवाक् रह गए—''पच्चीस वर्ष पूर्व एक दुर्घटना में चित्राजी के पति घायल हो गए। उनके मस्तिष्क ने काम करना बंद कर दिया था। जिस अस्पताल में उन्हें लाया गया, उसी के एक कमरे में मैं ऑपरेशन बेड पर लेटा था। मेरे दिल ने काम करना बंद कर दिया था। चिकित्सकों ने निर्णय लिया था—किसी का धड़कता दिल मिलने पर प्रत्यारोपण हो सकता है। आँख दान, किडनी दान जैसे अंग दान की बात तो सुनी गई थी। देहदान भी होने लगा था। पर हृदय दान तो तभी हो जब वह धड़कता हो, और जबतक दिल धड़कता है, आदमी जिंदा है। भला जीवित का हृदय कोई क्यों दान करें।

''चित्राजी के पति का दिल धड़क रहा था। मस्तिष्क ने कार्य करना बंद कर दिया था। डॉ. शर्मा ने इनसे अनुरोध किया—'आपके पति को अब

के बिना कहे भी सभी नर्सें शिशु को नहला-धुलाकर माँ की गोद में डालने से पूर्व उसी की गोद में डाल देतीं। एक और शिशु का जन्म करवाने की अनुभूति से पार्वती का हृदय लबालब भर जाता। उसका आह्लाद बाहर भी छलकता। यह सिलसिला वर्षों जारी रहा। एक ही कमरे और बेड पर समाज के भिन्न-भिन्न वर्गों और जातियों की माताएँ शिशुओं को जन्म देतीं। पार्वती की गोद में आकर सब एक हो जाते। वह स्पर्श में कोई भेदभाव नहीं करती। आह्लाद में भी नहीं। दरअसल वे शिशु पार्वती की गोद तक ईश्वर की संतान ही होते थे। पृथ्वी पर आकर भी उतने पल के लिए वे हिंदू, मुसलमान, सिक्ख, ईसाई या धनी-गरीब नहीं होते थे। माँओं की गोद में पड़ते ही उन रिश्तों में बँध जाते। पार्वती ने शिशुओं की कभी गिनती भी नहीं की। "शिशु का जन्म ईश्वर की कृपा है। उसकी गिनती नहीं होती, वैसे ही जैसे रोटी पकाते वक्त उसकी गिनती नहीं करनी चाहिए।"

यह सीख उसकी दादी ने दी थी। जब वह छठी बहन के जन्म पर अपनी नन्हीं उँगलियों पर भाई-बहनों की संख्या गिन रही थी। जच्चाओं की दूसरी संतान लड़का हो या लड़की, उसके जन्म के पूर्व और बाद में भी पार्वती उन्हें समझाना नहीं भूलती थी—"दो ही बहुत हैं। ऑपरेशन करवा लो। अधिक बच्चे लेकर क्या करोगी। बच्चे परमानंद की प्राप्ति का अनुभव करवाते हैं। भगवान् अपना काम माँ को दे देते हैं। भगवान् बनने के लिए भी दो बच्चे बहुत हैं।" उनमें से कई माताएँ अपने बच्चों को लेकर यदाकदा पार्वती के पास आतीं। पार्वती उन्हें देखकर और छूकर आह्लादित हो जातीं।

पार्वती की मानकर कई जच्चाओं ने बच्चा बंद कराने का ऑपरेशन करवाया। पार्वती उन्हें हिदायत देती—"बच्चे के स्वास्थ्य की चिंता करना। समय पर सभी टीका लगवाना नहीं भूलना।"

अपने पाँच भाई-बहनों को पढ़ा-लिखाकर, कहीं-न-कहीं नौकरी लगवाने, विवाह करने तक पार्वती को अपने भविष्य की कोई चिंता नहीं हुई थी। माँ की मृत्यु और उन सब से निश्चिंत होने पर उसका ध्यान अपनी ओर गया। उसकी अपनी उम्र ने भी आधी सदी पार कर ली थी। इस बीच कई

ऐसी जच्चाएँ आतीं, जिनके पति या वे स्वयं पार्वती के हाथ की ही जनमीं होती थीं। पार्वती उन्हें देख धन्य-धन्य हो जाती। फिर तो भूत में खोकर भूल ही जाती अपना आज और कल।

उस वार्ड में हर नवजात शिशु का मुख पार्वती को दिखाने का सिलसिला जारी रहा। पार्वती शिशु का पूरा शरीर उलट-पुलट और छू-छूकर देखती। ईश्वर से कोई चूक तो नहीं हो गई। शिशु का कोई अंग कमजोर तो नहीं रह गया। ईश्वर ने कोई कमी छोड़ दी हो, पार्वती नहीं चूकती। नवजात को लेकर संबंधित चिकित्सक के पास भागती। इलाज करवाती। अपने स्वस्थ बच्चे को लेकर पार्वती के पास आती माएँ कहतीं—"आपने समय से इलाज करवा दिया। तभी तो आज मेरा बच्चा स्वस्थ है।"

उसके हाथ का पहला शिशु समीर था। नाम भी पार्वती द्वारा ही रखा गया था, इसलिए उसे स्मरण था। समीर की उम्र पैंतीस वर्ष की हो गई होगी। पार्वती को उसकी उम्र की गणना करने की जरूरत नहीं पड़ी थी। उसकी सरकारी नौकरी से अवकाश प्राप्ति का समय जो आ गया। यह जोड़-घटाव भी दूसरी नर्सों ने कर दिया था। पार्वती को अब अपनी चिंता सताने लगी—"कहाँ जाऊँगी मैं?" सरकारी क्वार्टर खाली करना पड़ेगा।

उसने तो पैंतीस वर्षों में दिल्ली देखी भी नहीं। क्वार्टर से वार्ड और वार्ड से क्वार्टर बस! यही थी उसकी दिल्ली। अधिक की जरूरत भी नहीं महसूस हुई। जीवन का आगम-निगम ही जहाँ जीवंत हो, वहाँ और दूसरी चीजों के साथ की जरूरत ही कहाँ होती है। सुख-दुःख, आस-निराश, घोर कष्ट के उपरांत आनंद, सब के बीच रहती थी पार्वती।

उसकी निष्ठा और मेहनत को देखकर प्रशासन ने उसकी सेवा का पाँच वर्ष का कार्यकाल बढ़ा दिया। क्वार्टर भी रहने दिया। पाँच वर्षों के बाद भी वह अस्पताल आती रही। किसी ने नहीं रोका। वह जच्चा वार्ड में ही रहती। बस वेतन नहीं मिलता था। बाकी सब तो यथावत् चलता रहा।

जीवन की उस स्थिति के भी बीस वर्ष निकल गए। थक गई थी पार्वती। उसने मन ही मन सोचा था—'अब नहीं आऊँगी। अपने हाथों में

कायल हो जाते थे डॉ. आलोक अपनी सहधर्मिनी की समझदारी के। इस भाव के जाग्रत् होने पर भला नाश्ते में देरी जैसी छोटी-छोटी बातों की क्या बिसात? अंतिम सीढ़ी पर पाँव रखते हुए मन के घोड़े ने पीछे मुड़कर दौड़ते हुए स्मृतियों के भंडार से इतनी स्मृतियाँ उठा ली थीं। रेखा पर झुँझलाहट समाप्त हो गई। मोटरसाइकिल पर सवार होने के पूर्व वे पीछे मुड़े। ऊपर नजरें उठाई। एक सफल गृहिणी की मुद्रा में मुसकराती हुई डॉ. रेखा अपने डॉ. पति को विदा करने खड़ी थी। डॉ. आलोक को देर हो रही थी। उन्होंने बाईक के पैडिल पर पाँव मारे। सामने से दौड़ता-हाँफता आता मंगल दिखा। वे फिर झल्लाए—"सुबह-सुबह यह कहाँ से आ गया? अब क्या चाहिए इसे? और इस समय? यह मेरे हॉस्पिटल जाने का समय है। इसे पता है।"

मंगल मोटरसाइकिल के सामने खड़ा हो गया। डॉ. आलोक ने देखा, क्रोध से भरी उसकी आँखों में बदले का भाव तैर रहा था। उन्होंने सोचा, इसकी विनम्रता, सहजता और पेशे के अनुसार चेहरे पर छाई सहनशीलता कहाँ चली गई? आज इसे हुआ क्या? वह भी मेरे सामने। वह तो डॉक्टर आलोक को भगवान् ही मानता था। कहता—'भगवान् को किसने देखा है। पर कहीं दिख जाए तो आपकी तरह होगा।' डॉ. आलोक को उसकी ये अतिशयोक्तियाँ कर्णमधुर नहीं लगती थीं। वे उसे दो-चार रुपए देकर शीघ्र विदा कर देते। वह श्रद्धावनत होकर चला जाता। कभी आँख भी नहीं मिलाई। आज क्या हुआ?

डॉ. आलोक ने अपने मन के प्रश्न को मन में ही कुचल दिया। पैडल मारते हुए कहा, "हटो! मुझे देर हो रही है। हॉस्पिटल पहुँचना है।"

मंगल रास्ते से हट गया। बोला, "डॉ. साहब! आप हॉस्पिटल चलें। मैं वहीं आता हूँ। आज आपसे यह कहने आया हूँ कि मेरे हाथ के रिंग में एक पिस्तौल थमा दीजिए। अब मुझे हथियार उठाने दीजिए।"

आँखों में ऐसे भाव मानो उसने हथियार थाम भी लिये। उसे विश्वास था कि डॉ. साहब उसकी इच्छा को नहीं टालेंगे। डॉ. आलोक ने उसके कंधे पर हाथ रखा और कहा, "शाम को यहीं आना। मेरे हॉस्पिटल में तुम्हारे

सनकीपन का इलाज नहीं होता। यहीं करूँगा इलाज।''

''ठीक है। मैं शाम को आऊँगा।'' डॉ. आलोक की मोटरसाइकिल ने स्पीड पकड़ ली थी। मंगल ने आँखों के साथ दोनों हाथ भी ऊपर उठाए, दोनों हाथ को जोड़कर प्रणाम किया मंगल ने। उसे आशीष देने के लिए सिर झुकाती डॉ. रेखा झटके से अंदर चली गई। मंगल से पति के माध्यम से उसका भी रिश्ता जुड़ा था। पर मंगल अबतक चिकित्सकों के आवास खंड के प्रथम तल की सीढ़ियाँ नहीं चढ़ पाया था। नीचे आकर ही डॉ. आलोक उससे बात करते रहे हैं।

मोटरसाइकिल चलाते हुए डॉ. आलोक के मन पर मंगल से प्रथम बार मिलने के प्रसंग की स्मृति ताजा हो आई थी। मंगल का हट्टा-कट्टा शरीर था। उसे भीख माँगते देख डॉ. आलोक को बड़ी झुँझलाहट होती। बिन चाहे भी वे एक-दो रुपए उँगलियाँ विहीन उसकी बढ़ी हथेली पर डाल देते। उन्होंने एक दिन उसकी जेब में रखे दूसरे हाथ को निकाला। उनके मुख से निकला—''धत्त तेरे की! ईश्वर भी क्या-क्या खेल खेलता है। दोनों हाथों की उँगलियाँ नहीं दीं। आधी हथेली भी नहीं।''

फिर एक दिन पूछा, ''जन्म से ही ऐसा है?''

''नहीं साहब! दोनों हाथों की दो हथेलियाँ थीं। दोनों में पाँच-पाँच उँगलियाँ सख्त। उनमें कलम पकड़ा दो या कुदाल। दोनों बराबर गति से चलती थीं। और भी...''

''ठीक है, ठीक है।''

साहब, सुनिए...।''

''अच्छा! ठीक है।'' डॉ. आलोक आगे बढ़ जाते।

भीख के दो रुपए बढ़ाते हुए एक दिन उन्होंने कहा, ''अरे यार! तुम दाँत तो साफ किया करो। कितने पीले-पीले दाँत हैं।''

मंगल ने अपने दोनों कटे हाथ आगे बढ़ा दिए। डॉ. आलोक की सहानुभूति नहीं जागी। वे बोले, ''इन्हीं कटी हथेलियों से जैसे-तैसे खाना खाते होगे। शौच धोते होगे। भीख माँगते हो, फिर दाँत माँजने में क्या जाता है?''

था। उन्होंने ड्यूटी पर बैठी नर्स से पूछा, "पार्वतीजी कहाँ हैं? आज दिख नहीं रही हैं।"

"हमें भी आश्चर्य हो रहा है। कल तक तो वे आती ही रहीं।" नर्स को किसी जच्चा की कराह ने पुकार लिया था।

आरती ने दूसरी नर्स से पूछा। उसने पार्वती के घर का पता बता दिया। अनुराग उनसे मिलने के लिए उतावला था। आरती ने कहा, "आज तो अपनी नीरजा और बच्ची को घर ले चलती हूँ। कल आकर उनसे मिलेंगे। एक बार उन्हें भी अपने घर ले चलना।"

"हाँ!" सहर्ष बोला था अनुराग। नीरजा भी पार्वती को ढूँढ़ रही थी। बोली, "माँ! मैं उनका स्पर्श नहीं भुला पा रही। उन्होंने सिर पर हाथ क्या रखा, थोड़ी देर के लिए मेरा दर्द हर लिया था।"

दूसरे दिन नीरजा ने अनुराग को स्मरण दिलाया था—"दफ्तर से लौटते हुए आप पार्वतीजी को अवश्य लेते आइए।"

सायंकाल अनुराग पहुँच गया उस पते पर। दरवाजा खटखटाता रहा। निःशब्द था भीतर का परिवेश। बाहर से ताला भी नहीं। कई लोग जुट गए थे। दरवाजा टूटा। लोग देखकर स्तब्ध रह गए। डॉक्टर को बुलाने की जरूरत नहीं पड़ी। कुरसी पर बैठे मानुष शरीर में जान नहीं थी। लोग आगे की सोचने लगे। किसी ने अस्पताल में खबर पहुँचा दी। कई नर्स आ गईं।

एक नर्स ने कहा, "इनके घरवालों को बुलाना होगा।"

दूसरी ने कहा, "इनका अपना कौन है? भाई-बहनों का परिवार है। पर किसी का अता-पता नहीं मालूम।"

तीसरी का सुझाव था—"क्या जरूरत है किसी को ढूँढ़ने की। जब इनके रहते किसी ने खोज-खबर नहीं ली तो मरने पर कौन आएगा? जमाना ही कृतघ्न हो गया। अपनी संतान भी कहाँ पूछती है!"

अनुराग को बात समझ में आ गई थी। उसने कहा, "आप लोग इन्हें यहाँ लेटे रहने दें। इनके स्वजनों को तो ढूँढ़ना ही होगा। मैं कोशिश करता हूँ।"

लोग उसकी सलाह मान गए थे। बर्फ की सिल्ली के बीच पार्वती को लिटा दिया गया। जिंदगी भर अपने बदन की गरमाहट सैकड़ों शिशुओं के शरीर में डालते-डालते मानो उसका स्वयं का शरीर अब ठंडा हो गया था। फिर भी ठंडक की जरूरत थी।

सूचना क्रांति के युग में क्या से क्या हो जाता है। अनुराग का मस्तिष्क भी उसी दुनिया में रहने का अभ्यासी हो गया है। अनुराग ने एक अद्‌भुत विज्ञापन बनाया—"1955 से लेकर 2005 के बीच जिनका जन्म एम्स के जच्चा वार्ड में हुआ, कृपया 22 सरोजनी नगर में उपस्थित होने की कोशिश करें। आप सबकी माँ पार्वती (एम्स की नर्स) जिसने माँ की कोख से बाहर निकलने पर पहली बार आपको अपना स्पर्श दिया, अब नहीं रहीं। उनकी शवयात्रा 2 जनवरी को, 11 बजे सरोजिनी नगर से निकलकर लोदी रोड श्मशान घाट पहुँचेगी।"

इ-मेल, बेवसाइट और अपने ब्लॉग पर ही नहीं, एक पोस्टर के द्वारा भी शहर में सूचना दे दी थी अनुराग ने। समाचार-पत्रों में छपा विज्ञापन। सैकड़ों लोगों ने इ-मेल से, उतने ही ने बेवसाइट और दूरभाष पर अपने आने की सूचना दी। पोस्टर पढ़कर भी लोग आ गए। सैकड़ों लोग तो यह जानकर भी शवयात्रा में सम्मिलित हो गए कि बिन ब्याही स्त्री के भी हजारों बच्चे हैं। अपने रंग-रूप-ढंग की वह पहली शोक-यात्रा तो थी ही। अनूठी यात्रा। पार्वती स्वयं जो अनूठी थी।

मुखाग्नि अनुराग ने ही दी। लकड़ी देने वालों का ताँता लग गया। पंचभूतों से बना शरीर पंचभूतों में विलीन हुआ, पर पार्वती के कर्म और भाव को सम्मान दिलाकर। अनुराग के विशिष्ट और अनोखी कृतज्ञता को सामाजिक स्वीकृति दिलाकर।

समाज में दम तोड़ती संवेदना को पुनः जीवंतता प्रदान कर गई थी पार्वती। सहस्रपूतों वाली जो थी। श्मशान घाट पर बेटे को आगोश में भरती आरती ने कहा, "ठीक किया बेटा। मैं तो जन्म देनेवाली माँ हूँ। प्रथम स्पर्श देनेवाली तो वही थी। मैं एक बेटे और एक बेटी की माँ बनकर ही रह गई।

इससे अपना दाँत साफ कर सकते हो।'' यह कहते-कहते डॉ. आलोक ने ब्रश भी फिट कर दिया। उस पर पेस्ट लगाया। बोले, ''अब दाँत माँजकर देखो।'' बालकनी में खड़ी डॉ. रेखा अपने तीनों बच्चों के साथ पति की करामात देख रही थी। बच्चे भी खुश हो गए।

''मम्मी! अब पापा पानी माँगेंगे। उसे ब्रश जो करवा रहे हैं।'' अक्षत ने कहा।

''हाँ, हाँ! कल ही तो मैंने एक मग बाथरूम से निकाल दिया था। जिसका हैंडल टूटा है। उसी में दे आना पानी। मग भी उसी को दे देना।'' रेखा ने बच्चों को समझाया।

वैसा ही हुआ। मंगल ने ब्रश किया। डॉ. आलोक ने नीचे से ही आवाज लगाई—''रेखा! नाश्ते के लिए कुछ भेजो।''

''नहीं साहब! मैं भरपेट खाकर आया हूँ। आपका इतना ही उपकार बहुत है। भीख तो अनेक हाथों से मिल जाती है। आपसे तो संबल मिलता है। हाथ से नहीं, आपके दिल से प्रेम मिलता है।''

डॉ. आलोक ने अपने हाथ से ही उसे बिस्कुट खिलाया। चाय पिलाई। आसपास के चिकित्सक परिवार अपनी बालकनी में खड़े देख रहे थे। कुछ लोग इन दोनों को घेरकर भी खड़े हो गए थे। तमाशे का सा माहौल बन गया।

डॉ. आलोक ने कहा, ''इस कड़े को हमेशा पहने रहने की जरूरत नहीं है। जब ब्रश करना हो, पहन लिया करना।''

डॉ. रेखा ने ऊपर से आवाज लगाई—''आज अस्पताल नहीं जाना क्या? चाहो तो उसके लिए छुट्टी ही ले लो। यहाँ भी तो किसी के दाँत का ही इलाज हो रहा है।''

डॉ. आलोक को समय का ध्यान आया। उन्होंने झटपट सारे सामान उसकी जेब में रख, ऊपर भागे। गुसलखाने में घुस गए। स्नान करते समय मानो किसी झरने के नीचे बैठो हों। जल की तरंगों ने शरीर की नस-नस को सहला दिया हो। झंकृत हुआ था शरीर। कितने खुश थे डॉ. आलोक। नाश्ता

की प्लेट में दो ब्रेड और पोहा नहीं, छप्पन व्यंजन थे। स्वाद ही स्वाद। पत्नी ने प्रसन्नता के सागर में ऊब-डूब हो रहे पति को बाहर निकालने की नाकाम कोशिश भी नहीं की। डॉ. आलोक को हॉस्पिटल और बच्चों को स्कूल भेजकर सोचने अवश्य लगी—'डॉक्टर के इस भाव को ही उन्माद कहा जा सकता है। उन्मादी हो गए हैं डॉक्टर। समाज में विशेष पहचान बनाने में दूसरों का फायदा अधिक होता है। उन्मादी को तो पहचान भर मिलती है। इतना ही काफी है। पर मुझे और बच्चों को क्या मिलेगा? घर चलाने के लिए अधिक पैसे चाहिए। मात्र पति की सामाजिक पहचान नहीं। इस समय में वे अधिक पैसे कमाने के लिए भी प्रयास कर सकते हैं, पर नहीं। वे नहीं करेंगे।'

सायंकाल डॉ. आलोक के घर लौटने पर भी दोनों दो छोरों पर ही रहे। मंगल दूसरी सुबह भी आ गया था। मात्र सूचना देने। उसने नीचे से आवाज लगाई। रेखा बाहर आ गई थी। कहा, "साहब अभी स्नान कर रहे हैं। तुम जाओ। फिर कभी आना।"

"डॉ. साहब को कहने आया था कि हम ब्रश से दाँत माँज लिये।" मंगल अपने दाँत दिखाने लगा।

रेखा झल्लाई—"ठीक है। जा, ऐसे ही माँजते रहना।"

नाश्ते की मेज पर बैठते हुए डॉ. आलोक ने अवश्य पूछा था—"रेखा! किससे बात कर रही थी?"

"आपका मंगल आया था। कह रहा था, उसने दाँत माँज लिये।"

"अच्छा!" खिल उठा था डॉ. आलोक का चेहरा। "और कुछ बोला?"

"नहीं।"

"तुमने पूछा ही नहीं होगा।"

"और क्या पूछती? तुम शौच गए, नहाए? क्या पूछती? बोलो, एक भिखमंगे से क्या बातें करती?"

स्वर इतना ऊँचा कि अपना-अपना स्कूल बैग सँभालते बच्चे भी इकट्ठे हो गए। डॉ. आलोक कुछ नहीं बोले। हॉस्पिटल चले गए। कुछ दिनों बाद

बाढ़ वाले इलाके में तय करने के बाद वे उस इलाके का ज्यादा ही बखान करते रहते थे। शायद वैसे गाँव में बेटी ब्याहना उन्हें स्वयं रुचिकर नहीं लग रहा था। या फिर होनेवाले ससुराल की स्थितियों में अभियोजन लायक बेटी का मन बना रहे थे। विवाह से पूर्व गौरी को उस गाँव की बातें सुन-सुन अचंभा, भय और रोमांच भी होता था। आँगन-घर तक पानी का प्रवेश कर जाना, कई दिनों तक जमे रहना, उसके साथ साँप, बिच्छु और कीड़े-मकोड़े का घर में आगमन, चूल्हा-चौका बंद रहना, सब जानकारियाँ गौरी को भयभीत कर जातीं। लोगों का छत और छप्परों पर निवास, हेलिकॉप्टर द्वारा खाने के पैकेट्स छतों पर गिराना, नाव पर बैठकर दिशा मैदान जाना सुनकर गौरी अचंभित हो जाती। पर नाव पर बैठकर महिलाओं का गाते-बजाते झिझिया खेलने जाने की कल्पना उसे रोमांचित करती।

विवाह के बाद दो वर्षों तक उसने ऐसा कुछ भी नहीं देखा। बाढ़ आई। पर भरथुआ चौर के पेट में ही समाई रही। लौट गई। उस गाँववाले के अनुसार कई साल से बाढ़ की भ्रूण-हत्या होती रही थी। उसका बचपन और जवानी कोई देखे तो कैसे! विधना ने चौर की कोख से आगे की उसकी आयु लिखी ही नहीं थी। उसके ब्याह के तीसरे वर्ष से बाढ़ ने उसके दरवाजे की सीढ़ियाँ पखारना प्रारंभ किया। एक-एक वर्ष में एक-एक सीढ़ी आगे चढ़ती गई बाढ़। उस साल खेतों में धान के पौधे की जवानी रौंदती, सारा इलाका जलमग्न करती बाढ़ जगदेव सिंह की चार सीढ़ियाँ डुबो गई। गाँववाले बेहाल हो गए। जगदेव सिंह का बड़ा आँगन, चारों ओर बने चौड़े-चौड़े ओसारे सब रीलिफ कैंप में तब्दील हो गए। एक सप्ताह तक यही स्थिति रही। दरअसल उनके घर के चारों ओर नीची जमीन पर बने घरों में पानी भर आया था। गौरी को अपना भरा-भरा आँगन और कई चूल्हों पर भोजन की सामग्री बनते देख बड़ा सुखद लग रहा था।

उसने अपनी सास से कहा, ''माँजी! अपना घर-आँगन कितना भरा-भरा लग रहा है। काश! सब दिन ऐसा ही रहता।''

उसकी सास ने बहू की सिधाई पर लंबी साँस खींचते हुए एक कहावत

कही—"चिड़िया की जान जाए, लड़िकन के खिलौना। ये सब बेचारे बाढ़ के मारे हैं। खेत में इनकी फसल बह गई। घर में संजोकर रखा अन्न भी डूब गया। ये इतने दु:खी हैं और तुम्हें आनंद आ रहा है। भगवान् न करे मेरा आँगन इन दुखियों से फिर कभी भरे।"

उसकी सास ने ठीक ही कहा था। गौरी को भी इसका अहसास हुआ। जिन घरों में एक भी नौकरीपेशा स्त्री-पुरुष नहीं, बाढ़ के चले जाने पर भी उनकी हालत नई फसल के आगमन तक बहुत खस्ता रही।

गौरी के भाई दिल्ली में नौकरी करते थे। उन्होंने होली के समय गौरी को दिल्ली बुलाया। निमंत्रण स्वीकारते हुए गौरी ने एक शर्त रखी थी। बाढ़ आने के पहले गाँव लौट आने की शर्त। गाँव लौट आई थी गौरी। उस साल तो बाढ़ ने फिर अपना विकराल रूप दिखा ही दिया। गौरी के चारों घर में घुसकर पसरी पड़ी रही। बाढ़ जाने का नाम न ले। भाद्रमास के घुप्प अँधेरी रात्रि में बाढ़ ने दरवाजे की चौखट से अंदर प्रवेश किया था। इसलिए अपनी जरूरत के बहुत सामान घर के जमा पाँच सदस्य और छोटा पलटू (चरवाहा) मिलकर छत पर चढ़ा भी नहीं सके। पानी की धार तेज थी। गौरी के ऊँचे पाँव वाले पलंग पर बिछा गद्दा तक भीग गया। एक सप्ताह छत पर ही गुजारा। बाढ़ देखने की गौरी की लालसा अब समाप्त हो चुकी थी। वर्षों से संजोए भय, कौतूहल और रोमांच की कल्पना के स्थान पर अब उसके मन पर भोगा हुआ यथार्थ था।

आखिर बाढ़ के पानी को वापस जाना ही था। धरती जितना सोख सकी, उतना पानी छोड़, बाढ़ लौट गई। उसके जाने के बाद का दृश्य उसकी उपस्थिति से भी भयानक था। घर का सबकुछ भीग चुका था। कोठी का अन्न, जलावन की लकड़ी, बरतन-वासन, यहाँ तक कि मिट्टी के बने चूल्हे में आग के स्थान पर सात दिनों तक पानी भरा रहा। सबकुछ सामान्य होने में दिन लगने ही वाले थे। सँभलने और सँवारने में आनेवाली अगली बाढ़ तक का समय लाजिमी था। उसी सँवारने के क्रम में गौरी ने घर में बहुत दिनों से सहेजे गए पुराने सामान निकाल दिए। अपनी सासजी से कहा,

भगवान् हैं। क्या कहूँ साहब! आपके बच्चे बड़ा-से-बड़ा काम करें। इनसान बनें।''

मंगल का स्वर भीग गया था। कंबल के नीचे से ही माला ने उसकी पीठ पर बायाँ हाथ रखा। उन्हें देख रही जोड़ी भी नयनरंजन कर आगे बढ़ गई।

फिर थोड़े ही दिनों बाद आया था मंगल। बोला, ''डॉ. साहब! भगवान् के आगे भक्त लोभी हो ही जाता हे। पहले विवाह कराओ, बेटा दो, बेटी दो, धन दो, बच्चों को पढ़ा दो, उसकी नौकरी लगाओ। उनको बच्चे दो। भगवान् भी आदमी की कितनी चाकरी करे। आप ही बताइए, क्या थकता नहीं होगा भगवान्? इसीलिए तो बहुतों की मनोकामना पूरी होने में देर हो जाती है।''

''क्या मतलब है। आज तो प्रवचनकर्ता और दार्शनिक बन गए।''

''वह तो भीख माँगते-माँगते सब बन जाते हैं।''

''कहना क्या चाहते हो? ब्रश और चम्मच ठीक काम कर रहे हैं न! देखो, दाँत का पीलापन कम हो गया। बीमारी से भी बचोगे।''

''वह सब तो ठीक है, पर हम आपसे कहना चाहते थे कि इसमें एक कलम भी लगा दीजिए।''

''क्या मतलब। तुम पढ़े-लिखे हो?''

''हाँ! हम नौवीं कक्षा पास हैं। दोनों हाथ कट गए, इसलिए मैट्रिक की परीक्षा में बैठ नहीं सके। उसी समय माँ-बाबूजी का भी देहांत हो गया।''

''कलम लगा दूँ तो तुम कविता लिखोगे?''

मंगल शरमा गया। एक सप्ताह के अंदर कड़े में कलम भी लग गई थी। फिर क्या था। मंगल ने सबसे पहले 'ॐ' लिखा। फिर 'डॉक्टर साहब' फिर 'भगवान'। सुनैनी भी थोड़ा बहुत टो-टाकर पढ़ लेती थी। पति के अक्षर देख भावविह्वल हो गई। मन में ऐसा अनुराग जागा, मानो मंगल ने उसे पहला प्रेमपत्र लिखा हो।

थोड़े अभ्यास के उपरांत मंगल की कलम चली तो उससे निःसरित हुआ—

"इस मंदिर के आगे बैठा मैं सोचा करूँ
कि भक्तों की भीड़ छँट जाने पर,
भगवान् अकेले होने पर, पाँव इधर ही लाएँगे
छूकर जिसे, हम अपना जीवन, धन्य-धन्य बनाएँगे।
मिले ईश हमें एक दिन ऐसे, वे मनुज रूप धरकर आए
हम धन्य हुए, कृतार्थ हुए, मनुज धन्य हुआ, भगवत् रूप लिये।

पत्रकार भी खबर सूँघते रहते हैं। यह कविता एक अखबार में छप गई। मंगल के हाथ की तसवीर भी। ब्रश, चम्मच और कलमधारी उस कड़े की तसवीर के साथ। फिर क्या था, डॉ. आलोक के पास पत्रकार, छाया-चित्रकार, इलेक्ट्रॉनिक कैमरा आ पहुँचा। रेखा को अपना पति उस दिन अधिक प्यारा-प्यारा लगा था। मानो कल ही जयमाला हुआ हो। भाव ऐसा कि शिवधनुष को तीन खंड किया हुआ मानव ही उसका जीवनसाथी बना हो। सीता की मन:स्थिति में आ गई थी रेखा। बच्चों को भी सुखद लगा। मंगल के साथ समाचार-पत्रों में डॉक्टर की तसवीर छपी। इलेक्ट्रॉनिक मीडिया ने भी खूब दिखाया।

शहरवालों की आँखें खुलीं। उन्होंने डॉ. आलोक का सम्मान किया। कई दिन बीत गए थे। मंगल नहीं आया। डॉ. रेखा ने अपने पति का मन भाँपकर कहा, "अब नहीं आएगा वह। अब कविता लिखेगा। कहानी, उपन्यास भी।"

"हाँ, यही करेगा वह। एक दिन कह रहा था—साहब आदमी की पहचान जितना भिखमंगों को होती है, उतनी किसी को नहीं। वह तो अच्छी कहानियाँ लिख सकता है। उसके भाग्य में कहानीकार ही बनना था, भिखमंगा नहीं। मैं तो निमित्त भर बना।" डॉ. आलोक ने कहा।

दूसरे के लिए थोड़ा सा करने पर मिले ढेर सारे आनंद की छटा आलोक के चेहरे पर ऐसे छलकी कि रेखा के चेहरे पर भी उसके छींटे पड़े।

"जहाँ रहे खुश रहे।" रेखा के भावोद्‍गार थे। इस वार्त्तालाप को भी एक माह बीत गया। समाचार-पत्रों में चिकित्सक आलोक के एक समाजसेवी

सारे रद्दी सामान बाहर रखवा दिए थे। आप देख लीजिए। किसी सामान को वापस रखने की जरूरत तो नहीं। आज सावजी को बुलाकर बेच दूँगी। जो भी रुपए दे दे। क्या फर्क पड़ता है। रद्दी ही तो है।''

गौरी को अपनी सास से सुनने की उम्मीद थी—जो मन में आता है करो।

पर ऐसा नहीं हुआ। रामसखि उठी। बिना कुछ कहे दरवाजे पर गई। गौरी भी अपने काम में लग गई। काफी समय बीतने पर उसे अपनी सास का ध्यान आया। उसने बाहर जाकर देखा। रामसखि रद्दी की ढेर के पास बैठी एक-एक सामान उठाकर निहार रही थी। उसकी एकाग्रता ऐसी मानो ननकु को ठोककर सुला रही हो।

गौरी उसके पास जाकर बोली, ''माँजी! क्या हुआ? जो छाँटना है, छाँट लीजिए। सावजी आने वाले होंगे।''

रामसखि ने डंडी टूटे कजरौटा को हाथ में लिया। कहने लगी, ''गौरी, तुम्हें मालूम है, यह कजरौटा हमारे घर कब और कौन लाया?''

''नहीं माँजी! मुझे क्या मालूम। मैं तो आज ही देख रही हूँ इसे।''

''तो सुनो, कजरौटा तुम्हारे ससुरजी के जन्म पर उनकी फुआ लेकर आई थीं। पीतल के इस कजरौटे में भतीजे के लिए काजल सेंककर। मेरे ससुरजी बहुत दिलदार थे। अपनी बहन को काजल की सिंकाई में दस कट्ठा जमीन लिख दीए। अब फुआजी दस कट्ठा खेत के लिए बैल-हल लेकर खेती करने मैके आने से तो रहीं। मेरे ससुरजी हर साल उसमें फसल उगाते थे। अपने हिस्से का आधा अन्न रख लेते। आधे का दाम उन्हें भेज देते। उनके मरने के बाद तुम्हारे ससुर ने भी दो साल ऐसा ही किया।

''एक दिन बाजीतपुर से खबर आई, फुआजी चल बसीं। तुम्हारे ससुर खोज-पुछारी के लिए बाजीतपुर गए। फुफाजी के पास श्राद्ध के लिए भी रुपए नहीं थे। तुम्हारे ससुर श्राद्ध में खर्च करने के लिए चावल, दाल, चूड़ा, दही कोंभरा सब के दस भाड़ गए। दो हजार रुपए का इंतजाम कर के भी ले जाना था। घर में इतना अन्न नहीं था कि बेचकर पैसा मिले। उसी साल

''यह सब ठीक है। मेरी आठवीं कक्षा में गोष्ठी का विषय था—'कलम बड़ी या तलवार'। मैं कलम के पक्ष में बोला था। तुलसीदास, कबीर, रहीम से लेकर सभी कवियों का उदाहरण दिया था। पर अब नहीं, समाज के दुर्जनों को पहचानकर अब तलवार उठाने का ही समय आ गया है। सर, आप कड़े में कलम वाला छिद्र बड़ा करके पिस्तौल लगा दीजिए।''

''हटो, भागो यहाँ से। लाओ, वह कड़ा लौटा दो। न ब्रश, न चम्मच, न कलम। तुम्हें किसी की जरूरत नहीं। मरो-मारो। अब आई बात समझ में। भगवान् ने तुम्हारे अंदर छुपे इसी भाव के कारण दोनों हाथ ले लिये। मैंने ही गलती की।'' डॉ. की आवाज इतनी ऊँची थी कि उनका अपना पूरा परिवार ही नहीं, अगल-बगल के फ्लैटों की बालकनियाँ भी स्त्री-पुरुष बच्चों से भर गई थीं। मंगल थर-थर काँपने लगा। उसने डॉक्टर के इस रूप की कल्पना भी नहीं की थी। डॉक्टर के पाँव पर गिरा—''मुझे माफ कर दीजिए डॉ. साहब! मुझसे भूल हो गई। चंदन और भुजंग वाला दोहा भी मैं भूल ही गया था। अभी स्मरण हो आया—'जो रहिम उत्तम प्रकृति का करि सकत कुसंग, चंदन विष व्याप्त नहीं, लपटे रहत भुजंग'।''

डॉ. आलोक उसकी ओर बिना देखे सीढ़ियाँ चढ़ने लगे। बालकनी में खड़ी डॉ. रेखा ने कहा, ''उसकी पूरी बात तो सुन लो।'' पत्नी की बात मान ली आलोक ने। सीढ़ियों पर रुके। मंगल की ओर देखा। आँखें कह रही थीं—''कलम में बड़ी ताकत है। इसे थामे रखो।''

मंगल ने आँखों से बहती धार से अपने भगवान् के भाव को पखार दिया था।

□

सहस्रपूतों वाली

जच्चा वार्ड में पार्वती का वह पहला दिन था। नर्सिंग का प्रशिक्षण लेते समय भी उसने अपनी साथिनों से बार-बार कहा था—''मैं प्रसूति वार्ड में नौकरी कभी पसंद नहीं करूँगी।''

मारिया ने पूछा था, ''क्यों?''

''मैं अपने माता-पिता की पहली संतान हूँ। मैं और मेरे बाद मेरे छह भाई-बहन घर में ही पैदा हुए। मेरी बहन के जन्म के समय मैं माँ के पास चिपकी रही थी। उसे रोती-चिल्लाती, चीखती सुनती मैं भी उसके साथ चिल्लाती थी। बिना कारण जाने। तीसरे नंबर पर भाई हुआ था। फिर तो थोड़ी बड़ी हो गई। दादी मुझे माँ के प्रसव के समय उस कोठरी में नहीं जाने देती थीं। परंतु माँ की कराह सुनने से दरवाजे पर भी कोई वंचित नहीं रहता था। इसलिए मैं अस्पताल के किसी भी वार्ड में काम कर सकती हूँ, जच्चा वार्ड में नहीं।'' पार्वती ने दृढ़तापूर्वक अपनी बात रखी थी।

पार्वती को क्या पता था कि नियति उसे वहीं ले आएगी जहाँ आना उसे बिल्कुल पसंद नहीं था। दरअसल सवाल पसंद-नापसंद का नहीं, पेट का था। उससे छोटी बहन ने हाई-स्कूल की पढ़ाई करते हुए अपनी पसंद के लड़के से विवाह कर लिया था। पाँच भाई-बहनों का वर्तमान उसकी कमाई पर ही निर्भर था। उनका भविष्य भी सँवारना था। पहले दिन अस्पताल में जाना उसे रोमांच नहीं, रुलाई दे रहा था। सहमे-सहमे कदम थे उसके। डॉक्टर ने उससे नाम पूछा था। साँय-साँय कर रहा था कमरा। तभी दर्द से

कराहती एक महिला को लेकर दो-चार लोग अंदर आ गए थे।

लेडी डॉक्टर उनके साथ आई तीनों स्त्रियों और एक पुरुष को बाहर जाने के लिए कहकर जाँच के लिए उस प्रसूति स्त्री को मेज पर लिटाने की कोशिश कर रही थी। दर्द की कराह में विद्रोह का स्वर मिलाती वह प्रसूति महिला मेज पर लेटने से इनकार करती रही। लेडी डॉक्टर ने पार्वती की ओर देखा। पार्वती के पाँव उस मेज की ओर बढ़े। उसने जबरदस्ती प्रसूति महिला को मेज पर लिटाया। समझाया-बुझाया। उस बड़े अस्पताल एम्स के जच्चा वार्ड में जन्म लेनेवाला वह बच्चा भी माता-पिता की पहली संतान और वार्ड का पहला ही बच्चा होनेवाला था। प्रसूति महिला की अंतिम चिंग्घाड़ के समय पार्वती कमरे से बाहर चली गई। डॉक्टर के पुकारने पर भी अंदर नहीं आई। पर शिशु के केहाँ ऽ ऽ केहाँ ऽ ऽ स्वर सुन उसे महसूस हुआ, मानो वह उसे ही पुकार रहा हो। पार्वती भागकर अंदर गई। डॉक्टर ने कहा, "बच्चे की नाल काटो और उसे नहलाओ-धुलाओ। भागने से नहीं सीखोगी।" फिर तो रमती गई पार्वती। वहीं मन लगता था उसका। जाती भी कहाँ?

वह अकसर नई नर्सों को अपना पहला अनुभव सुनाती-सिखाती थी—"डरते-सहमते मैंने सब किया। हाथों में नन्हे शिशु के स्पर्श ने संपूर्ण शरीर में मानो झुनझुनी भर दी। अजीब सी अनुभूति हुई। और मैंने शिशु को नहला-धुलाकर हरे कपड़े में लपेटकर माँ की गोद में सुला दिया। माँ के मुख पर आच्छादित गहरे गुलाबी रंग की छाया मेरे मुख पर भी पड़ गई थी। डॉक्टर ने भी देखा। मेरा डर समाप्त हो गया था। फिर तो मैं जच्चाओं की प्रसव पीड़ा के समय बाहर नहीं जाती थी। माँ के गर्भ से शिशु के बाहर आने पर सबसे पहले मैं ही उसका मुँह देखती।"

उस अस्पताल में बच्चा पैदा करवाने वाली महिलाओं की बढ़ती संख्या को देखकर हॉस्पिटल के उस वार्ड का घेरा और स्टाफ की संख्या बढ़ती गई। कई बार तो चारों बेड पर चार जच्चाएँ एक साथ शिशु के जन्म देने को आतुर हो जाती थीं। ईश्वर की अनुकंपा से एक ही समय में दो-तीन बच्चे जनमते थे। कई नर्सों को जच्चाओं के साथ खड़ा होना पड़ता। परंतु पार्वती

के बिना कहे भी सभी नर्सें शिशु को नहला-धुलाकर माँ की गोद में डालने से पूर्व उसी की गोद में डाल देतीं। एक और शिशु का जन्म करवाने की अनुभूति से पार्वती का हृदय लबालब भर जाता। उसका आह्लाद बाहर भी छलकता। यह सिलसिला वर्षों जारी रहा। एक ही कमरे और बेड पर समाज के भिन्न-भिन्न वर्गों और जातियों की माताएँ शिशुओं को जन्म देतीं। पार्वती की गोद में आकर सब एक हो जाते। वह स्पर्श में कोई भेदभाव नहीं करती। आह्लाद में भी नहीं। दरअसल वे शिशु पार्वती की गोद तक ईश्वर की संतान ही होते थे। पृथ्वी पर आकर भी उतने पल के लिए वे हिंदू, मुसलमान, सिक्ख, ईसाई या धनी-गरीब नहीं होते थे। माँओं की गोद में पड़ते ही उन रिश्तों में बँध जाते। पार्वती ने शिशुओं की कभी गिनती भी नहीं की। ''शिशु का जन्म ईश्वर की कृपा है। उसकी गिनती नहीं होती, वैसे ही जैसे रोटी पकाते वक्त उसकी गिनती नहीं करनी चाहिए।''

यह सीख उसकी दादी ने दी थी। जब वह छठी बहन के जन्म पर अपनी नन्हीं उँगलियों पर भाई-बहनों की संख्या गिन रही थी। जच्चाओं की दूसरी संतान लड़का हो या लड़की, उसके जन्म के पूर्व और बाद में भी पार्वती उन्हें समझाना नहीं भूलती थी—''दो ही बहुत हैं। ऑपरेशन करवा लो। अधिक बच्चे लेकर क्या करोगी। बच्चे परमानंद की प्राप्ति का अनुभव करवाते हैं। भगवान् अपना काम माँ को दे देते हैं। भगवान् बनने के लिए भी दो बच्चे बहुत हैं।'' उनमें से कई माताएँ अपने बच्चों को लेकर यदाकदा पार्वती के पास आतीं। पार्वती उन्हें देखकर और छूकर आह्लादित हो जातीं।

पार्वती की मानकर कई जच्चाओं ने बच्चा बंद कराने का ऑपरेशन करवाया। पार्वती उन्हें हिदायत देती—''बच्चे के स्वास्थ्य की चिंता करना। समय पर सभी टीका लगवाना नहीं भूलना।''

अपने पाँच भाई-बहनों को पढ़ा-लिखाकर, कहीं-न-कहीं नौकरी लगवाने, विवाह करने तक पार्वती को अपने भविष्य की कोई चिंता नहीं हुई थी। माँ की मृत्यु और उन सब से निश्चिंत होने पर उसका ध्यान अपनी ओर गया। उसकी अपनी उम्र ने भी आधी सदी पार कर ली थी। इस बीच कई

ऐसी जच्चाएँ आतीं, जिनके पति या वे स्वयं पार्वती के हाथ की ही जनमीं होती थीं। पार्वती उन्हें देख धन्य-धन्य हो जाती। फिर तो भूत में खोकर भूल ही जाती अपना आज और कल।

उस वार्ड में हर नवजात शिशु का मुख पार्वती को दिखाने का सिलसिला जारी रहा। पार्वती शिशु का पूरा शरीर उलट-पुलट और छू-छूकर देखती। ईश्वर से कोई चूक तो नहीं हो गई। शिशु का कोई अंग कमजोर तो नहीं रह गया। ईश्वर ने कोई कमी छोड़ दी हो, पार्वती नहीं चूकती। नवजात को लेकर संबंधित चिकित्सक के पास भागती। इलाज करवाती। अपने स्वस्थ बच्चे को लेकर पार्वती के पास आती माएँ कहतीं—''आपने समय से इलाज करवा दिया। तभी तो आज मेरा बच्चा स्वस्थ है।''

उसके हाथ का पहला शिशु समीर था। नाम भी पार्वती द्वारा ही रखा गया था, इसलिए उसे स्मरण था। समीर की उम्र पैंतीस वर्ष की हो गई होगी। पार्वती को उसकी उम्र की गणना करने की जरूरत नहीं पड़ी थी। उसकी सरकारी नौकरी से अवकाश प्राप्ति का समय जो आ गया। यह जोड़-घटाव भी दूसरी नर्सों ने कर दिया था। पार्वती को अब अपनी चिंता सताने लगी—''कहाँ जाऊँगी मैं?'' सरकारी क्वार्टर खाली करना पड़ेगा।

उसने तो पैंतीस वर्षों में दिल्ली देखी भी नहीं। क्वार्टर से वार्ड और वार्ड से क्वार्टर बस! यही थी उसकी दिल्ली। अधिक की जरूरत भी नहीं महसूस हुई। जीवन का आगम-निगम ही जहाँ जीवंत हो, वहाँ और दूसरी चीजों के साथ की जरूरत ही कहाँ होती है। सुख-दुःख, आस-निराश, घोर कष्ट के उपरांत आनंद, सब के बीच रहती थी पार्वती।

उसकी निष्ठा और मेहनत को देखकर प्रशासन ने उसकी सेवा का पाँच वर्ष का कार्यकाल बढ़ा दिया। क्वार्टर भी रहने दिया। पाँच वर्षों के बाद भी वह अस्पताल आती रही। किसी ने नहीं रोका। वह जच्चा वार्ड में ही रहती। बस वेतन नहीं मिलता था। बाकी सब तो यथावत् चलता रहा।

जीवन की उस स्थिति के भी बीस वर्ष निकल गए। थक गई थी पार्वती। उसने मन ही मन सोचा था—'अब नहीं आऊँगी। अपने हाथों में

शिशु को दो पल थाम ही नहीं सकती तो यहाँ आना क्यों?'

उसका संकल्प पूरा भी नहीं हुआ कि एक जच्चा दर्द से कराह उठी थी। पार्वती ने हिम्मत की। कराहती जच्चा की सीट तक गई। उसके सिर पर हाथ रखा। पुनः उसके शिशु के जनमने का समय जानने के लिए जाँच करने लगी। जच्चा की जाँघ पर उसे बड़ा काला धब्बा दिख गया। वह चौंकी। पूछा, ''तुम निर्मला की बिटिया हो। तुम्हारे पिताजी पुलिस इंस्पेक्टर हैं?''

''हाँ! पर आप कैसे जानती हैं?'' जच्चा दर्द खींचती हुई बोली। अपनी स्वर्गीया माँ का नाम सुनकर ही उसे दर्द से थोड़ी राहत मिली थी।

''तुम मेरे ही हाथों पैदा हुई थीं। तुम्हारी जाँघ का बड़ा लहसन देखकर मैं तुम्हें पहचान गई। तुम्हारी माँ आई है क्या?''

पार्वती अपनी कमर सीधी करती जबरन खड़ी रही।

''नहीं! मेरी माँ नहीं रहीं। पिछले साल एक दुर्घटना नें माँ और पिताजी दोनों चल बसे।''

जच्चा के दर्द में पुनः एक उफान आया। रोने लगी। वह माँ बनने जा रही थी। अपनी माँ की स्मृति ने उसकी पीड़ा में एक ज्वार ला दिया था। पार्वती उसके सिर पर हाथ फेरती रही। तभी एक महिला अंदर घुस आई थी। जच्चा के पास आकर पूछा, ''अब और कितनी देर है?''

पास ही खड़ी नर्स ने इशारे से बताया—''यही बताएँगी।''

उस महिला ने पार्वती की ओर देखा—''आप? आप अब भी आती हैं यहाँ? कमाल की हिम्मत है?''

''यदि मैं भूल नहीं रही तो तुम आरती हो। यह कौन है तुम्हारी?'' पार्वती ने बेड पर दर्द ले रही जच्चा की ओर इशारा कर पूछा।

''यह मेरी बहू है, नर्स। पचास वर्ष पूर्व आपके हाथों मेरा जन्म हुआ था। छब्बीस वर्ष पूर्व मेरा बेटा अनुराग और अब मेरी पोती भी आप ही के हाथ में आ रही है।''

आरती पार्वती को देखकर आह्लादित हो रही थी। उसने स्मरण दिलाया—

''मेरी नानी कहती थी, मैं सतमास शिशु पैदा हुई थी, मेरे जन्म के समय मेरी माँ नहीं बच पाई थीं। आपने ही मुझे बचा लिया था। बीस दिनों तक मैं यहीं थी। अस्पताल से मेरी नानी आपसे माँगकर ले गई थी। पाला-पोसा। मेरा ब्याह किया। और समीर भी तो आप ही के हाथ का था। याद है न आपको!''

पार्वती को सब स्मरण हो आया। उसने कहा, ''अस्पताल में पैदा होनेवाली तुम तो मेरे हाथ की दूसरी बच्ची हो। पहला बच्चा था समीर। दो वर्ष बाद पैदा हुआ था तुम्हारी बहू का पिता कमलकांत। वह पुलिस इंस्पेक्टर बना। यह बच्ची भी मेरे ही हाथ की है। कैसा संयोग है!''

आरती के सामने उसकी नानी का चेहरा आ गया था। अपनी पाँच बेटियों, तीन बेटों और देवरानियों-ननदों के बच्चों के जन्म के समय की पहचान थी उन्हें। जन्मजात शिशुओं की नाक-नक्श की भी।

''देखो! बच्चा पैदा होने में अभी तीन-चार घंटे तो लग ही जाएँगे। बड़ी धीरज वाली है बिटिया।'' पार्वती ने दर्द से छटपटाती युवती के सिर और कमर पर फिर हाथ फेरा।

चार घंटे में जीवन के कई अध्याय का वाचन हो गया। पार्वती के सामने उसके हाथ का जनमा पहला लड़का और दूसरी लड़की की तीन पीढ़ियों के चेहरे उतर आए थे। अंतिम पीड़ा में कराहती जच्चा ने एक बच्ची को जन्म दे दिया था। नर्स ने नहला-धुलाकर पार्वती की गोद में ही डाला। उसी ने पहली बार मुख देखा। उसने सोच लिया था—'अब बस! कल से नहीं आऊँगी। बहुत हो गया। मेरे हाथ का पहला बच्चा समीर उसका बेटा अनुराग और अब उसकी बिटिया। बहुत हो गया।' इधर आरती, अनुराग और बहू, तीनों बेटी होने की खुशी में डूब गए थे। आरती को अपने स्वर्गीय पति समीर की भी बहुत याद आ रही थी।

उसने फ्लैट में लौटकर अनुराग को पार्वती के बारे में विस्तार से बताया—''उसका अपना कोई घर नहीं है। अस्पताल ही घर था। पर अब तो बहुत थक गई। तुम्हें कल उनसे मिलाऊँगी। तुम्हें देखकर बहुत खुश होएगी।''

सुबह दोनों अस्पताल पहुँच गए थे। जच्चा और शिशु को घर ले जाना

था। उन्होंने ड्यूटी पर बैठी नर्स से पूछा, ''पार्वतीजी कहाँ हैं? आज दिख नहीं रही हैं।''

''हमें भी आश्चर्य हो रहा है। कल तक तो वे आती ही रहीं।'' नर्स को किसी जच्चा की कराह ने पुकार लिया था।

आरती ने दूसरी नर्स से पूछा। उसने पार्वती के घर का पता बता दिया। अनुराग उनसे मिलने के लिए उतावला था। आरती ने कहा, ''आज तो अपनी नीरजा और बच्ची को घर ले चलती हूँ। कल आकर उनसे मिलेंगे। एक बार उन्हें भी अपने घर ले चलना।''

''हाँ!'' सहर्ष बोला था अनुराग। नीरजा भी पार्वती को ढूँढ़ रही थी। बोली, ''माँ! मैं उनका स्पर्श नहीं भुला पा रही। उन्होंने सिर पर हाथ क्या रखा, थोड़ी देर के लिए मेरा दर्द हर लिया था।''

दूसरे दिन नीरजा ने अनुराग को स्मरण दिलाया था—''दफ्तर से लौटते हुए आप पार्वतीजी को अवश्य लेते आइए।''

सायंकाल अनुराग पहुँच गया उस पते पर। दरवाजा खटखटाता रहा। नि:शब्द था भीतर का परिवेश। बाहर से ताला भी नहीं। कई लोग जुट गए थे। दरवाजा टूटा। लोग देखकर स्तब्ध रह गए। डॉक्टर को बुलाने की जरूरत नहीं पड़ी। कुरसी पर बैठे मानुष शरीर में जान नहीं थी। लोग आगे की सोचने लगे। किसी ने अस्पताल में खबर पहुँचा दी। कई नर्स आ गईं।

एक नर्स ने कहा, ''इनके घरवालों को बुलाना होगा।''

दूसरी ने कहा, ''इनका अपना कौन है? भाई-बहनों का परिवार है। पर किसी का अता-पता नहीं मालूम।''

तीसरी का सुझाव था—''क्या जरूरत है किसी को ढूँढ़ने की। जब इनके रहते किसी ने खोज-खबर नहीं ली तो मरने पर कौन आएगा? जमाना ही कृतघ्न हो गया। अपनी संतान भी कहाँ पूछती है!''

अनुराग को बात समझ में आ गई थी। उसने कहा, ''आप लोग इन्हें यहाँ लेटे रहने दें। इनके स्वजनों को तो ढूँढ़ना ही होगा। मैं कोशिश करता हूँ।''

लोग उसकी सलाह मान गए थे। बर्फ की सिल्ली के बीच पार्वती को लिटा दिया गया। जिंदगी भर अपने बदन की गरमाहट सैकड़ों शिशुओं के शरीर में डालते-डालते मानो उसका स्वयं का शरीर अब ठंडा हो गया था। फिर भी ठंडक की जरूरत थी।

सूचना क्रांति के युग में क्या से क्या हो जाता है। अनुराग का मस्तिष्क भी उसी दुनिया में रहने का अभ्यासी हो गया है। अनुराग ने एक अद्‌भुत विज्ञापन बनाया—"1955 से लेकर 2005 के बीच जिनका जन्म एम्स के जच्चा वार्ड में हुआ, कृपया 22 सरोजनी नगर में उपस्थित होने की कोशिश करें। आप सबकी माँ पार्वती (एम्स की नर्स) जिसने माँ की कोख से बाहर निकलने पर पहली बार आपको अपना स्पर्श दिया, अब नहीं रहीं। उनकी शवयात्रा 2 जनवरी को, 11 बजे सरोजिनी नगर से निकलकर लोदी रोड श्मशान घाट पहुँचेगी।"

इ-मेल, बेवसाइट और अपने ब्लॉग पर ही नहीं, एक पोस्टर के द्वारा भी शहर में सूचना दे दी थी अनुराग ने। समाचार-पत्रों में छपा विज्ञापन। सैकड़ों लोगों ने इ-मेल से, उतने ही ने बेवसाइट और दूरभाष पर अपने आने की सूचना दी। पोस्टर पढ़कर भी लोग आ गए। सैकड़ों लोग तो यह जानकर भी शवयात्रा में सम्मिलित हो गए कि बिन ब्याही स्त्री के भी हजारों बच्चे हैं। अपने रंग-रूप-ढंग की वह पहली शोक-यात्रा तो थी ही। अनूठी यात्रा। पार्वती स्वयं जो अनूठी थी।

मुखाग्नि अनुराग ने ही दी। लकड़ी देने वालों का ताँता लग गया। पंचभूतों से बना शरीर पंचभूतों में विलीन हुआ, पर पार्वती के कर्म और भाव को सम्मान दिलाकर। अनुराग के विशिष्ट और अनोखी कृतज्ञता को सामाजिक स्वीकृति दिलाकर।

समाज में दम तोड़ती संवेदना को पुनः जीवंतता प्रदान कर गई थी पार्वती। सहस्त्रपूतों वाली जो थी। श्मशान घाट पर बेटे को आगोश में भरती आरती ने कहा, "ठीक किया बेटा। मैं तो जन्म देनेवाली माँ हूँ। प्रथम स्पर्श देनेवाली तो वही थी। मैं एक बेटे और एक बेटी की माँ बनकर ही रह गई।

उसने ही मेरा ऑपरेशन करवा दिया था। स्वयं तो सहस्त्रों की प्रथम स्पर्श की माँ बनी। तभी तो मुझसे बहुत बड़ा ओहदा मिला उसे। उसका रोम-रोम तुम्हें आशीष देगा। और इन लकड़ी डालने वालों को भी।''

माँ-बेटे एक-दूसरे में बँधे बिफर पड़ थे। उनके पीछे वह कृतज्ञ जनसमूह भी।

□

रद्दी की वापसी

उस साल भी बाढ़ बढ़त पर ही थी। हर आयु के लोग कहते सुने जा रहे थे—''हमने अपनी उम्र में ऐसी बाढ़ नहीं देखी।''

रामलला के स्वर में स्वर मिलाकर उसके बाबूजी जगदेव सिंह ने भी अपना आश्चर्य व्यक्त किया। ननकु क्यों पीछे रहता। जब पैंतीस वर्षीय उसके बाप ने ऐसी बाढ़ नहीं देखी, फिर बारह वर्षीय पुत्र की क्या औकात! उसकी आयु में ऐसी बाढ़ नई ही आई थी। बाढ़ की बढ़त-घटत मापने हेतु सरकारी महकमे के अपने पैमाने होंगे। पर रामसखि का पैमाना है उसके दरवाजे की सीढ़ियाँ। उसके अनुसार जिस साल घर बनकर तैयार हुआ था, उसी साल सातों सीढ़ियाँ डूब गई थीं। उसके ससुरजी ने बैसाख माह में दरवाजे पर मिट्टी भरवा दी। फिर तो छह सीढ़ियाँ ही बचीं। मिट्टी हर साल भराई जाती। हर साल उतनी ही बह भी जाती। बाढ़ के पानी का यही सुभाव है। कुछ दे जाना, कुछ ले जाना।

जब से गौरी ब्याहकर आई, उसके ससुरजी द्वारा बनवाए गाँव के सबसे ऊँचे दरवाजे की छह सीढ़ियों को उसने भी बाढ़ मापने का पैमाना बना रखा है। दो साल तक बाढ़ के पानी ने सीढ़ियों के पाँव भी नहीं पखारे। गौरी झल्लाती थी—''मैंने अपने मायके में कभी बाढ़ नहीं देखी थी। मेरे आने के बाद बाढ़ ही रूठ गई है। मुझे बाढ़ देखने, झिझिया खेलने का बहुत मन करता है।''

गौरी ने अपने पिता के मुख से बाढ़ का वर्णन सुना था। बेटी का ब्याह

बाढ़ वाले इलाके में तय करने के बाद वे उस इलाके का ज्यादा ही बखान करते रहते थे। शायद वैसे गाँव में बेटी ब्याहना उन्हें स्वयं रुचिकर नहीं लग रहा था। या फिर होनेवाले ससुराल की स्थितियों में अभियोजन लायक बेटी का मन बना रहे थे। विवाह से पूर्व गौरी को उस गाँव की बातें सुन-सुन अचंभा, भय और रोमांच भी होता था। आँगन-घर तक पानी का प्रवेश कर जाना, कई दिनों तक जमे रहना, उसके साथ साँप, बिच्छु और कीड़े-मकोड़े का घर में आगमन, चूल्हा-चौका बंद रहना, सब जानकारियाँ गौरी को भयभीत कर जातीं। लोगों का छत और छप्परों पर निवास, हेलिकॉप्टर द्वारा खाने के पैकेट्स छतों पर गिराना, नाव पर बैठकर दिशा मैदान जाना सुनकर गौरी अचंभित हो जाती। पर नाव पर बैठकर महिलाओं का गाते-बजाते झिझिया खेलने जाने की कल्पना उसे रोमांचित करती।

विवाह के बाद दो वर्षों तक उसने ऐसा कुछ भी नहीं देखा। बाढ़ आई। पर भरथुआ चौर के पेट में ही समाई रही। लौट गई। उस गाँववाले के अनुसार कई साल से बाढ़ की भ्रूण-हत्या होती रही थी। उसका बचपन और जवानी कोई देखे तो कैसे! विधना ने चौर की कोख से आगे की उसकी आयु लिखी ही नहीं थी। उसके ब्याह के तीसरे वर्ष से बाढ़ ने उसके दरवाजे की सीढ़ियाँ पखारना प्रारंभ किया। एक-एक वर्ष में एक-एक सीढ़ी आगे चढ़ती गई बाढ़। उस साल खेतों में धान के पौधे की जवानी रौंदती, सारा इलाका जलमग्न करती बाढ़ जगदेव सिंह की चार सीढ़ियाँ डुबो गई। गाँववाले बेहाल हो गए। जगदेव सिंह का बड़ा आँगन, चारों ओर बने चौड़े-चौड़े ओसारे सब रीलिफ कैंप में तब्दील हो गए। एक सप्ताह तक यही स्थिति रही। दरअसल उनके घर के चारों ओर नीची जमीन पर बने घरों में पानी भर आया था। गौरी को अपना भरा-भरा आँगन और कई चूल्हों पर भोजन की सामग्री बनते देख बड़ा सुखद लग रहा था।

उसने अपनी सास से कहा, ''माँजी! अपना घर-आँगन कितना भरा-भरा लग रहा है। काश! सब दिन ऐसा ही रहता।''

उसकी सास ने बहू की सिधाई पर लंबी साँस खींचते हुए एक कहावत

कही—"चिड़िया की जान जाए, लड़िकन के खिलौना। ये सब बेचारे बाढ़ के मारे हैं। खेत में इनकी फसल बह गई। घर में संजोकर रखा अन्न भी डूब गया। ये इतने दुःखी हैं और तुम्हें आनंद आ रहा है। भगवान् न करे मेरा आँगन इन दुखियों से फिर कभी भरे।"

उसकी सास ने ठीक ही कहा था। गौरी को भी इसका अहसास हुआ। जिन घरों में एक भी नौकरीपेशा स्त्री-पुरुष नहीं, बाढ़ के चले जाने पर भी उनकी हालत नई फसल के आगमन तक बहुत खस्ता रही।

गौरी के भाई दिल्ली में नौकरी करते थे। उन्होंने होली के समय गौरी को दिल्ली बुलाया। निमंत्रण स्वीकारते हुए गौरी ने एक शर्त रखी थी। बाढ़ आने के पहले गाँव लौट आने की शर्त। गाँव लौट आई थी गौरी। उस साल तो बाढ़ ने फिर अपना विकराल रूप दिखा ही दिया। गौरी के चारों घर में घुसकर पसरी पड़ी रही। बाढ़ जाने का नाम न ले। भाद्रमास के घुप्प अँधेरी रात्रि में बाढ़ ने दरवाजे की चौखट से अंदर प्रवेश किया था। इसलिए अपनी जरूरत के बहुत सामान घर के जमा पाँच सदस्य और छोटा पलटू (चरवाहा) मिलकर छत पर चढ़ा भी नहीं सके। पानी की धार तेज थी। गौरी के ऊँचे पाँव वाले पलंग पर बिछा गद्दा तक भीग गया। एक सप्ताह छत पर ही गुजारा। बाढ़ देखने की गौरी की लालसा अब समाप्त हो चुकी थी। वर्षों से संजोए भय, कौतूहल और रोमांच की कल्पना के स्थान पर अब उसके मन पर भोगा हुआ यथार्थ था।

आखिर बाढ़ के पानी को वापस जाना ही था। धरती जितना सोख सकी, उतना पानी छोड़, बाढ़ लौट गई। उसके जाने के बाद का दृश्य उसकी उपस्थिति से भी भयानक था। घर का सबकुछ भीग चुका था। कोठी का अन्न, जलावन की लकड़ी, बरतन-वासन, यहाँ तक कि मिट्टी के बने चूल्हे में आग के स्थान पर सात दिनों तक पानी भरा रहा। सबकुछ सामान्य होने में दिन लगने ही वाले थे। सँभलने और सँवारने में आनेवाली अगली बाढ़ तक का समय लाजिमी था। उसी सँवारने के क्रम में गौरी ने घर में बहुत दिनों से सहेजे गए पुराने सामान निकाल दिए। अपनी सासजी से कहा,

"माँजी! पुराने सामानों वाली कोठी की दीवाल भी चावल वाली कोठी की तरह ढहकर मिट्टी के ढेर बन गए। सामान छितराए पड़े हैं। उन्हें बाहर कर देती हूँ। सावजी को बुलाकर बेचने लायक सामान बेच भी दूँगी।"

अनमने ढंग से रामसखि ने कहा, "जो मन में आता है करो। मुझसे मत पूछो। यह सब सोचने-समझने लायक मेरी मति ही नहीं रही।"

सासजी की मन:स्थिति के साथ ज्यादा छेड़छाड़ करना गौरी को मुनासिब नहीं लगा। बीचले घर की कई कोठियाँ ढह गई थीं। उनमें रखे अनाज भी खराब हुए थे। आँगन के सूखने पर अन्न पसार-पसारकर सुखाने लगी गौरी। पलटू का काम बढ़ गया था। ससुरजी भी गौरी का साथ देते थे।

एक दिन वे गुमसुम बैठी पत्नी पर बिफर पड़े—"मतसुन्न हो गई क्या? बाढ़ कोई पहली बार आई है? वह तो आती ही रहती है। उसका जीवन ही आना-जाना है। जो उसका काम है, वह कर गई, अब जो हमारा काम है, हम क्यों छोड़ दें। उठो, बहू के काम में हाथ बँटाओ।"

रामसखि ने मानो सुना ही नहीं। गौरी की जिम्मेदारी बढ़ गई थी। बाढ़ क्या गई, काम का बोझ डाल गई थी।

सुबह-सुबह गौरी ने पलटु को आवाज दी—"पलटू दरवाजे से बड़ी टोकरी लेकर आना।"

पलटू के सिर पर पुराने बरतनों से भरी बाँस की टोकरी डालना चाह रही थी गौरी। पर वह स्वयं अपनी पूरी ताकत लगाकर उसे उठा नहीं सकी। दोनों के जोर लगाने से भी टोकरी टस-से-मस नहीं हुई। गौरी सिर थामकर बैठ गई। पलटू अपनी मालकिन की परेशानी समझ गया था। वह दो-दो सामान हाथ से ही उठाकर दरवाजे से बाहर रख आया। कुछ सामानों के अंग दरवाजे तक जाते-जाते कई स्थानों पर बिखर गए। गौरी की शादी के समय उसके मायके से आई चटाई का यही हश्र हुआ। रामसखि के विवाह के समय की चटाई और रजाई के अंग भी—'कोई यहाँ गिरा कोई वहाँ गिरा, एक दिल के टुकड़े हजार हुए' गीत की पंक्तियों को साकार कर गई। उसके विवाह के समय के फिल्मी गीत की पंक्तियाँ थीं। उसके पति उसी चटाई

पर बैठ गुनगुनाया करते थे।

कुछ हलके और भारी बरतन, जो धातुओं की पहचान खोकर चबाए हुए पान की तरह एक रंग में रँग गए थे, पलटू बाहर रख आया। अलमुनियम, काँसा, पीतल, फूल, पता नहीं किस बरतन का कौन धातु था। छोटे बड़े दस-ग्यारह होंगे। झाँझ, कजरौटा घिसा-पिटा फूटा परात, लोटा, चकला-बेलन और भी बहुत कुछ।

गौरी ने कहा, ''पलटू! सब सामान दरवाजे के नीचे रख दो। धूप लग जाए। थोड़ा झाड़-पोंछकर महेश सुनार को बुला लेना। रद्दी में बेच देंगे।''

पलटू ने रद्दी में बेचने का अर्थ नहीं समझा। उसके समझने-बूझने के लिए इतना ही काफी था कि उन्हें धूप में सूखने के लिए रख दे। दिन भर सूखते रहे सामान। आखिर भादों माह की धूप थी कड़ी, तीखी। सुखा दिया उन बरतनों को। उनके ऊपर जमी काई की हरीतिमा कम हुई। गौरी ने शाम को उन्हें घर के अंदर रखने की जरूरत नहीं समझी। भला कौन ले जानेवाला था। उसे शक था कि रद्दी का व्यापारी भी शायद ही उन्हें खरीदे। दरअसल हर माह घर का रद्दी निकालकर बेचते हुए उसने अपनी भाभी को दिल्ली में देखा। अखबार भी यदि सलीके से सँभालकर नहीं रखे होते तो रद्दीवाला खरीदता नहीं था। खरीदे भी तो कम दाम देता था।

उनकी भाभी की भाभी अमेरिका में है। वह भी उन्हीं दिनों दिल्ली आई हुई थी। भाभी को रद्दी वाले से हुज्जत करते देख उन्होंने जो बात बताई, समझ में आया कि उनके यहाँ रद्दी का अलग रुतबा है। वहाँ लोग अपने घर का रद्दी निकालकर बाहर रख देते हैं। जूता, चप्पल, बरतन, फर्नीचर इलेक्ट्रॉनिक सामान। जिस किसी को जरूरत हो, ले जाता है। गौरी की भाभी की भाभी ने कहा था—''मेरे घर में भी बहुत सामान ऐसे ही रद्दी से उठाए हुए हैं।'' दिल्ली से लौटकर गौरी ने अपनी सास को सब बातें सुनाईं। उसकी सास अपनी समझदारी एक प्रचलित कहावत में व्यक्त कर गई—'केकरो फाटल, केकरो अंटल।'

सुबह सकाल उठकर गौरी ने सासजी से कहा, ''माँजी! पुराने टूटे-फूटे

सारे रद्दी सामान बाहर रखवा दिए थे। आप देख लीजिए। किसी सामान को वापस रखने की जरूरत तो नहीं। आज सावजी को बुलाकर बेच दूँगी। जो भी रुपए दे दे। क्या फर्क पड़ता है। रद्दी ही तो है।''

गौरी को अपनी सास से सुनने की उम्मीद थी—जो मन में आता है करो।

पर ऐसा नहीं हुआ। रामसखि उठी। बिना कुछ कहे दरवाजे पर गई। गौरी भी अपने काम में लग गई। काफी समय बीतने पर उसे अपनी सास का ध्यान आया। उसने बाहर जाकर देखा। रामसखि रद्दी की ढेर के पास बैठी एक-एक सामान उठाकर निहार रही थी। उसकी एकाग्रता ऐसी मानो ननकु को ठोककर सुला रही हो।

गौरी उसके पास जाकर बोली, ''माँजी! क्या हुआ? जो छाँटना है, छाँट लीजिए। सावजी आने वाले होंगे।''

रामसखि ने डंडी टूटे कजरौटा को हाथ में लिया। कहने लगी, ''गौरी, तुम्हें मालूम है, यह कजरौटा हमारे घर कब और कौन लाया?''

''नहीं माँजी! मुझे क्या मालूम। मैं तो आज ही देख रही हूँ इसे।''

''तो सुनो, कजरौटा तुम्हारे ससुरजी के जन्म पर उनकी फुआ लेकर आई थीं। पीतल के इस कजरौटे में भतीजे के लिए काजल सेंककर। मेरे ससुरजी बहुत दिलदार थे। अपनी बहन को काजल की सिंकाई में दस कट्ठा जमीन लिख दीए। अब फुआजी दस कट्ठा खेत के लिए बैल-हल लेकर खेती करने मैके आने से तो रहीं। मेरे ससुरजी हर साल उसमें फसल उगाते थे। अपने हिस्से का आधा अन्न रख लेते। आधे का दाम उन्हें भेज देते। उनके मरने के बाद तुम्हारे ससुर ने भी दो साल ऐसा ही किया।

''एक दिन बाजीतपुर से खबर आई, फुआजी चल बसीं। तुम्हारे ससुर खोज-पुछारी के लिए बाजीतपुर गए। फुफाजी के पास श्राद्ध के लिए भी रुपए नहीं थे। तुम्हारे ससुर श्राद्ध में खर्च करने के लिए चावल, दाल, चूड़ा, दही कोंभरा सब के दस भाड़ गए। दो हजार रुपए का इंतजाम कर के भी ले जाना था। घर में इतना अन्न नहीं था कि बेचकर पैसा मिले। उसी साल

बड़ा भूकंप आया था। मेरी नथनी तभी बेच दी थी। फिर तो फुफाजी या उनके बाद उनके बेटों ने भी फसल कटने पर कभी अन्न भेजने के लिए तगादा नहीं किया। उन्होंने रुपए भी नहीं लौटाए। मानो दो हजार में वह दस कट्ठा जमीन फिर खरीद ली गई हो। इसीलिए उस खेत का नाम 'फुआ का दसकठवा' है।''

अपने खानदान की तीन पुश्तों की कहानी सुनती-गुनती गौरी भी कहीं उसी कजरौटे में बंद हो गई। सावजी भी कब आकर अपना तराजू ठीक करता, फुआ के दसकठवा की कहानी सुनता रहा, उसे समय और प्रयोजन का भान ही नहीं हुआ।

कजरौटे को दूसरी ओर रखकर गौरी ने अन्य बरतनों में हाथ लगाया। उसके हाथ से टूटा-फूटा झाँझ (छन्नी) लेकर रामसखि कहने लगी—''गौरी! यह झाँझ मेरे हाथ से ही टूट गई थी।''

छन्नी को हाथ में लिये रामसखि बिसूर पड़ी—''गौरी! यह अभागा हत्यारा झाँझ अब तक मेरे घर में है, पर मेरा बेटा नहीं रहा। होली का दिन था। मैं भोर-भिंसार से पुआ छान रही थी। पाँच किलो आटे के घोल के पुए छानने थे। आठ साल का मेरा बेटा, तुम्हारा जेठ, दबे पाँव आता और मेरे पीछे मिट्टी की नई हाँड़ी से पुआ उठाकर ले भाग रहा था। बहुत देर बाद मैंने छाने हुए पुआ की हाँड़ी में हाथ लगाकर देखा, हाँड़ी हलकी लगी। वह उसी वक्त फिर आया और पुआ निकालने लगा। इसी अभागे झाँझ ने गरम घी से एक और पुआ निकाला था। मुझे क्या मालूम कि हाँड़ी में उसका हाथ था। गरम पुआ उसके हाथ पर पड़ा। वह चीख उठा। गुस्से में मैंने उसी गरम झाँझ से उसकी नंगी पीठ पर दो-चार हाथ ज़ड़ दिए। हाथ तो जला ही था, पीठ भी जल गई। मेरे घर की होली खराब हुई ही। उसी घाव के कारण वह एक महीने बाद मुझे छोड़कर दुनिया से चला गया।''

चार दशक पूर्व बिछुड़े बेटे के लिए बुक्का फाड़कर रोने लगी रामसखि! गौरी का सिसकना मात्र सास का साथ देने के लिए नहीं था। वह भी अब माँ है। बिन देखे अपने जेठ के लिए नहीं, अपने बेटे को उसके स्थान पर

सोचकर हिया फटना था, फट गया।

सास-बहू के बीच वार्त्तालाप का वह दृश्य देख सावजी ने धीरे से कहा, "आज रहने दो बहू रानी। मैं कल सुबह फिर आ जाऊँगा। दोपहर ढल गई। नहाना-धोना भी बाकी है।"

गौरी ने भी इशारे से सावजी को जाने के लिए कहा। जवाबी इशारे के अबोले शब्द थे—"कल जरूर आ जाइए। मुझे याद करवाने की जरूरत नहीं पड़े।"

सावजी भी गौरी को आश्वस्त कर अपने पसारे हुए तराजू व बाट बोरा में कसते आगे बढ़ गए।

"माँजी! उठिए। मुँह-हाथ धोइए। बहुत देर हो गई।" गौरी आँगन की ओर जाती हुई बोली।

"नहीं, गौरी! थोड़ी देर मेरे पास बैठो।" रामसखि के हाथ में काँसे का एक लोटा था। लोटे की तीन पीढ़ियों की यात्रा सुनती गौरी थक चुकी थी। बेटा भी स्कूल से वापस आकर अपनी पीठ पर भारी बस्ता लिये माँ की पीठ पर लदा पड़ा था। दोनों के बोझ से बोझिल होती गौरी झल्लाई—"क्यों रे, आज फिर जल्दी छुट्टी हो गई। मास्टर नहीं आए क्या?"

ननकु बोला, "माँ, पाँच बजे छुट्टी हुई है। सब मास्टर आए थे।"

गौरी को साँझ ढलने का अहसास हुआ। रामसखि को भी जबरदस्ती उठाकर अंदर ले गई। खिलाया-पिलाया। पर थोड़ी देर ही आराम करके रामसखि फिर उस रद्दी के ढेर से एक सामान उठा लाई। साँझ ढल गई थी। गौरी आँगन में पसरा अन्न समेट रही थी और उसकी सास वहीं बैठ रद्दी में निकाले चकला-बेलन की कथा पसार गई। लसगरीपुर मेले से रामसखि की दादी द्वारा उसका खरीदा जाना, दो वर्ष बाद उसके गौने में उसके साथ ससुराल आना, उसकी सास द्वारा उलट-पुलटकर देखना, प्रसन्न होना, बेलन की गोलाई व मोटाई पर मोहित होना—न जाने कितने प्रसंग जुड़े थे उस चकला-बेलन के साथ। चावल के धनी उस गाँव में चकला-बेलन को बहुत आराम रहता था। कभी-कभी ही मेहमान आने के दिन मेहनत करनी पड़ती।

उस पर पूड़ियाँ बेली जातीं।

एक साल जेठ माह में रामसखि के घर में आग लगी थी। सभी सामान जल गए। चकला-बेलन झुलसकर बच गया था। इस प्रकार चकला-बेलन की कथा भी दुखांत ही निकली। अन्य सामानों की भी कथा सुनती-सुनती गौरी के कई दिन उन रद्दी सामानों की कथाओं के साथ निकल गए। प्रतिदिन सावजी आता, सास-बहू को कहते-सुनते कथा में डूबते देख लौट जाता। उसके पास डूबने का समय नहीं था। बाढ़ ने घर-घर को पानी में डुबोकर उसके व्यापार में बढ़ोतरी कर दी थी। मानो उसके भी दिन बहुरे थे। सब घरों से रद्दी निकाली जा रही थी।

इधर बरतनों की कथा कह-कह रामसखि स्वस्थ होती जा रही थी। उसकी पुरानी यादें जीवंत हो गई थीं। बचपन और जवानी के उन प्रसंगों की यादों के साथ रामसखि का बचपना और जवानी लौट आई थी। फिर उन अवस्थाओं में चिंतित और दुःखी होने की कहाँ गुंजाइश थी। इसलिए रामसखि का मन सामान्य होता गया। जगदेव सिंह भी खुश हुए। गौरी को भी सासजी की स्मृति लौट आना सुखद लगा।

उस दिन जब सावजी तराजू-बाट की बोरी लेकर पहुँचा, गौरी एक-एक बरतन पलटु के सहयोग से राख और नीबू रगड़कर चमका रही थी। सावजी ने मनाही करते हुए कहा, ‘‘नहीं बहू रानी! इन्हें साफ करने की जरूरत नहीं है। बस जैसे हैं वैसे ही तौलवा दो। या हुंडा ही में दे दो। मुझे कौन सा इन्हें दुकान में सजाना है। फिर से गलाए जाएँगे ये बरतन। नए बनेंगे।’’

गौरी ने बड़ी दृढ़ता से कहा, ‘‘नहीं सावजी, ये बरतन अब नहीं बिकेंगे। ये अभी रद्दी हुए ही कहाँ। माँजी इनके सहारे जिंदा हैं। इनमें इस खानदान की न जाने कितनी पीढ़ियों की कहानियाँ समाई हैं। ये रद्दी नहीं हो सकते। इसके पहले मुझे इनका मोल नहीं मालूम था। अब तो आप इसका मोल चुका ही नहीं सकते। अब ये मेरे जीवन भर भी साथ रहेंगे। अनमोल हैं ये रद्दियाँ।’’

पता नहीं कहाँ खोती जा रही थी गौरी। मानो चौदह वर्ष बाद पहली बार वह उस खानदान की बहू बनकर उसके अतीत में डूबती जा रही हो

और उसे यह डूबना बड़ा सुखद लग रहा था।

साइकिल के कैरियर में अपनी खाली बोरी अटकाता सावजी भुनभुनाया—"अब तो बहू भी बिना बाढ़ ही डूब गई। ऐसी बाढ़ का पानी न जाए, न बहू उबरे। चलूँ मैं, दूसरे दरवाजे जाऊँ। क्या पता वहाँ भी कोई सास अपनी बहू को विपता-सिपता की कथा कह रही हो।"

□

टिफिन बॉक्स

शहर के 'राम निवास' नामक उस मशहूर मकान में घर बड़ा होता गया था। वंशवृक्ष के आकार के साथ लक्ष्मी की कदकाठी भी बढ़ती गई थी। रामनिवासजी के चार पुत्रों में प्रथम दो के दो-दो और अंतिम दो के एक-एक ही पुत्र हुए। चारों की एक-एक बेटियाँ। चौथे बेटे अंशु की बेटी बड़े बेटे श्याम के बेटी की शादी के दिन ही पैदा हुई। बड़ा कुनबा था। परिवार की बढ़ोतरी के साथ कमरों की संख्या भी बढ़ानी पड़ी। पर रसोईघर एक ही रहा। आठ कमरों वाले दो मंजिले चौफेर मकान के बीच में बड़ा आँगन था। रसोईघर की लंबाई-चौड़ाई ऐसी कि आठ-दस जन एक साथ पीढ़ों पर बैठकर भोजन जेम सकें। तीन-चार महिलाएँ उन्हें भोजन परोस सकें। रोटियाँ सेंकनेवाले भी दो और पानी देनेवाले एक या दो जन उसमें समा जाएँ। अमूमन एक समय में 16-17 लोग उस संस्कारयुक्त रसोईघर में जम जाते थे। आवाजाही भी होती रहती।

माँजी ने भोजन बनाने और परोसने की बहुओं की पारी तो नहीं लगाई थी, पर बहुएँ चौके में झाँककर देख जातीं। यदि पहले से ही वहाँ दो-तीन बहुएँ जमीं हों तो झाँकने वालियाँ बाहरी कामों में अपने को उलझा लेतीं। रसोईघर के बाहर भी काम कम नहीं थे। बीस-तीस जनों के कपड़े इकट्ठे करवाने, धुलवाने, सुखाने से लेकर तह करने, लोहा के लिए भेजने और सायंकाल उन्हें छाँट-छाँटकर कपड़े वालों के कमरों में पहुँचवाना। इस काम

में दूसरी नंबरवाली बहूरानी प्रवीण हो गई थी। पुरुष सदस्यों के बनियान भी कभी आपस में नहीं बदलने देती। दरअसल उसने अपनी सुविधा के लिए सफेद कपड़ों पर लाल, हरे-पीले धागे से टाँके लगा लिये थे। महिला सदस्यों के कपड़ों में पेटीकोट पर वैसे टाँके थे। ब्लाउज एक डिजाइन के कपड़े के नहीं सिलते थे। वैसे भी खाते-पीते घर की महिलाओं जैसी कदकाठी रखनेवाली बहुओं के शरीर में भी ऊँचा-नीचा तो था ही। कपड़े धुलने देने से पहले सभी मर्दानी जेबों की जाँच कर लेती रानी।

रानी का कहना था कि प्रतिदिन उन जेबों से उतने रुपए निकल ही आते थे, जितने साठ-पैंसठ कपड़ों पर लोहा करनेवाले की मजूरी होती। इतनी भर रकम जेब वालों को लौटाई नहीं जाती। पर कभी-कभी बड़ी रकम भी निकल आती। फिर तो जिसकी जेब उसके रुपए, स्वयं रानी लौटाकर आती।

दरअसल वह घर एक कंपनी थी, जहाँ भिन्न-भिन्न क्षेत्रों में मैनेजमेंट विशेषज्ञों की जरूरत थी। संतोषजी, परिवार की सबसे बड़ी बहू सी.ई.ओ. थी हीं, उन्होंने बच्चों के स्कूल और मरदों की गद्दियों पर भेजने के लिए टिफिन भरने में विशेषज्ञता भी हासिल कर ली थी। उनके पति कपड़े की दूकान की गद्दी पर पूरे दिन बैठते थे। रसोईघर की गद्दी पर संतोषजी सुबह छह बजे ही बैठ जातीं। पंद्रह बच्चों और पाँच मरदों के टिफिन भरने में समय तो लगना ही था। वह भी बच्चों की रुचि के अनुसार टिफिन में खाद्य पदार्थ भरने हों तो। संतोषजी को घर के सभी बच्चों और सयानों की रुचियों की पकड़ थी और वे उस रुचि-भिन्नता का सम्मान भी करती थीं। आठ बजे वे रसोईघर से बाहर आतीं। नहाना-धोना, मंदिर जाना सब डेढ़ घंटे में निपटा लेतीं। नाश्ता करके ग्यारह बजे फिर बैठ जातीं रसोईघर में। रसोइए भोजन बना चुके होते। घर के मरदों के दोपहर के भोजन के लिए टिफिन इतना मनोयोग से भरतीं मानो मंदिर में अपने सीता-राम, राधा-कृष्ण के श्रृंगार के लिए छोटे-छोटे कपड़े सिलकर सलमे-सितारे टाँक रही हों,

या सुंदर-सुंदर छोटे-छोटे रंग-बिरंगे फूलों से मूर्तियों के गले के आकार के अनुसार मालाएँ गूँथ रही हों। साधना ही थी। तभी तो एक दिन भी संतोषजी बीमार पड़ जाएँ, मायके या तीर्थ चली जाएँ, दोपहर और सायंकाल स्कूल और गद्दियों पर से टिफिन का आधा खाद्य पदार्थ लौटकर घर आ जाता। टिफिन तो भरे जाते थे, पर खानेवालों की रुचियों का खयाल नहीं होता था।

संतोषजी द्वारा टिफिन भरने का सिलसिला पच्चीस वर्षों तक चला। उन्होंने अपनी बहू को भी उस विधा में प्रशिक्षित कर लिया था। पर धीरे-धीरे टिफिन की संख्या कम होती गई। बड़े बच्चे घर से टिफिन लेकर जाना नहीं पसंद करने लगे। कुछ दिनों तक संतोषजी टिफिन लेकर उनका पीछा करती रहीं, पर बाद में उन्होंने भी छोड़ दिया—''जाओ, जिसका जो मन में आए, खाओ। अब तो मैं भी थक ही गई।''

मैं अकसर उनके घर जाती। बाद में मैं दिल्ली आ गई। लखनऊ जाना होता रहता। पाँच वर्ष पूर्व मैं लखनऊ गई थी। मेरे वहाँ जाने का एक मकसद संतोषजी से मिलना भी होता था। बड़े मकान में सज रही एक बड़े हृदय वाली महिला का भव्य व्यक्तित्व मुझे बड़ा आकर्षित करता था। चारों भाइयों के सभी बच्चों में उन्हें कोई अंतर नहीं दिखता था। सभी बच्चे कुछ विशेष पदार्थ खाने और टिफिन में अपने मनोनुकूल पदार्थ डालने के लिए संतोषजी के कान में आकर कह जाते। बच्चों के नखरे वे उठाती थीं। वे बाल-मनोविज्ञान विशेषज्ञ भी हो गई थीं। उनके साथ बैठना सरस लगता था। इसलिए भी कि हम दो ही भाई-बहन थे। माँ, बाबूजी, बस चार। कितना बड़ा अंतराल था दोनों परिवारों में। मात्र सदस्य संख्या के अंतर के कारण बहुत से अंतर दिखते थे। समाजवाद लाने के आग्रही नेताओं को, मुझे लगता था कि आयातित बड़ी-बड़ी पोथियाँ पढ़कर नहीं, संतोषजी की पाठशाला में जाकर प्राथमिक शिक्षा ग्रहण करना हितकर होता।

लखनऊ प्रवास पर संतोषजी के पास गई तो घर बड़ा सूना-सूना लगा। दरवाजे से लेकर आँगन तक सन्नाटा पसर गया था। मैंने पूछा,

"संतोषजी! सब कहाँ गए?"

संतोषजी की आँखें नम हुईं। चेहरे पर दर्शन पसरा। बोलीं, "मेरे पिताजी एक कहानी कहते थे—एक चिड़िया उड़ी, फुर्र र र। दूसरी चिड़िया उड़ी फुर्र र र र। वे एक-एक कर चिड़िया उड़ाते जाते। हम बच्चे ऊबकर कहते—अब चिड़िया मत उड़ाइए। कहानी तो कहिए। आगे क्या हुआ?"

पिताजी कहते, "ढेर सारी चिड़िया हैं। एक-एक कर सभी चिड़िया उड़ा तो लूँ। तभी तो कहानी आगे बढ़ेगी।"

संतोषजी इतना कहकर मेरी ओर देखने लगीं। उन्होंने कहा, "आजकल मैं एक मंदिर में जाती हूँ। वहाँ अनाथालय भी है। वहाँ कई प्रकार के काम हैं। टिफिन भरने के खंड में ही मेरी देखभाल की जिम्मेदारी है। दो घंटे में लौट आती हूँ। मेरे साथ इन दिनों पोता-बहू और उनके दो बच्चे हैं। थोड़ा-बहुत घर का काम भी है।"

मैंने पूछा, "और सब कहाँ गए?"

"आप भी कमाल करती हैं। जमाना बदल गया। नई पीढ़ी के पढ़े-लिखे बच्चे अपने बाप-दादा के काम को नहीं करना चाहते। इसलिए देश-विदेश में नए-नए काम में लग गए। मैं भी पिछले माह अमेरिका गई थी। मुझे बड़ा दु:ख हुआ। वहाँ घर में खाना बहुत कम बनता है। बाहर से ही खाना आता है या बाहर खाते हैं। बच्चों को स्कूल में ही टिफिन मिलता है। सच! मेरा तो वहाँ बिल्कुल मन नहीं लगा।" संतोषजी ने कहा।

मैंने कहा, "अपने देश वाली बात कहाँ है वहाँ। हमारे यहाँ तो अभी भी दादी-नानियाँ टिफिन भरने के लिए मौजूद हैं। पर यहाँ भी बहुत बदल गया। होटलों की संख्या भी बढ़ी है और वहाँ की भीड़ भी। घर खाली हो रहे हैं। नए फ्लैटों में सुविधाओं से युक्त किचन हैं। घर सूने पड़े रहते हैं। उन सुविधाओं पर भी धूल जमती हुई।"

मैं बहुत देर उनके साथ बैठी। संतोषजी के चेहरे पर जीवन का संतोष नहीं उतरा था। बाहरी परिवेश का रीतापन उनके अंदर तक घर कर गया था।

मैंने कहा, "आप अब भी भाग्यशाली हैं। आपके साथ एक पोता और बहू तो है न!"

"हाँ, तभी तक मेरे बाबूजी की कहानी आगे नहीं बढ़ती।" संतोषजी उठ खड़ी हुईं। उनके दोनों पोते और बहू (शिक्षिका) भी स्कूल से लौट आए थे। उनका किचन अब बहुत छोटा हो गया था। वे उसी में खड़ी हो तीनों टिफिन खोलकर देख रही थीं। बहू ने अंदर से ही कहा—दादीजी! आज मेरे यहाँ एक टीचर का फेयरवेल था। पार्टी थी। इसलिए…।"

वह रुक गई। पिछले तीन दिनों से दादी सास के हाथों भरे हुए टिफिन लौटाने का वह ऐसा ही कोई-न-कोई बहाना ढूँढ़ रही थी। यह बात तो संतोषजी ने मुझे दूसरे दिन बताई और यह भी कि अब वे टिफिन नहीं भरेंगी। वे स्वयं थक गईं। जमाने के साथ जीभें भी बदल गईं। मुझे संतोषजी का निर्णय सुखद लगा था।

देखते-देखते तीन वर्ष बीत गए। एक महीना पूर्व पुनः लखनऊ जाना हुआ। उस बड़े मकान के दरवाजे पर बड़ा ताला लटका देख मैं आशंकाओं से घिर गई। क्या हुआ संतोषजी का। पका आम तो थी हीं। टपक गई होंगी, और क्या? क्या पता ऊपर वाले के यहाँ भी टिफिन भरने का काम मिला हो।

वहाँ खड़ी-खड़ी उस मकान के किशोरावस्था, उमंग से भरी जवानी और प्रौढ़ावस्था की स्मृतियों में खो सी गई। पाँच वर्ष पूर्व मैंने उस मकान की वानप्रस्थी अवस्था भी देखी थी। मेरे सामने जो दृश्य था, उसे उसकी संन्यास अवस्था ही कही जा सकती थी। वीतरागी हो गया था मकान। राग-द्वेष से ऊपर। खुशी और गम से परे। किसी ने आकर आवाज दी—"किसे खोज रही हैं माताजी? इस बड़े घर में अब एक बड़ी माताजी बच गईं। बस, मुख्यद्वार से प्रवेश कर सूना पड़ा बड़ा आँगन पार करना उन्हें अच्छा नहीं लगता था। इसलिए पीछे वाले कमरे में पीछे से ही दरवाजा लगवा लिया है। बस, एक कठोरी। न कोई रसोईघर न पूजाघर। आने-जानेवाला भी कहाँ

कोई है। बस मैं अकेला। अभी उन्हीं को टिफिन बॉक्स देकर लौटा हूँ।''

मेरे मन में आशंकाएँ तैरने लगीं। क्या संतोषजी ने फिर किसी संस्था के लिए टिफिन भरना शुरू कर दिया? सच, आदत मरती नहीं है। मैं पीछे की ओर चलने लगी। मकान की चौहद्दी बड़ी थी। काफी समय चलने के बाद एक दरवाजा खुला दिखा।

झाँककर देखा। अंदर संतोषजी बैठी थीं। उनके सामने एक टिफिन बॉक्स रखा था। वे मुझे देखकर बहुत खुश हो गईं। ऐसा लगा मानो चेहरे पर उतरा वह भाव बहुत दिनों बाद लौटा हो।

कुछ देर एक-दूसरे को देखते रहे हम।

वे बोलीं, ''मैं आपको चाय भी नहीं पिला सकती। कोई है नहीं घर में। पोता और बहू दिल्ली चले गए। जाते हुए बहू ने मेरे लिए भी टिफिन लगवा दिया।''

''मैं समझी नहीं?'' मैंने कहा।

''समझी कैसे नहीं। कइयों की तरह मेरे घर में भी अब खाना नहीं बनता है। इस शहर में भी अब टिफिन सिस्टम चल गया है। मेरे लिए दोपहर-शाम टिफिन आ जाता है।''

उनके शब्दों के साथ मजबूरी रिस रही थी। व्यथित तो वे थीं ही, लाचार भी। मैंने पूछा, ''टिफिन का खाना पसंद नहीं आने पर आप भी लौटा देती होंगी?''

संतोषजी अतीत में खो गईं। बहुत देर तक हमारे बीच शांति पसरी रही। उनके अंदर से रिसने लगा—''कोई रोता तभी है जब कोई चुप करानेवाला हो। टिफिन भी तभी लौटाया जाए, जब कोई रुचि की चिंता करनेवाला हो।'' बहुत देर मैं उनके अनुभवजन्य मनोवैज्ञानिक भाव-प्रवाह में डूबती-उतराती रही।

मैंने पूछा, ''आपको अपनी पसंद का कुछ खाना हो तो?''

''अकेले का कोई मन नहीं होता। पसंद और स्वाद भी नहीं। मैं सबके

स्वाद के अनुसार टिफिन भरती थी। वही मेरी रुचि बन गई थी। स्वाद भी। मुझे अपने स्वाद का आनंद आता था। रुचि अनुरूप कार्य का भी। एक-एक कर सब उड़ गए। अब मेरा क्या स्वाद होगा। पिताजी होते तो मेरे पोते के जाने के बाद कहते—अंतिम चिड़िया उड़ी, फुर्र र र र। किस्सा खत्म, खाना हजम।''

मैं उनके द्वारा जीवन के मंथन से निकले ठंडे नवनीत के स्पर्श से भीगी, ठगी सी रह गई थी। इधर साँझ घिर आई थी। संतोषजी के सामने रखे टिफिन को उनके हाथों खोले जाने का इंतजार था। मैं उठ गई। उनसे ऐसे विदा ले रही थी, मानो अंतिम बार मिल रही होऊँ।

□

विलमता बिलगाव

विशाखा का प्रस्ताव सुनकर हर्ष सन्न रह गया था। यद्यपि सदा की तरह चिल्लाते हुए शब्दों को फाड़कर ही उसने अपनी बात रखी थी। मानो वह कोई शब्द नहीं, बम रहा हो। बम फट गया हो। हर्ष ने सुना ही नहीं था वह। उस शब्द के अर्थ से हर्ष भय खाता था। विवाह के पूर्व या विवाह के बाद भी कभी अपनी जबान पर नहीं लाया। उसके अंतरंग मित्र सिकंदर ने उस मनहूस शब्द को तीन बार क्या बोला, सलमा से उसका संबंध विच्छेद ही हो गया। हर्ष सोचता—गाली की श्रेणी में आनेवाले कितने ऐसे शब्द हैं, जिन्हें उच्चारण करनेवाले अवश्य असभ्य कहलाते हैं। परंतु उनके उच्चारण से सुनने और बोलनेवाले किसी की विशेष हानि नहीं होती। थोड़े समय के लिए ही सही, वे शब्द बोलनेवाले की जबान गंदी और सुनने वालों के हृदय में छिद्र कर देते हैं। फिर भी दोनों में से किसी की स्थिति नहीं बदलती।

वह शब्द। तौबा कहिए। गलती से भी तीन बार जबान से क्या उच्चरित हुआ, बोलने और सुननेवाले दोनों की संयुक्त स्थिति ही बदल गई। संबंध बिखर गया। सिकंदर के दिल में बैठनेवाली सलमा दीवारों से सिर फोड़ने लगी।

उस एक शब्द के तीन बार बोलने से हर्ष ने एक औरत की हैसियत बदलते देखी थी। सिकंदर की दिलो-जान सलमा लम्हों में खाक में लोट गई थी। इसलिए वह दुनिया में किसी बात से भय खाने लगा था तो उस अमूर्त शब्द, जिसका मूर्त परिणाम भयावह था। बचपन से सिकंदर से उसकी दाँत

काटी रोटी का संबंध था। उसके सान्निध्य में उसे कभी आपसी संप्रदाय भिन्नता का अहसास नहीं हुआ। परंतु उस दिन सिकंदर से भिन्न संप्रदाय के होने के संज्ञान ने उसे बड़ी राहत दी थी। गनीमत है, उसके समाज में एक शब्द के तीन बार उच्चरित होने से दांपत्य का सबकुछ खाक में नहीं मिलता। घर लौटकर भी वह नहीं लौटा था, वहीं था, सिकंदर के घर में। सलमा को सिर धुनते देखता। विशाखा ने उसे हिलाया था— "क्या हुआ?"

उसकी तंद्रा भंग हुई। उसने फटी नजरों से नवब्याहता विशाखा को देख उसे अपने सीने से चिपका लिया था। विशाखा के लिए पति का वह व्यवहार बेमौसम बरसात जैसा ही था। शाम से लेकर रात्रि बीते तक हर्ष का कुछ नया-नया ही व्यवहार रहा। वह रात भर विशाखा को अपने सीने से चिपकाए पड़ा रहा। थोड़ी देर के लिए नींद आती, फिर चिहुँककर जगता। विशाखा का मुख अपनी हथेलियों में डालकर निहारता।

पति के सारे अप्रत्याशित व्यवहार विशाखा को उद्विग्न कर रहे थे। सुबह बिछावन छोड़ने के लिए उठी विशाखा की बाँह पकड़कर जब हर्ष ने खींचा, उसने झटक दिया। बोली, "क्या कर रहे हो? आखिर तुम्हें हुआ क्या?"

हर्ष बड़ी आसानी से वह सबकुछ, जिसके कारण उसकी वह स्थिति बनी थी, बताने वाला नहीं था। लेकिन विशाखा ने पति के मुख से शब्द और भाव उगलवा ही लिया था। वह जान गई थी कि सिकंदर द्वारा अपनी बेगम सलमा को 'तलाक, तलाक, तलाक' कहने और दोनों के बीच हुए संबंध-विच्छेद को उसका कोमल हृदय पति सहन नहीं कर पा रहा था। कई दिनों तक वह पति के मनोरोग का इलाज करती रही थी।

दिन बीते। महीने बीते। पूरे एक वर्ष और ग्यारह महीने बीतने के साथ ही दोनों के भावनात्मक उद्वेग का ज्वार भी थमा। दांपत्य की जमीनी हकीकतों ने मुँह खोले। विशाखा बहुत नाराज रहने लगी। विशाखा के मन में प्रतिदिन एक शिकायत के जन्म लेते रहने से शिकायतों का पुलिंदा तैयार हो गया था। कुछ-कुछ शिकायतें हर्ष के मन में भी जनमतीं। उसने अपने मित्रों के आगे

भी अपनी वैवाहिक स्थिति पसारी। सबने यही कहा, ऐसा ही होता है। कोई नई बात नहीं है।

हर्ष ने अपने माता-पिता के बीच भी युद्ध की सी स्थितियाँ देखी थीं। पूरा घर युद्धस्थल बन जाता था। पर दूसरी सुबह ही मानो शांति समझौता हो गया हो। उसके दांपत्य में वैसी स्थिति नहीं आई थी। आपसी वाद-विवाद और नाराजगी का सिलसिला चल पड़ा था। पर दो-तीन दिनों बाद पुनः थमे हुए बोलचाल का प्रारंभ होना दांपत्य को नया-नया कर जाता था। हर्ष अपने को बहुत बदलने की कोशिश करता। विशाखा भी दांपत्य निभाने के प्रयास में थी।

पर एक दिन विशाखा ने गुस्से में तर होकर उसी शब्द का उच्चारण कर दिया—"मैं तुमसे तलाक लेना चाहती हूँ। अब नहीं रहा जाता तुम्हारे साथ।"

रात भर जागा था हर्ष। दूसरे दिन दफ्तर में भी कोई काम नहीं कर सका। दिन भर बार-बार मोबाइल में विशाखा का नंबर दबाता रहा। एक-दो बार बात हुई। कई बार मिस कॉल था। यह जानते हुए भी कि चार बजे दिन में विशाखा दफ्तर से घर नहीं लौटती थी, वह लौट आया था। विशाखा के बिना वह फ्लैट उसे काटने दौड़ रहा था। बस हवा की साँय-साँय सुनाई पड़ रही थी। विशाखा के फ्लैट में मौजूद रहने पर वही बोलती है। डाँटती है। हर्ष से बात-बात में लड़ती-झगड़ती है। कभी-कभी वह विशाखा की झक-झक से तंग आकर दफ्तर से घर लौटकर पुनः बाहर निकल जाता है। इस विश्वास के साथ कि विशाखा सो गई होगी। या उसका गुस्सा शांत हुआ होगा। विशाखा उसकी आवश्यकता बन गई थी। उसने कभी उससे विलग होने की नहीं सोची।

उस शाम अपने समय से पूर्व घर लौटा हर्ष बार-बार फ्लैट से नीचे झाँककर देखता। अपने फ्लैट के कॉलबेल की कर्कश आवाज पर वह कई दिन विशाखा से उलझ चुका था। विशाखा ने अपनी स्वाभाविक ऊँची आवाज में कहा था—'सुमधुर स्वर वाला कॉलबेल खरीद क्यों नहीं लाते।' उस समय विशाखा के स्वर से उस कॉलबेल का स्वर मात खा गया था। वह उस प्रसंग की स्मृति में डूबा था कि आखिर कॉलबेल बजी। वह विशाखा को

चकित करने के भाव से दरवाजा खोलकर किनारे छुप गया।

"कपड़े।" लोहा किए कपड़े लिये खड़ी धोबन की बिटिया थी। उसके हाथ से कपड़े लेकर उसने दरवाजा जोर से बंद किया। दो प्याले चाय बनाई। फिर कॉलबेल बजी। दरवाजा खुलते ही सामने पॉलिथीन बैग में कटी हुई सब्जियाँ लेकर आई एक महिला खड़ी थी। सामने मेम साहब की जगह साहब को देखकर चकित रह गई। फिर दरवाजा बंद हुआ। एक-दो बार घंटी की आवाज पर उसे दरवाजा खोलना और बंद करना पड़ा।

वह समय विशाखा के घर में रहने का था। तभी उसने उन घरेलू सहयोगियों को निश्चित समय दे रखा था। भिन्न-भिन्न समय में घर के भी भिन्न-भिन्न रूप-रंग और तासीर होते हैं। घर की उस समय की तासीर से वह अवगत नहीं था। फिर भी वह उसका अपना घर था। सुबह जाने की तैयारी में बीतता है। कहाँ फुरसत मिलती है विशाखा की बातें सुनने या घर की तासीर को छूने-महसूसने की। दोपहर और शाम भी दफ्तर के नाम। आधी रात ही लौटता है घर। रात्रि ग्यारह बजे से सुबह सात बजे तक घर में। मन तो अकसर दफ्तरों की उलझनों में उलझा।

हर्ष का माथा ठनका—'यह समय विशाखा के घर में रहने का है, तो अब तक वह दफ्तर में क्यों है?'

'कहीं वह उस स्थिति को प्राप्त करने के लिए किसी वकील के पास तो नहीं गई, जिस स्थिति में जाने की पिछली शाम धमकी दे गई थी।'

ऐसा नहीं हो सकता। अभी विशाखा उससे विलग नहीं हो सकती। माना कि उसे एक निजी कंपनी के दफ्तर में नौकरी मिल गई है। पर उसकी तनख्वाह उसकी फिजूलखर्ची तो क्या, गुजारे के लिए भी पर्याप्त नहीं। इसलिए हर्ष ने उसका एम.बी.ए. की पढ़ाई के लिए दाखिला करवाया है। पत्राचार से ही सही, विशाखा को एम.बी.ए. की डिग्री मिलना आवश्यक है। तभी तो उसे अच्छी नौकरी मिलेगी। उसे ध्यान आया—'विशाखा के पास फ्लैट की ऑरिजनल चाबी है। भला वह क्यों कॉलबेल बजाएगी?'

और तभी दरवाजा खुलने का स्वर सुनाई दिया। हर्ष दरवाजे के पीछे

छुप गया था। फ्लैट के अंदर प्रवेश कर विशाखा ने लोहा किए हुए कपड़े और कटी हुई सब्जियों के थैले सामने के सेंट्रल टेबल पर रखे देख हर्ष के जल्दी घर लौटने का अनुमान लगा लिया था। उसने घड़ी देखी। उसे घर लौटने में देर हो गई थी। पिछली शाम में हुए आपसी चखचख के परिणामस्वरूप उसे हर्ष को नहीं ढूँढ़ना था। हर्ष से बहुत देर छुपे रहने की स्थिति में नहीं रहा गया। वह प्रकट होकर बोला, "आज देर कर दी तुमने?" विशाखा ने भी शांत भाव में ही स्वीकृति जताई—"हाँ! चलते-चलते बॉस ने कुछ काम दे दिए। सोचा, निबटाकर ही जाऊँ।"

हर्ष ने मान लिया था कि विशाखा ने रात वाला अपना प्रस्ताव वापिस ले लिया। यह मानना ही उसके मन के लिए लाभदायी था। पर उसे आशंका थी कि विशाखा फिर कभी ऐसा ही प्रस्ताव रखेगी। इसलिए अप्रयास उसका मन विच्छेद की पूर्व तैयारी में जुट गया। दूसरे सप्ताह ही जब विशाखा ने पुनः वही वाक्य दुहराए, हर्ष बोल पड़ा—"अभी तुम्हारी स्थिति तलाक लेने की नहीं है। अपने पाँव पर तो खड़ी हो जाओ। एक अपना घर तो हो तुम्हारे पास। और जिंदगी काटने के लिए एक⋯।" थम गया हर्ष। विशाखा को भी विशाल पेड़ की मोटी शाखा पकड़े खड़े होने का अहसास हुआ। पर इन दो प्रसंगों से हर्ष सयाना हो गया था। उसकी सोच परिपक्व। उसने एक दिन सामान्य भाव में विशाखा से कहा, "जब तुमने मुझसे अलग रहने का निश्चय कर लिया है तो ऐसा ही करना। परंतु⋯।"

विशाखा चुप रही। हर्ष को सुनती रही। उसके मन में विशाखा को उसके पाँवों पर खड़ी करने की वैसी ही योजनाएँ थीं, जैसी एक पिता की अपनी संतान के लिए होती हैं। विशाखा के एम.बी.ए. का रिजल्ट आने पर हर्ष सचमुच हर्षित हुआ। पर उसके अंदर हर्ष की फैली चादर में कुछ दरक सा गया था। उसने मन को तसल्ली दिलाई—'नहीं! अब विशाखा प्रसन्न हो जाएगी। प्रसन्न मन में तलाक जैसे काँटे के उगने के आसार नहीं होते। फूल ही खिलते हैं।'

हर्ष के अथक प्रयास से विशाखा को नई कंपनी में नई डिग्री के अनुरूप

काम मिल गया। परंतु थोड़े ही दिनों में नई तनख्वाह और नए काम का नयापन समाप्त हो गया।

वस्तुस्थिति थी कि हर्ष के दफ्तरीय कार्यों के बोझ तले दबे रहने से वह ऊब चुकी थी। दफ्तर तो वह भी जाती थी। पर सुबह नौ बजे घर छोड़ती और शाम को पाँच बजे लौट आती। हर्ष का घर का समय रात्रि के ग्यारह बजे से सुबह के सात बजे का ही था। सप्ताह में दो-तीन दिनों का प्रवास भी। उस घर में विशाखा को अकेले रहना दमघोंटू लगता था। उसने भी बहुत विचार किया। पर उस घर में हर्ष के साथ और विलग रहने के द्वंद्व में वह शीघ्र इस नतीजे पर आ गई कि—"दूसरे घर में उसका इंतजार तो नहीं होगा। चैन से रहेगी।"

"मुझे शीघ्र तलाक चाहिए।" इस पुनरावृत्ति पर विशाखा का सोचा-समझा निर्णय था। उस समय हर्ष विशाखा को उसके लिए बुक किए फ्लैट के कागजात देकर चकित करने की तदवीर सोच रहा था। यह निश्चित था कि पत्नी द्वारा उस मनहूस शब्द की पुनरावृत्ति, तब हर्ष में कोई संवेदना नहीं उत्पन्न करती थी। दरअसल उस शब्द ने उसके दांपत्य जीवन में अपनी प्रथम उत्पत्ति पर ही अपना स्थान बना लिया था। अब तो शब्द भाव की टहनियों ने भी हर्ष के मन में विस्तार ले लिया था। पुरानी पड़ गई थीं। परिपक्व हो गए थे भाव। नई बातें थीं तो विशाखा की नई डिग्री, तदनुकूल नौकरी, उसकी अच्छी तनख्वाह, और उसके नाम एक फ्लैट की बुकिंग। हर्ष तो मन-ही-मन अपनी पत्नी के नए फ्लैट के लिए टी.वी., फ्रिज, माइक्रोवेव, डाइनिंग सेट ही नहीं, एक गाड़ी खरीदने की भी योजना बना रहा था। मानो विशाखा से संबंध विच्छेद नहीं, एक बेटी का दूसरा घर बसाना हो। दूसरे घर में जाकर भी यदि बेटी का पिता से संबंध विच्छेद नहीं होता तो पति के घर से पत्नी के अलग रहने पर पत्नी का संबंध विच्छेद क्यों? एक बार बना रिश्ता भी कहीं टूटता है?

हर्ष अपने इन अभिनव विचारों को अपने दोस्तों के बीच भी बाँटता रहता। उसके साथी-संगी उसके विचारों पर हँसते थे, खिल्ली उड़ाते थे। उसे

उनकी परवाह नहीं थी। परवाह तो उसे विशाखा की भी नहीं थी। क्योंकि उसे भी हर्ष का अपने प्रति दरियादिल होना बोझ स्वरूप लग रहा था।

और उस शाम पति द्वारा ढेर सारे किचन गजट खरीदकर लाने पर वह खिसिया गई। वह हर्ष की सहानुभूति की पात्रा और हकदार नहीं बनना चाहती थी। गुस्से में बोल गई—"इतना सामान खरीदने की क्या जरूरत थी? क्या मैं नए फ्लैट में जाकर स्वयं नहीं खरीद सकती? क्या इस घर के सामान तुमने खरीदे हैं? घर बसाने में तो कोई मदद नहीं की। फिर घर तोड़ने में मदद क्यों? सब चीज ले ही आए तो एक पालना क्यों छोड़ दिया? पालना भी ले आते। अब तो उसकी भी जरूरत पड़ेगी?"

हर्ष का नाम पहली बार जीवंत हो उठा था। विशाखा के मुख से निकले ठनकदार शब्दों के टकराव से एक हर्ष की फुहार उत्पन्न होगी, उसे आशा नहीं थी। विशाखा ने झल्लाकर ही सूचना दी थी। सूचना तो सूचना थी। वह हर्षित हो उठा। उसकी अंदरूनी चाहत थी कि विशाखा को उससे अलग होते समय एक बच्चा भी चाहिए। परंतु उसने उस इच्छा को कभी प्रगट नहीं किया था। विशाखा के साथ ज्यादती भी नहीं की। पर संबंध तो बना ही था। उसने उस परिणति को ईश्वर की मरजी ही माना था।

शिशु आगमन का इंतजार करते हुए आपसी सहमति से ही नौ माह दोनों साथ रहे थे। नन्हे शिशु के रुदन की गूँज से सोया फ्लैट जाग गया था। घर आने वालों ने बधाइयाँ दी थीं। दांपत्य के ठहाके भी ठनकने लगे थे। पर वे ठनकते ठहाके अनायास ठमक जाते। उन्हें भी अपनी ऊँचाइयों पर पहुँचकर अहसास होता। संयुक्त ठहाकों को बिछुड़ने की स्मृति भी हो जाती। सच्चाई को धत्ता दिखाता हर्ष हर्षित था।

हर्ष सायंकाल शीघ्र घर लौटता। शिवम के साथ खेलता रहता। विशाखा को भी सुखद लगता था। हर्ष को अनुमान था कि विशाखा विच्छेद की बात भूल गई। पर एक शाम आखिर उसने पुनः उसी वाक्य को दुहरा दिया। चिल्लाकर बोली, "मैं तुमसे तलाक लेने की बात भूली नहीं हूँ। मुझे तलाक चाहिए, तलाक।"

शिवम उस समय हर्ष की गोद में ही था। अचानक क्रंदन कर उठा। जोर-जोर से रोया। उसे चुप कराना हर्ष के बूते से बाहर हो गया। वह विशाखा की गोद में शिवम को रख आया। थोड़ी ही देर में वह चुप हो गया। अधिक देर रोने के कारण चुप होने पर भी उसकी हिचकियाँ बंद नहीं हो रही थी। हर्ष को पुनः शिवम को अपनी गोद में लेने का मन कर आया। नहीं दिया विशाखा ने। बेटे की नींद का बहाना करके पति के बढ़े प्रस्तावित हाथ को नकार गई।

पूरी रात हर्ष अपने बेटे के रुदन की व्याख्या करता रहा। क्यों रोया शिवम? उसी वक्त क्यों रोया, जब विशाखा ने पति से विच्छेद की बात दुहराई? क्या वह उस भाषा को समझ गया? बातें तो समझने ही लगा था। दुलार और फटकार की भाषा समझता था। माँ-बाप की गोदों के भिन्न-भिन्न स्पर्श पहचानता था। एक विशेष स्पर्श के साथ ही दूध मिलेगा, जानता था। और भी बहुत कुछ। तो क्या उसने माँ-बाप के बीच विच्छेद की बात समझ ली। आखिर उसके रोने का अर्थ क्या था? क्या वह विच्छेद नहीं चाहता? हर्ष ने सुन रखा था—बच्चे भगवान् का रूप होते हैं। संभवतः उस भगवान् को भी पति-पत्नी के बीच विच्छेद पसंद न हो? उसके घर के उस नन्हे भगवान् ने आखिर अपना स्वार्थ जता ही दिया? विच्छेद की स्थिति उस भगवान् के लिए भी उपयुक्त नहीं होती। यह सब हर्ष के मन का फितूर था। हर्ष जानता था।

अब पीछे नहीं मुड़ा जा सकता था। विशाखा ने अलग रहने का मन बना रखा था। सच भी था। दोनों में दुराव होने का कारण भी समय की दूरियाँ ही थीं। आपसी बातचीत तो प्रारंभ से नहीं होती थी। दोनों का काम ही ऐसा था। कभी-कभी तो एक का दफ्तर से लौटने, तो दूसरे का जाने का समय होता था। विशाखा की नाराजगी का यह प्रमुख कारण हर्ष की समझ में आ गया था, पर देर हो चुकी थी। समय के इस अंतराल ने भी दूरियाँ पाटने में कोई कारगर सहयोग नहीं किया। सिवाय शिवम की उपस्थिति के।

दरअसल, हर्ष का मन भी परिवर्तित हो गया था। उसने भी तलाक को

साध लिया था। दोनों की जिंदगी में एक-दूसरे के लिए जीने का कोई क्षण नहीं होता था, फिर क्यों रहे कोई साथ? उसने अपने घर में दादी, माँ, चाचियों के साथ और महिलाओं की भी दिनचर्याएँ देखी थीं। उनके जीवन का एक ही लक्ष्य होता था। पति को सुख-सुविधाएँ उपलब्ध कराना। उनके पति इन कार्यों में उनसे प्रतियोगिता तो नहीं ही करते थे, पर पत्नियों को सुरक्षा और सम्मान देने में पीछे नहीं रहते थे। पिछले दो दशकों में परिवर्तन को मानो पंख लग गए हों। उड़ता रहा है। धरती पर पाँव ही नहीं। महिला जीवन में आए परिवर्तन ने परिवार में भी सब गड्डमड्ड कर दिया है।

हर्ष ने विशाखा के प्रस्ताव को आत्मसात् कर लिया है। जब एक छत के नीचे सुखी रहा ही नहीं जा सकता, तो क्यों रहे कोई संग-साथ। उसके लिए उस शब्द की भयानकता समाप्त हो गई। उलटा वह सोचने लगा कि जितना जल्द हो सके, विशाखा उससे अलग अपने फ्लैट में रहने चली जाए। थोड़े दिन और साथ रहकर, शिवम का हर्ष से लगाव बढ़ गया तो विच्छेद मुश्किल होगा। अभी तो उसने 'पापा' कहना सीखा भी नहीं है।

मार्च का महीना था। हर्ष को दफ्तर से लौटने में ही रात्रि के बारह बजे जाते। एक-दो रात्रि को वह घर आया ही नहीं। उस सुबह विशाखा का मूड देखकर उसने अंदाजा लगा लिया, विशाखा फिर अलग रहने का प्रस्ताव दुहराएगी। उसने पत्नी के बोले बिना ही कह दिया—"अभी दफ्तर में काम अधिक है। मैं अगले सप्ताह की छुट्टी ले लेता हूँ। फिर तुम्हारे फ्लैट में सारा सामान लगा दूँगा।"

विशाखा कुछ नहीं बोली। शिवम को उठाए दफ्तर के लिए चल पड़ी। दरअसल दो महीने की आयु से ही शिवम का दिन क्रेच में कटने लगा था। विशाखा दफ्तर जाते समय उसे क्रेच में रख आती। लौटते समय साथ लाती। दूसरे दिन से हर्ष की एक सप्ताह की छुट्टी प्रारंभ हो गई थी। उस सुबह विशाखा ने शिवम को तैयार भी नहीं किया। हर्ष के साथ खेलते छोड़ दिया। दफ्तर के लिए उसके निकलते समय हर्ष ने पूछा, "शिवम को क्रेच नहीं जाना क्या?"

"नहीं। आज उसका क्रेच बंद है। तुम्हारी छुट्टी नहीं होती तो मैं छुट्टी ले लेती।" वह दफ्तर चली गई थी। हर्ष सँभालता रहा शिवम को। थोड़ी परेशानी हुई। परंतु बेहद सुख मिला। थोड़े दिनों का सुख था। वह क्यों मौका चूके। जी भरकर खेलता रहा बेटे से। बीच-बीच में वह काम भी करता रहा, जिसके निमित्त उसने छुट्टी ली थी। तीन-चार दिनों तक शिवम का क्रेच बंद ही रहा। विशाखा दफ्तर जाती रही। हर्ष शिवम के साथ खेलता, उसे निहारता, अनजाने में उसके साथ भविष्य के खिले सपनों को अप्रयास मसलता जाता। उसे पता था कि विशाखा एक बार उससे दूर हो जाएगी तो फिर कभी पास नहीं आएगी। शिवम के सहारे जिंदगी काटेगी। फिर उसका बेटे से कहाँ मिलन होगा। वह इन बातों से भिज्ञ था कि अकसर पति-पत्नी के विलगाव में पति को ही दोषी करार दिया जाता है और दांपत्य के टूटन पर सहानुभूति की हकदार स्त्री ही होती है। बच्चे भी पिता को माफ नहीं कर पाते। बड़ा होकर बेटा उसे माफ नहीं करेगा। फिर क्यों मिलना उससे। हर्ष ने निश्चय कर लिया था—वह माँ-बेटे को कभी तंग नहीं करेगा। उनसे मिलने की कोशिश नहीं करेगा, ताकि वे सुखी रह सकें। उसने दूसरे फ्लैट में विशाखा के लिए एक पूर्णकालिक आया की व्यवस्था भी कर दी थी।

शिवम की सार-सँभाल से समय निकालकर हर्ष विशाखा के नए फ्लैट में जानेवाले सामान की भी पैकिंग करता जाता। दूसरे दिन ही उसकी छुट्टी समाप्त होनेवाली थी।

"तुम उस फ्लैट की चाबी दे दो। मैं सारा सामान वहाँ पहुँचा दूँ।" विशाखा के दफ्तर जाते हुए उसने कहा, "तलाक के कागजात भी मेरे एक वकील मित्र से तैयार करवाने हैं। शाम को जल्दी लौटो तो साथ चलें।"

विशाखा फिर कुछ नहीं बोली। चुपचाप दफ्तर चली गई। हर्ष परेशान था। दूसरी सुबह ही उसे दफ्तर के लिए तैयार होना पड़ेगा। एक सप्ताह से उसने शिवम की भी अच्छी देख-रेख की थी। शाम को जल्दी लौटी विशाखा। बहुत प्रसन्न थी। उसके हाथ में एक-दो पैकेट भी थे।

हर्ष ने कहा, "तुम शिवम का डायपर बदलो। मैं चाय बनाता हूँ।

वकील के पास चलना है न!"

"क्यों अब तक चाय नहीं पी? तुम्हारा चाय पीने का समय तो बीत गया। देर क्यों कर दी?" बहुत दिनों बाद पत्नी के मुख से अपने लिए चिंता भाव के प्रगटीकरण सुन हिल गया हर्ष। दफ्तर में वह ठीक पाँच बजे चाय पीता था। विशाखा ने पति की उस आदत को स्मरण रखा। हर्ष के लिए इतना ही काफी था। मानो दम तोड़ते दांपत्य के कंठ में अपने ही एक हाथ ने दो बूँद मकरध्वज पिला दिया हो।

विशाखा की शिकायत में पति के प्रति अधिकार भाव भी था। इन भावों को आपस में सुनने-सुनाने का समय ही कहाँ मिलता था। मानो मशीन हो गए थे दोनों। जहाँ भोग की सभी वस्तुओं के साथ आदमी भी गढ़ा जाता है, वहाँ भाव नहीं पैदा होते। हर्ष संयत स्वर में बोला, "समय का क्या, आएगा-जाएगा। अभी लाया चाय।" दोनों बालकनी में बैठे चाय पी रहे थे। चाय की गरमाहट कंठ के छोटे से छिद्र के रास्ते अंदर तक प्रवेश कर सारे शरीर में पसरती जा रही थी। पर दोनों के बीच वार्त्तालाप नहीं पसरा। शुरुआत करे कौन? क्या बोले? चाय बाहर से अंदर गई थी। बातों को अंदर से बाहर आना था। अंदर गरम हुआ था, बाहर ठंडा ही रखना था।

विशाखा ने ही मौन भंग किया—"आज मेरे दफ्तर में मेरा फेयरवेल था। कुछ उपहार भी मिले। देखोगे?"

"क्या···ऽ···ऽ···ऽ? क्यों? कैसा फेयरवेल?" हर्ष के इन नन्हे प्रश्नों के साथ विशाखा के भविष्य के सारे दृश्य उसकी आँखों के आगे उतर आए। अलग रहकर बिना तनख्वाह के कैसे कटेंगे उसके दिन? वह भी तो अपनी पूरी तनख्वाह नहीं दे सकता। विलग होने पर उसके अपने खर्चे भी कम नहीं होंगे। अब तक दो तनख्वाह में एक घर चलाना मुश्किल पड़ रहा था। फिर एक आमद में दो घरों का खर्च। असंभव! विशाखा ने उपहार में मिले एक छोटे पैकेट को खोला—"कितने सुंदर दो चाय मग हैं। बड़े भी। ताकि देर तक बैठकर दो व्यक्ति चाय पी सकें।" हर्ष ने मग देखने में कोई पहल नहीं की।

विशाखा ने धीरे से एक कागज हर्ष की ओर बढ़ा दिया। उसके फ्लैट

की रजिस्ट्री का पेपर था। उसने अपनी किसी मित्र को बेच दिया था फ्लैट।

फिर गरजा हर्ष—"यह क्या किया तुमने? सड़क पर रहोगी क्या?"

विशाखा ने शांत शब्दों में कहा, "इसी फ्लैट में रहूँगी। थोड़े दिन पत्नी और माँ की भूमिका में ही। तुम कमाना, मैं खाऊँगी। ढाई जन के लिए तुम्हारी तनख्वाह काफी है। क्रेच या आया का खर्च भी बचेगा और भी बहुत कुछ।"

हर्ष का कंठ सूख रहा था। मन की थोड़ी-थोड़ी वैसी ही स्थिति हुई थी जैसी विशाखा के मुख से 'तलाक' शब्द को पहली बार उच्चरित होने पर हुई थी। उसके मुख से बस इतना ही रिसा—"थैंक गॉड!" और उसने सोए पड़े शिवम को उठाकर कलेजे से चिपका लिया था। सच तो यह था कि उसी क्षण वह पिता बना था। इससे पूर्व तो उसकी 'बेबी सीटर' की भूमिका ही रही। बाप तो उसी क्षण बना था। दांपत्य के विलगाव के विलमने की स्थिति को स्वीकारने में थोड़ा विलंब तो होना ही था।

□□□